Suspiro de Mariposas

Fernando Barrera

Agradecimiento:

Las palabras no caben para describir cuánto este trabajo significa para mí. El dolor, la tristeza y la alegría son constantes en la vida. Esas emociones han traído matices que ayudaron a plasmar esta historia. Ha sido un recorrido a través de mis experiencias y sentimientos, para transformarlos en algo que espero conecte con los lectores.

Podría enumerar a miembros de mi familia y amigos que hicieron esto posible, pero quiero destacar a tres personas en particular. Doy gracias a mi madre, la señora María de Lourdes Blanco Prina, por creer en mi sueño inquebrantable de escribir. También está María Fernanda Martínez Fernández: ha sido un apoyo incondicional desde hace quince años y seguimos cerca a pesar de la distancia física que nos separa. Por último, quiero agradecer a Mark Zacarías: sin sus constantes retroalimentaciones, su presión para potenciar la obra, por las palabras de aliento y horas de desvelo y por recordarme que soy un escritor, esta novela no sería lo que es sin su guía. Le agradezco de todo corazón no rendirse y empujarme a ver hacia el horizonte.

¡También estás tú, querido lector! Aprecio tu curiosidad por esta novela y por conocer los pensamientos de un personaje que, en mayor o menor medida, refleja lo que cargamos y que, a veces, no logramos expresar por el miedo al qué dirán. Confío en que estas oraciones resuenen y te inviten a ver lo que uno es capaz de realizar cuando se propone a prestar atención a los susurros del alma.

¡Muchas, muchas gracias!

Fernando Barrera, 2023

Querido Van:

Vas a odiar que te lo diga, pero necesitas saberlo. En verdad, lamento cómo las cosas se salieron de las manos, y no pudimos concluir lo que nos habíamos propuesto desde el principio de tus visitas. Quiero que sepas que lo ocurrido no fue culpa tuya. Tampoco te recrimines los hechos. Fue algo pasional, aunque comprendo la situación en la que te encontrabas. Me hace sentir impotente no haber cumplido mi promesa de ayudarte a resolver tus problemas.

No sería adecuado decírtelo, pero eso ya no importa. No hace falta el decoro en estas circunstancias. Créeme: no es imposible hallar una salida. Tu padre ha hecho todo lo posible por cuidarte. El enojo nubla tu vista y te entiendo. Revelar más de la cuenta habría complicado las cosas, pero sí puedo decirte esto: como madre, todo lo que soy y todo lo que me propuse, fue pensando en ti.

Como un obsequio de despedida, te ofrezco este cuaderno para que anotes todos tus pensamientos, tus emociones, tus vivencias. Usa esto como una forma de documentar tu vida y que nadie se atreva a cambiar la narrativa de las páginas en blanco que estás por escribir. Tienes una segunda oportunidad para corregir errores del pasado. Aprovecha este momento que vivirás por tu cuenta para reflexionar sobre el asunto. Y quién sabe. A lo mejor esto va a formarte en esta nueva etapa de tu vida. Son cuatro años, Van. Una persona puede forjar su propio camino en un periodo más corto que ese.

Si sientes la necesidad de hablarme, hazlo a través de las letras que punces entre las hojas con la tinta de tu pluma. Le dije a uno de mis conocidos en la universidad donde vas, por si decides continuar con la terapia. Entiéndeme, por favor.

Esto es lo mejor que puedo hacer para ti. Y te lo repito una vez más: no hay culpables en esta situación. Fuimos víctimas de un destino no planeado. En verdad, suplico a Dios que encuentres la mayor felicidad en tu nuevo viaje de vida.

Confía en tus instintos, extiende tus alas y sigue el impulso de tu pasión.

Con la sinceridad que me queda,

Isabel

No comprendo a Isabel. Si quería deshacerse de mí, no tenía que mentirme de esa manera. ¿Por qué me escribiría algo tan rebuscado? Hubiera entendido que no podía seguir con la terapia para no causar drama o que yo arruinara su reputación. No tiene sentido que Isabel sea mi madre. Durante dos años, me trató como cualquier paciente. Incluso, en la última sesión, cuando le conté lo que pasó en la graduación, no reprochó mi actuar. Fue algo inexcusable y desproporcionado. No quería lastimar a nadie, pero cualquiera lo entendería si te maltratan todos los días por ser diferente.

Pero, en fin, voy a hacer el intento de su ejercicio. No sé si valga la pena escribir lo que pienso, o si mi vida tenga tanta relevancia como para plasmarla en un diario. Perdí la cuenta de cuántas servilletas y hojas de cuadernos viejos desperdicié para practicar mi primera entrada. Quizás no importa si es perfecto. ¿Y si transcribo lo que puse ahí? No. No vale la pena volver a iniciar. Ya tengo dos párrafos, si cuento este. Haré el esfuerzo de dar a conocer una parte de mí a través de las palabras.

No sé cómo empezar. Supongo que por el principio. Mi nombre es Esteban Trujillo Lunanueva, tengo 18 años, soy el hijo menor de cuatro, y me tuve que mudar a la Ciudad de México por ser víctima de acoso escolar por ser gay. No puedo creer que lo escribiera. Mi cabeza me traiciona, o sólo quiere alivio. Todavía recuerdo los malditos apodos: "¡Pinche Walter!, vete a desfilar con los otros putitos, tragaleches". Explicar quién fue el responsable de mi mudanza me hace un nudo en la garganta cuando pronuncio o escribo su nombre. ¡Maldito Emiliano!

¿Qué carajos más puedo escribir? Tengo media hora antes de que pase el camión. No tiene caso que ponga eso. Nadie más lo va a leer. Hasta a mí me daría flojera volver a leer. Eso no es interesante. Me siento como Sísifo empujando la piedra de vida para que vuelva a caer al precipicio. Tal vez puedo seguir por ahí. Mi único y verdadero talento es saber de cuentos de dioses y héroes legendarios.

Puedo mencionar de memoria el recorrido completo de los Argonautas (desde Turquía hasta Libia), los puntos de nacimiento de los dioses olímpicos, la ubicación de Camelot (que está en Cirencester, por cierto) y dónde se efectuaría el Ragnarok. Mi biblioteca me hizo sentir como mariposa, volando sin preocupaciones en ese campo de heliotropos. En un instante era libre, pero siempre debía regresar a lo mundano.

Eso es bien pinche cursi. El diario es para narrar las cosas de la vida. Tengo que poner las cosas que me ocurrieron en el pasado.

…

En verdad, no le veo sentido volver a escribir mi vida. No necesito recrearla por segunda vez y que se inmortalice. No entiendo el punto de manchar este diario de recuerdos repetidos de la primaria, secundaria y preparatoria. Es absurdo dejar la evidencia de que todo el mundo supo que yo era gay. Se daban cuenta cuando me sonrojaba al ver a uno de mis compañeros de grados superiores jugar basket o voli, mientras se descubría las mangas de la playera o cuando uno de los profesores me hipnotizaba con su voz masculina de tritón. O, quizás la más delatora, fue cuando dibujaba recreaciones de mi imaginación: de los mitos griegos como el de Zeus y Ganímedes, o el de Odiseo con las sirenas o de caballeros rescatando princesas de la guarida de un dragón.

¡Mierda! Lo volví a hacer. Me punza la mano cuando apunto esto. ¿Por qué me vuelvo a acordar de ese pendejo si ya lo escribí? Emiliano, con su maldita pelona y cuerpo de barril de cerveza, obtuvo su merecido. Escapé de la sangre y el encierro durante el verano. Todo pasó rápido en la graduación: cuchillo, sangre, gritos y amenazas. A cualquier dios que me haya sacado del infierno de Puebla, agradezco su piedad, porque sólo tendré que ver a mi familia hasta Navidad. Cuento los días para que el tiempo pase despacio.

Tal vez le tenga que agradecer a Mundo. No lo conozco, pero padre lo menciona con frecuencia cuando tiene un problema. Ignoro porqué le sugirió a mi padre usar esta casa como santuario. Tal vez lo hizo para cobrarle un favor más adelante, o algo así. Siempre es lo mismo. Soy una moneda de cambio para los intereses de mis padres.

Esta casa no tiene nada de especial: un pequeño patio delantero donde cabía un coche, una cocineta con su espacio de bancas para sentarse, una sala donde solo cabía un sillón de dos plazas, una mesa de centro y un mueble para poner una televisión mediana, un patio para tener un perro, un cuarto de servicio con acceso propio, una escalera donde apenas una persona puede pasar, y dos habitaciones con un baño en la planta de arriba. A partir de ahora, tendría que vivir en una casa olvidada 'de mi padre, atenderme, comprar mis cosas y ser un adulto independiente.

Debo alistarme antes de irme. Ya estoy bañado y arreglado. Pienso hacerme un sándwich de jamón y queso. Me da una hueva sacar un banco y escalar por la repisa de la cocina para bajar uno de los platos. Mejor me compro algo en la tienda. No puedo prepararme algo que necesite cortar. Me da mucho asco y dejaría un batidillo...

Estoy perdiendo el tiempo escribiendo esto. Hasta ahí puedo.

Primer Semestre
2013
1 de agosto
6:15 pm

Segundo intento. Si voy a hacer esto, tengo que hacerlo bien. Ya puse la fecha. Necesito tener orden con eso. Voy a vaciar lo que me pasa sin dar explicaciones. Isabel tiene razón. Esta es mi vida, tengo una segunda oportunidad y pienso aprovecharla.

Hoy inicié mi primer semestre en la universidad. No me decidía por una carrera... opté por inscribirme a Sociología. Por ser tronco común, no me preocupé por decidir al inicio. Quiero suponer que como es un ambiente nuevo podía ser quien yo quisiera. Ser más abierto, alivianado, deportista, lo que fuera, aunque me conozco. Aunque tengo el entusiasmo de la primera vez, rápidamente se esfuma cuando entro en contacto con alguien más y juzga mis gustos.

Trato de no darme esperanzas de cambiar porque sé que en la realidad eso no ocurre. Sólo ocurre en esos libros de superación personal donde te dicen que todo es posible. Es una vil mentira.

En mi primera clase del día, Historia y Antropología, me senté en un escritorio de la primera fila pegada a la ventana. El profesor entró al salón, se presentó y comenzó a explicar los rubros para la evaluación semestral. Ya sentado, me pregunté si aquí pasaría lo mismo que durante mi anterior vida escolar.

Sin darme cuenta, alguien se sentó a lado mío. No le di importancia. Mi compañero de junto tiró su lápiz. Tambaleó la banca cuando él intentó levantarlo e hizo que yo me fuera de frente. Sin pedirme disculpas, se volvió a sentar. Crucé miradas con el responsable. Un cuate de mi edad, con el cabello quebrado que le llegaba a medio cuello, con el cuerpo de un gladiador, con ojos resplandecientes de esmeraldas, con la tez y perfil típico de un italiano, vestido con una túnica negra y sus piernas de coloso envueltas en mezclilla y cuero. En otras palabras, ese chico era la imagen perfecta de un modelo de Instagram.

Sentí el jalón de su mirada como un revoloteo de mariposas en cortejo. También percibí el torcer de sus labios. Quizás fue una sonrisa o una mueca de burla. No lo pude confrontar. La fotografía de ese hombre rebelde despertó en mí el deseo de tocar lo inalcanzable. Me temblaron los labios por unos segundos, me apreté las ingles para evitar que me ganara la pasión al levantarme, respiré hondo con la mayor discreción posible y me volteé hacia la ventana evitando sus cristales de jade. ¿Qué es lo que había pasado? De seguro, notó el espectáculo entre mis piernas mientras se sentaba en su lugar. Sólo me importó calmar el rubor del rostro por pasar esa vergüenza.

El semestre empieza. ¿Cómo será mi estancia en la universidad?

12 de agosto
7:17 pm

Tiene poco que llegué a casa. Hay algo extraño en estar en verdadera soledad. El vacío de una casa ajena, atender, lavar y precalentar comida, da una sensación de alivio. Todavía no me animo a comprar res o pollo e intentar prepararlo. Me tiembla la mano tan sólo de ver cómo escurre el jugo de la carne. y que yo tenga que partirla. En un rato más me caliento la sopa de pollo, el arroz frito y el pastel de carne que tengo para la semana: por suerte nada más uso cuchara y tenedor para eso. Antes de subir al estudio, observé las fotos de mi padre, sus diplomas y los libros con lámina de oro. ¿Por qué me dejó una casa arreglada y lista para usar? Sólo fue control de daños: un lunático como yo no puede manchar su trayectoria profesional. ¡Ya basta! Ellos no tienen derecho a formar parte de mi nueva vida.

Terminó la primera semana y el verdadero trabajo universitario comenzó. Las primeras entregas, la asignación de grupos y las tareas se empezaron a acumular antes del primer examen. El desajuste por no saber si me quedaría en esa carrera se incrementó después de revisar la lista de materias: Sociología Clásica, Expresión Oral y Escrita, Introducción al Pensamiento Occidental, Historia Antigua, Historia y Antropología, Arte. De hecho, eso me sirvió para estar un poco distraído de lo que pasó ese día con… él.

No entendí esa mirada y porqué yo respondí de la misma manera. Ese momento destapó el perfume de Dionisio atrapado en su cántaro de barro. El incienso de cuero invocaba al dios de los ojos verdes que me embriagó. Me poseyó al entrar en cada orificio del cuerpo. Navegaba entre mi sangre hasta llegar a mi centro. Quise guardarme las ganas. Treinta, veinte, quince, diez segundos más. Tuve que expulsarlo sin remedio. Esparcí mis fluidos a mi alrededor. Manché los pantalones por la experiencia sublime. ¡De verdad, me pasé de idiota! No podía inferir que le gusté sólo porque lo perforé con mis ojos. Éramos compañeros en un salón. Nada más.

Intenté recordar las lecciones de Isabel: respirar hondo, inhalar y exhalar. Lo hice varias veces cuando esos pensamientos invadían mi cabeza. Enfoqué mi ímpetu en resolver cómo escribiría cinco trabajos de investigación y ensayos de cada materia, aunque la fotografía con filtros multicolor de aquel chico se ponía en primera plana. Su "look" de músico rebelde desmoronaba cualquier intento de concentración. Pasé de lunes a viernes oculto entre los pilares que daban a la plaza principal. Me zumbaba el corazón al espiarlo desde la distancia como un fauno observando a las ninfas ducharse. Al verlo con otros chicos mientras él daba bocadas a su cigarro era como esperar que un té de fresas estuviera listo para beber. O cuando reía y sus dientes rectos y grandes desfilaban como anuncio de pasta dental, me presionaba los labios hasta dejarlos morados para evadir la confrontación.

¿Por qué me sentí tan extraño cada vez que me volteaba a ver?

Esquivé a mi compañero de salón tanto como me fue posible. Intenté disimular lo de hace unos días, aunque tal vez él crea que sigo molesto por su actitud. Me sentí extraño y fuera de lugar al sentirlo cerca. Su loción de madera, tabaco y sudor, aflojó mi agobio. Se me dificultaba esconder la carpa en mis pantalones o mi cara entomatada por el rubor de detenerme a apreciar a ese modelo. Sin importar cuánto me alejaba, más quería saber de él. El vino de ese Baco era exquisito, porque apartaba mi ansiedad. No podría evitarlo durante cuatro años y sería mejor que tuviera una relación cordial; muchos de mis compañeros los tendría que ver toda la carrera y no sería inteligente de mi parte cerrarme las puertas.

16 de agosto
8:01 pm

¡Por fin lo hice! Gracias, Nike, por darme esta pequeña victoria. Sigo sin creer que me haya dado su número. Tuvo que pasar una semana para obtenerlo. Mejor tarde que nunca. No fue sencillo, pero lo conseguí gracias a mi insistencia. ¡No puedo creer que lo logré! Pero lo voy a llevar despacio. Debo calmarme, respirar y detallar todo lo ocurrido.

Tomé ventaja de que tengo clases con él los lunes, miércoles y viernes. Los martes y jueves estaba solo, y lo veía después de las 3:00 pm en la plaza principal. En Antropología, contenía mi respiración cuando estábamos cerca. Quería que su fragancia me envolviera, imaginarlo como alguno de mis héroes favoritos. Le veía un parecido a Aquiles y cómo me encantaría ser su Patroclo. En esas discusiones sobre las migraciones del neolítico, ese cuate hablaba con la elocuencia de Orfeo. El arpa de su voz cantaba las hazañas de los hombres en búsqueda de un hogar. Cruzamos otra vez miradas cuando terminó de hablar. Me lanzó un guiño. Sentí que todo su discurso me lo dedicó. Eso me decía su destello de esmeralda. Al salir de clases, cuando iba hacia los camiones, se despedía de mí con un saludo dos dedos acompañado de su sonrisa. Sudaba sin control en pleno otoño. La vista de aquel chico magnetizaba mis sentidos.

No pude aguantar esta tortura. Era momento de actuar.

Ni siquiera sabía su nombre y estaba por decirle que si quería terminar una de las entregas conmigo. En mis ratos como espía, mientras él fumaba con sus amigos, tuve mucha suerte de escuchar su nombre (más bien su apodo: Pepe). Hoy fue el momento correcto para hablarle. El piso se transformó en arenas movedizas cuando caminé hacia él. Estaba a cien metros de distancia. Escapar era inútil. Podría notar mis intenciones desde su lugar. Me quedé sin aire. El desierto de mi lengua no me ayudaba a inhalar. Cada parpadeo se sintió como mil años para llegar hasta él. Esos setenta pasos entre él y yo se acortaron por mi deseo de pasar tiempo juntos. Estuve frente a frente. Fui directo y traté de ser formal sin caer en lo ridículo. Todavía puedo recordar que me quedé sin voz en mi intento de decirle que si tenía tiempo libre para revisar los pendientes y si me podía ayudar con mi trabajo. Y, cuando la recuperé, tartamudeé mi propósito. Como dije, hice el intento de no caer en la vergüenza.

Me sonrió y aceptó. Le dije que nos viéramos en la biblioteca al terminar las clases. Quise gritar y dar gracias a las fuerzas del universo por su existencia. Por más de cinco horas, ignoré los sermones de los maestros. El elixir de ese hombre me mantuvo viendo todo en un velo rosa donde los girasoles cantaban, las aves y ardillas bailaban entre los árboles y la gente sonreía sin motivo aparente.

Lo estuve esperando en la entrada durante una hora al tiempo que el efecto de esa pócima se disipaba. Contuve la voluntad de flagelarme con palabras. Siempre eran las mismas: `Te va a dejar plantado. Te lo dijo para que te fueras. Pinche iluso, volviste a caer.` No deseaba repetir la historia de mi pasado. Ya no podría soportar otra broma cruel. Finalmente, apareció y se veía como un guerrero cuando corría. Encarnó a Apolo con la danza de sus piernas hacia mí. Cuando me encontró lo vi con esos ojos que brillaban cual jade.

Ignoré todos esos pensamientos para realmente dedicarme a hacer el trabajo, aunque cada minuto que pasaba con él, me envolvía cada vez más. El aroma de su chamarra de cuero, el sonido de las hojas de su cuaderno al voltearlo y el taconeo de su bota contra la alfombra opacaban el olor a libro añejo, las presiones de lápices sobre cuadernos y la tenue luz sobre cada caballeriza de la biblioteca. Pepe me notó nervioso cuando intentaba hablarle sobre el trabajo y fue él quien sacó su celular y me enseñó un video de unos cuates de su prepa haciendo el *Harlem Shake*. Casi nos sacan porque carcajeé como gallina después de ver lo extraño de la situación: unos estaban vestidos de Power Rangers; otros, de héroes de Marvel y DC; uno que era como de mi estatura traía un tutú y perreaba en el video. Fue agradable que me ayudara a relajar.

Realmente no estudiamos porque sacó su Ipod de la mochila y me puso una canción que me dijo que la tenía en la cabeza desde principios del año. "Demons", de Imagine Dragons. Al escuchar los coros, el bajo y la letra diciendo que no quiere que nadie se le acerque por sus defectos, me recordó a Heracles después de cometer sus atrocidades y se dispuso a hacer las doce tareas. Tan entrado en la canción, con ese *outfit* de chico rudo, era inevitable pensar que él estaba en una travesía personal.

No sólo era bien parecido, sino también era amigable, carismático, simpático. Resultó raro, pero sentí que me hundí en él. ¿De qué otra forma lo puedo nombrar? Una canción, un video y un cruce de miradas hicieron esto posible. No quise pensar si sintió lo mismo que yo. Con estar cerca de él me bastaba.

Dieron las seis y estaba a punto de irse el último camión. Me acompañó a mi parada y nos despedimos, pero antes de eso me dio su celular y su correo para estar en contacto. Me electrocutó la punta de sus dedos cuando estaba por subirme. La esencia de su brebaje me dejó anclado al asiento mientras lo veía alejarse desde la ventana. Estaba feliz de haberme acercado a él en mis primeras semanas en la universidad. Veré cómo todo resulta.

20 de agosto
8:48 pm

Han pasado tres semanas desde que lo conocí. Lo más importante por destacar es que por fin aprendí más de Pepe empezando por su nombre:

José Eduardo Valencia Quirón. Su apellido me resulta familiar, pero no recuerdo de dónde lo escuché. Eso no importa. José estudia la carrera de Finanzas y sólo tenemos dos materias en común, pero Expresión Oral la toma en el mismo horario que yo tengo Arte. Historia la tomó porque era una optativa cultural y quiso probar aires diferentes. José y yo nos hemos hecho buenos amigos. Mis poros se contraen de la emoción cuando él asienta después de que paso cerca de él por los pasillos. No puedo evitar colorarme cuando él me sonríe. ¿O será una mueca de desagrado? Da igual lo que sea. Doy gracias a la excusa de adelantar las entregas del proyecto de Historia: ha hecho que pueda platicar y conocer mejor a José. Cualquiera que haya sido su móvil para notarme, me siento contento de que no le importe que uso playeras de manga larga sobre una de manga corta, unos jeans claros y mis tenis blancos con velcro. Es decir, me alegra que no note que soy un cualquiera cuando él es un Adonis.

En realidad, trabajamos poco y hablamos más. El otro día José me recomendó un libro sobre Dogerlandia y los hallazgos de asentamientos neolíticos. Yo le compartí otro libro sobre arte egipcio y él me respondió con que yo viera un documental sobre el Valle de los Reyes. En ese pequeño espacio de la biblioteca, cada tarde después de clases, nos juntamos para compartir aún más de nosotros. Por su pasión musical, él "quemó" un disco con grupos de rock clásicos con un toque de algo moderno. Su obsesión con Imagine Dragons fue un bocado de aire fresco. José insistió que escuchara la canción de "Radioactive". La idea de que todo se destruye y vivir en un fin del mundo resultaba absurdo, aunque a veces el veneno podría cauterizar heridas profundas. No tengo buen gusto por la música, pero sí por la lectura. Le mostré un libro ilustrado que guardo desde mi niñez: "El libro ilustrado de los mitos". Me erizaba la piel ver cómo tocaban sus dedos las huellas amarillas que dejaron las mías por tantas veces que me quedaba leyendo las mismas historias. Me encantaba verlo perderse entre las páginas que cuidaron mi soledad.

Esas tardes en la biblioteca durante esa semana sentí como si recorriera decenas de hectáreas entre los pasillos llenos de historias para encontrar un campo de rosas cultivadas por el mejor florista. El sonido de las hojas de los libros y las notas musicales de esas bandas comenzaban a construir los cimientos de un jardín. Yo era una oruga que vivió alimentada de las escrituras de leyendas. Esa loción de amapola y tabaco despertó mi necesidad de salir de mi guarida. Ese aroma debió mantenerme alejado, pero quise beber el licor de esa rosa prohibida.

Aun cuando cada hora que pasábamos por el proyecto hacía que el tiempo pasara volando, no dejo de pensar que ha despertado un sentimiento que jamás pensé sentir: una atracción más allá de lo físico. Tal vez el olor del vino de su hombría mezclado con las palabras mágicas de su charla fueron los ingredientes que me hechizaron. Tomé esa poción que me hacía verlo solo a él. Esto era diferente a todo lo que he vivido a lo largo de mis dieciocho años, ¿cómo era posible que no haya aprendido mi lección de externar mi afecto hacia los hombres cuando eso fue lo que me condujo al Batán el verano pasado? Quería comprobar si lo que sentía era real, aunque tenía miedo de ser rechazado muy poco tiempo después de conocer a alguien.

27 de agosto
10:34 pm

Tengo la cabeza hecha un nudo: mis pensamientos y corazón no conectan cada vez que intento pensar en José. Hace una hora que terminé la tarea y el quehacer de la casa, y sigo sin conciliar el sueño. Y todo porque lo que pasó hoy.

Después de clases, lo vi en la cafetería, lo acompañé a comer y platicamos de cualquier trivialidad. Intenté distraerme con la plática de "¿ya estudiaste para los parciales?" para no ver cómo partía sus molletes con el cuchillo y pinchaba cada pedazo con el tenedor. Desvié la mirada cuando veía los pedazos de jitomate escurrirse de los lados. ¿Por qué Emiliano se apareció en ese momento en mi cabeza? Hice los ejercicios de respiración de Isabel con discreción mientras José siguió y siguió hablando. En esos instantes donde te distraes un momento, me preguntó algo que no me esperaba: "Oye, Esteban, ¿tienes novia?"

Me extrañó la pregunta. De momento, pensé que sabía mis intenciones. No había sido discreto cuando lo espiaba, tanto en nuestras sesiones como fuera de ellas. Contesté lo primero que vino a mi cabeza: ni siquiera tengo una amiga con derechos (lo cual era cierto). Perfiló sus dientes y me respondió que cómo alguien como yo, no tenía a nadie. Remató cuestionando cómo yo podía pasar tiempo con alguien como él.

¡¿Se ha visto de casualidad?! ¿Me ha visto? ¿Es en serio que me preguntó eso? Soy un hombre sin ninguna gracia: un twink con facciones "finas", pero sin la guapura de Jojed Reed de Game of Thrones o algo aproximado. ¡Él es todo lo contrario a mí! Él ha sido mucho más. Me pareció una broma de mal gusto haciéndome recordar lo que realmente era cuando entré en la universidad: un don nadie.

Me quedé callado por un buen rato. Sólo veía la silueta de sus labios partiendo comida y oí frases de macroeconomía, cálculo y administración a los que apenas pude estar atento. Me preguntó si me había pasado algo y le contesté que nada. Apenas toqué mi sándwich con papas. Me resultó algo tonta su pregunta sobre mi estado de ánimo. Siguió insistiendo en averiguar el porqué de mi silencio y de mi indiferencia hacia con él tan de golpe. No sé cómo me desesperé y le grité diciendo que si va a estar conmigo por lástima que mejor lo dejáramos así.

Fui un dramático de primera. Salí de la cafetería con lágrimas en los ojos. Agaché mi cabeza para que nadie me viera llorar. Fui a la parte de atrás de la biblioteca para descargar un llanto causado porque el Adonis de José se fijó en mí. Me recargué en la pared y dejé salir un sentimiento que tenía oprimido, quizá por años. José no tuvo la culpa de mi enojo. Era sólo que la oportunidad de estar con alguien (como amigo o ... algo más) dejaba úlceras en mi corazón por recordar mi pasado, menospreciado por ser diferente: eso resultaba doloroso y temí volver a vivirlo.

Sin percatarme, José llegó corriendo hacia donde yo estaba. Me preguntó qué me pasaba. Comenzamos a discutir sobre el asunto y yo seguía tratando de ocultar mis sentimientos hasta que finalmente se lo dije, o mejor dicho se lo grité: "Es que tú me gustas, ¿Ok?"

El silencio fue muy incómodo y la cara de José fue de sorpresa, aunque no sé si fue de repulsión o de otra cosa. Se fue acercando con cautela hasta que estuvimos frente a frente. Temí lo peor: que me golpeara, me insultara y señalara mi clara homosexualidad, tal y como Emiliano y su séquito de tarados cuando me llevaron al baño para que "tragara leche" del inodoro.

En su lugar, me agarró y me abrazó contra su pecho.

"Tú también me gustas".

No lo podía creer cuando me lo dijo. Pensé que era una broma o algo por el estilo. Respondí su abrazó sujetándolo para hacerle llegar todo eso que sentía por él, todo lo que contuve por semanas, todo lo que me dejó ver ese cruce de mis ojos azules con los suyos de esmeralda. Nos quedamos así por un largo rato. No nos besamos ni hubo algo más entre nosotros. Fue algo mágico: la gente iba y venía por aquel lugar y era como si el mismo tiempo se hubiese detenido. Podría jurar que sentí un pinchar en mi glúteo en ese momento, como si el mismísimo Cupido sellara nuestro encuentro.

Y pensar que apenas han pasado tres semanas de haberlo conocido para que floreciera algo parecido al amor con él. A decir verdad, aun cuando no pasó nada me sentí completa, total y absolutamente feliz. En ese momento no me cuestioné si lo que pasó fue correcto o no, o si fue abrupto. Ahí me sentí libre, mientras mi cara estaba sobre sus hombros y él contra mí.

2 de septiembre
11:02 pm

Hoy no vi a José y me alegra que así haya sido. Me obsesiono con repetir el momento de su repentina confesión, en sus labios carnosos que ondeaban cual bandera por el viento de su voz cuando me lo dice y, en especial, el viernes pasado cuando estuvo a mi casa. Imagino que todo fue un sueño, espero no despertar y darme cuenta de que un sujeto como José jamás tendría ojos para alguien como yo. Quise frenar el tiempo y detenerme en ese preciso instante para recordar que había alguien más en este mundo que estaba interesado en mí. No había escrito nada porque todo lo demás se mantiene en la rutina: despertar, escuela, proyecto, comprar cosas para la casa, hacer tarea y dormir. Lo único relevante por mencionar fue que, entre José y yo, apareció un periodo de distancia y silencio.

Desde que nos declaramos, él ha tomado un trato un tanto frío. ¿Será que no está a gusto conmigo? Lo dudo mucho porque cada vez que hablábamos sentía como una parte de él radiaba luz con fuerza. Cada vez que lo volteaba a ver en clases, me desviaba la mirada con la cara algo enrojecida y sin mostrar emoción o gesto alguno.

Repasé aquel encuentro en mi cabeza infinitas veces, sin poder averiguar cuál habría sido mi error y si podía hacer algo al respecto; simplemente fue inútil porque me atropellaba con mis propias palabras al verlo a la cara. Además, no tenía tiempo de pensar en trivialidades (aunque no fue así), porque estaban por iniciar los exámenes parciales. Había estudiado lo suficiente en la biblioteca cuando iba con José, aunque más bien fueron sesiones de "conozcámonos mejor".

Necesitaba repasar unos temas de historia que no entendía y sólo él me podía explicar. La razón era sencilla. Sólo le hablaba a él, y no tenía la confianza suficiente para preguntar a otros de mis compañeros, con quienes además casi no cruzaba palabra. Lo importante era tener una buena excusa para armarme de valor y hablar con él.

Antes de que el profesor terminara la sesión, me acerqué a José preguntándole si tenía algún inconveniente en ir a mi casa y explicarme unos temas para el examen. No pensé muy bien en mi excusa porque podría haber apartado una sala de la biblioteca para los dos. Sin hacer mucho aspaviento, me dijo que nos veíamos a las dos en la parada de los camiones. En ese momento, no supe qué esperar en mi regreso a casa.

Ya en la parada los autobuses empezaban a llegar y la gente comenzó a juntarse como abejas en el panal. Era difícil poder abrirse paso entre todo el tumulto hasta que, tras recibir un empujón y caer al piso, me encontré a los pies de José. Lucía igual que siempre y no pude evitar examinarlo: traía sus botas negras de motociclista, unos jeans en azul oscuro apretados, una playera blanca pegada que le hacía notar su esculpido abdomen, una chamarra sencilla de piel color negro, un paliacate rojo sobre el cuello y una cruz de plata que resaltaba del resto de su atuendo. Era tan irresistible la fotografía perfecta de ese modelo.

Después de levantarme del piso, me pidió que lo siguiera. Nos alejamos del panal de gente y fuimos al estacionamiento donde pensé que nos iríamos en su coche, pero para mi sorpresa fue un transporte distinto: nos regresamos en motocicleta. Era un pegaso negro y metálico listo para volar en el asfalto. Me prestó un casco y me dijo que me sujetara fuerte de los costados del asiento trasero. Se acomodó el casco, se puso ese pañuelo rojo sobre la boca y, al encender el motor, con el sonido de los engranajes que chocaban y el ruido del escape, sentí cómo me estremecía. Sonaba como música para mis oídos; supongo que fue porque él era quien manejaba y todo acerca de él me hacía tambalear. Por culpa de algunos topes, José frenaba sin aviso y terminé por estrujarlo para no caerme. Tuve miedo de regresar mis manos a los tubos por la velocidad a la que íbamos. No me reclamó por tener su vientre de mármol entre mis manos. Lo fui guiando para poder llegar a mi casa, pero fue algo complicado. El ruido del tráfico impedía que se escuchara mi voz con claridad. Después de dar vueltas por más de una hora, llegamos a nuestro destino. Mientras me bajaba para abrir la puerta de mi casa, lo pude ver todavía montado en su motocicleta. Se veía como un chico malo de película listo para la acción.

Tenía un poco de hambre. Fui al refrigerador para ver si es que había algo de comida para los dos. Encontré algo en dos recipientes y decidí calentarlo. Eran unas pechugas de pollo y sopa de pasta que compré precocinadas. Mientras recalentaba todo, José me ayudó a poner la mesa y a traer los refrescos que estaban en la alacena. Después de servir la comida, lo único que se escuchaba era el sonido de los cubiertos chocando contra los platos. Nuestras miradas estaban sólo en la comida y ninguno se atrevió a decir nada para romper aquel desenvaine de cubiertos. No supe qué hacer para volver el rato más ameno entre los dos, ni siquiera supe si verlo a la cara porque temía recibir la misma reacción que había recibido durante toda la semana.

Cuando terminamos, me ayudó a poner los platos en el fregadero mientras yo llevaba su mochila y la mía arriba para empezar a estudiar. Ese segundo cuarto adaptado como estudio plasmaba el interior de mi mente: conocimiento encuadernado y empolvado de Platón y Homero que a nadie interesa, y rompecabezas enmarcados de lugares inexistentes como la Atlántida o Ávalon. Saqué mis libros, notas y un pequeño lápiz en donde apuntar todas mis dudas. No quise pensar en nada más que en el examen. Esto terminaría tan pronto como fuera posible, pero una parte de mí deseaba que se quedara y me dejara entrar en sus pensamientos. Cuando alistaba todo, sentí un fuerte apretón en mi espalda. José llegó sigiloso y con una mirada sombría.

Le pregunté si le pasaba algo y sólo me apretó con más fuerza. Me empecé a asustar en ese momento porque algo pudo cambiar de un momento a otro. Le volví a preguntar y sólo escuché un susurro en mi oído.

"Lo lamento, Esteban, pero ya no aguanto más".

De un momento a otro, me dio la media vuelta, me aprisionó el rostro y me besó. No tuve tiempo de reaccionar o hacer otra cosa. No puse ninguna resistencia ante aquella muestra de afecto. Me dejé llevar por mis más básicos instintos; por el dulce sabor de sus besos; sentir cómo mi piel se desdoblaba, mientras que todo mi cuerpo se calentó por el delirio. Su lengua se entrelazaba con la mía como serpientes moviéndose al compás de un flautín encantado. Mis manos tocaban su sedoso cabello y las suyas estaban sobre mi cadera, sujetándome para apreciar el ritmo de su cuerpo. Sentí nuestras entrepiernas juntas al mismo tiempo que el vapor que emanaba de su grande y atlética figura.

Lentamente, las pasiones y el calor comenzaron a aumentar y fue ahí donde él me agarró, me llevó al cuarto principal y me azotó contra la cama. Quedé boca arriba con él sobre mí, quise levantarme para besarlo, pero, después de agarrarme las manos para mantenerme sometido, exclamó:

"No quiero que nadie se entere de cuánto te deseo", se acercó a mi oído para susurrarme mientras me observaba con esos grandes ojos esmeralda, "Quiero averiguar qué tan fuerte es mi sensación por ti".

Sin decir más, me quitó la playera y presionó sus labios en mis pezones hasta endurecerlos. La superficie de mi areola era como un volcán a punto de hacer erupción. Moldeaba mi cuerpo como Hefesto hacía con las armas de los dioses. Cada beso sobre mi cuerpo hizo que la excitación aumentara y los poros de mi piel se abrieran para dejar correr todo ese sudor acumulado. La sensación de agua fría corriendo sobre el géiser de mi dermis hizo que mi apetito sexual por él se volviera insaciable. Acerqué su rostro para besarle su dulce y ancho cuello, llegar a las orejas y saborear la miel que dejó sobre su tosca, aunque tersa piel; tratando de hacerle gritar por todo su deseo contenido.

José se apartó por un instante de mí y, después de quitarse la playera y sus botas, desabrochó el botón de su pantalón y pude contemplar su hombría antes de ponerla en mi boca. Sentí como cada centímetro iba creciendo dentro de mí con cada succión que daba. No dudé de sujetarle los glúteos para labrar su piel. Las sensaciones diversas de probar su fruto eran como probar la ambrosía dentro del paladar. Cada bocado dejaba salir ese elixir de vitalidad que hacía que continuara comiendo con mayor fuerza.

Él quiso probar mi hombría por igual. Me quité el pantalón y él dirigió su boca entre mis piernas. Tuve el poder de mover mi cadera para que succionara mi vitalidad con todo su vigor. Siguió bajando hasta llegar a la unión de mis glúteos. Besó y metió la lengua en ese orificio sensible. Gemí cual gorgona, de placer por esos besos que se sentían como mil lenguas de serpientes. Acariciaron cada grieta y cada vado hasta llegar al centro para vaciarme las entrañas. Cuando creí que todo había terminado, José fue por su pantalón y sacó un condón que tenía guardado. Alzó mi pelvis y me dijo que colocara mis pies sobre sus hombros mientras insertaba su falo dentro de mí. No hubo llanto de guerra porque me ofreció una ofrenda de paz. Entró en mis murallas como caballo de Troya. La fricción de su cuerpo chocando contra el mío hizo que mi libido se elevara hasta la cima del Olimpo. No pude aguantar mi pasión y salió disparada como un río desbordado que pierde su curso.

Entre el dolor y el éxtasis, lo único que permaneció fue repetir el deseo de hacerlo una y otra vez. Fue algo nuevo para mí. No sé si fue simplemente sexo y deseo carnal, pero la intensidad con la que me poseyó me hizo imaginar su intento de exclamar su amor a través del cuerpo.

Nunca imaginé que iba a hacerlo más de una vez esa noche. En realidad, fueron tres veces más, donde las bocas de nuestros glandes expulsaron leche sin parar. El cansancio era tan grande que no estudiamos nada para el examen. Sigo con el recuerdo de estar acomodado en su pecho y él acariciando mi cabeza con sus manos. Quise quedarme así y dormir entre sus brazos para sólo despertar junto a él.

Sólo por esa breve noche, me sentí realizado y feliz. Nunca olvidaré mi primera vez con José.

4 de septiembre
9:17pm

Llevo dos días sin saber de Pepe. Dejó el paliacate rojo que usa en su boca cuando anda en moto. Me lo puse en el cuello como el recuerdo de nuestros cuerpos tejidos entre las sábanas de mi cama. También lo traigo porque me dejó morado el cuello por tantos chupetones. Esa noche apasionada me dejó exhausto en más de un sentido. ¿Qué podía hacer? Supe desde el inicio que mi encuentro sería sublime. Perdí mi virginidad con un hombre como él. Fui al Erebo y llegué a los Campos Elíseos con la llave viril de José.

Entonces, ¿por qué no me siento completo? Dijo que no estaba interesado en una relación por el momento. Bueno, eso puedo inferir por su insistencia en decirme que me deseaba. Por la manera que me regó con su savia, dudo que haya sido la primera vez que tiene un contacto tan cercano con otro hombre. Tal vez, yo evadí a José toda esta semana porque no tenía el valor de descubrir que él era más libertino de lo que me gustaría reconocer. No. Eso no importaba. Tampoco es que él quisiera tener una relación formal, ¿o sí?

Tuve que huir de la presión de mi cabeza, sentarme en un gabinete en la cafetería y hacer respiraciones hasta que la presión en el pecho desapareciera. Mientras inhalaba y exhalaba, me invadieron dudas sobre lo que pasó con José. ¿Acaso me habrá mentido cuando me dijo que le gustaba? ¿Realmente me aseguró que sólo quería probarme y que fuéramos algo más? ¿Son suposiciones mías? ¿A dónde se metió?

Me puse las manos a la cara para calmarme cuando escuché el taconeo de unos botines. Temí que fuera José. Volteé a ver y unas chavas, que cargaban bolsas de diseñador como mochila escolar. Eran modelos salidas de un evento de gala. Se sentaron en la mesa al lado mío. Hice el esfuerzo para no destacar. Sólo pasaron a barrerme una vez con la mirada y me ignoraron. Lo que vale la pena destacar fue cuando hicieron mención de José en la plática. Una de las chicas más maquilladas exclamó "José Valencia parece todo un semental, niñas. Lástima que le guste el pepino y no la fruta". Entre las risas indiscretas, chillonas y vulgares de las niñas de "sociedad", me enteré de que José fue a la preparatoria que estaba en el mismo campus.

Fueron diez minutos de correr y sudar para ver a José y descubrir la verdad. Esas chavas sabían reconocer a un hombre. ¿Por qué se fijaron en José cuando podrían salir con otros? A pesar de que ellas destacaban por su belleza de revista, no me excitaron. Isabel dijo en varias de mis sesiones que mi indiferencia con las mujeres lo provocó mi madre, quien rara vez se acercó a mí con algún tipo de señal de cariño. No tenía memoria de que mi madre me abrazara, me haya dado un beso antes de dormir o que me mostrara ternura como lo hacía con mis hermanos. ¿Qué tenía que ver eso con José? En un mes, tuve el valor de afrontar algo que supe, pero nunca imaginé. Me mantuve lejos de todos los caminantes hasta que llegué a la sección de preparatoria.

Fue un error.

Vi a todos con el uniforme correspondiente: pantalón azul, camisa blanca y zapatos casuales para los chicos; blusa blanca, falda azul y calzado discreto para las chicas. Cuando todos ellos me observaron, sentí que más de una Medusa intentaba convertirme en piedra. Un cuate se atacó de risa al verme. ¿Por qué no nací como Perseo para rebanarles la cabeza? Me escondí en la fuente del reloj que estaba casi al final del terreno del colegio. Cerré los ojos, hundí las rodillas contra el pecho, me abracé por completo e hice los ejercicios de relajación de Isabel a la sombra de todos.

La serpiente del miedo arañaba mi corazón, apresaba mis pulmones y presionaba ambos órganos para impedir el caudal de los fluidos vitales. El eco de su cascabel vibraba a la par de mi palpitar. Yo me arrullaba para recordar cómo respirar. *Respira, Esteban. No pasa nada. Estáte tranquilo. Inhala y exhala. Inhala y exhala.* Me ahogaron mis recuerdos de todos mis años escolares: cuando me decían "minion" por ser pequeño de estatura y rubio, o cuando Emiliano organizó que todo el grupo cantara "Esteban es marica" después de ver uno de mis dibujos de hadas que hice en mi cuaderno, o las veces que me restregaban mi vida de rico sólo porque mi padre era el dueño de un conglomerado financiero y yo era el inútil heredero homosexual de la familia.

Seguí hablando conmigo. *Eso ya pasó, Esteban. Ya eres libre. No te olvides de respirar. Entra, aguanta y exhala. Entra, aguanta y exhala.* Esa serpiente asfixiaba mis bombas de aire y savia roja. Necesitaba liberarme. Espié para ver si ya no había nadie y salir. Un grupo de chavas que estaban con su celular vieron directo hacia la fuente. Tuve que ocultarme. Los recuerdos se volvieron más vívidos, mientras evitaba que las Medusas me encontraran. Solamente podía escuchar en mi cabeza el coro de los imbéciles repetir "muerde almohadas, muerde almohadas" en el tímpano. El cascabeleo de las víboras rebotaba con el eco de centenares de pensamientos. `¿Y si todos se enteraran? La gente puede oler cuando uno tiene relaciones. Son obvias mis intenciones con José. ¡Traigo su paliacate y él faltó a clases! ¿Qué otra evidencia falta?`

Juro que sentí las miradas de las gorgonas dentro de mi escondite. Cada cabello de reptil se entrelazaba más y más fuerte en mi cabeza. El cúmulo de fauces se volvieron una: la gran serpiente de Midgard incrustaba su veneno en mi material gris. Mi mente no me dejaba descansar por el veneno. Ya no me podía escuchar. Jörmungandr era dueño de todo mi cuerpo enredándose desde el diagrama hasta el hipotálamo. Sólo resonaba el estruendo de frases imaginarias: "¿Por qué no se aguanta a llegar un hotel? ¡Qué oso! Al puñetas se le hizo tirarse al mamado del José. Apesta a semen. Debe de ser por este joto". El efecto de la toxina surtió mayor efecto cuando parpadeaba. El sol alumbró los mosaicos de la fuente como si fueran almohadas de algodón. Volví a entrar a "El Batán".

La gente, los uniformes, los pasillos vestidos de blanco, la llamada para tomar el sol y escuchar gritos, observar piruetas y recibir calmantes de las enfermeras para ser como un vegetal a la espera de ser cortado de tajo. En otro pestañear veía la cara de Emiliano. Él sujetaba su rostro mientras sangraba; yo, mis manos cubiertas en tinta carmesí. Todo eran gritos en el salón de fiestas y en el Batán. Las venas y arterias palpitaban cual galope. Se cortaba mi respiración. Entrada, salida, entrada, salida, entrada, salida, entrada, salida. No tuve salvación.

El gran Euróboro del mundo devoraba mi cabeza. Podría jurar que la sombra de Emiliano me cazaba. La respiración no desaparecía al espectro de mi acosador. Llegué a pensar que esto era una broma de todos por hacerme quedar expuesto como lo que yo sabía que era: un gay sediento de tener contacto con un hombre.

Intenté seguir con los ejercicios de relajación. El siseo de Jörmungandr opacó mi voz. Éramos uno mismo. Me decía como melodía en repetición. *Terminé algo con José que nunca empezó. ¡Malditas ilusiones baratas! Perdí mi virginidad con alguien que es mejor en todas las categorías.* Mi cráneo estuvo a punto de estallar por la mordida del áspid colosal. Sentí mis mejillas húmedas por las lágrimas y el sudor. Quise desaparecer. Las sombras de estudiantes pasaban sin cesar. No hubo un momento de paz entre el ir y venir de gente. Creí que el fantasma de Emiliano me tocó el hombro. Me quise morir, pero, por instinto, miré hacia el frente: José me había encontrado.

Parecía absurdo si hubiera intentado huir de mis lágrimas y vergüenza. No supe qué me disparó el ataque. Ni siquiera pregunté si hice un escándalo para que me notara y fuera hacia la fuente. Me resigné a ver qué decía José y por qué estaba ahí. "El sushi empanizado de prepa es mejor que el que hacen en profesional", según le entendí decir a José. Con un sushi de salmón empanizado y varios takoyakis me invitó a comer para alegrarme el día. La verdad fue que no tuve el valor de contarle sobre mis destellos de ansiedad. Me los guardaré para el día que me vaya a la tumba.

En la plática, salió el momento de la verdad de su distancia. Las noches anteriores salió de fiesta. Recuerdo sus palabras exactas: "Perdí la noción del tiempo. Después de lo de tu casa, quise seguir con esa euforia hasta donde pudiera sentirla. Me encanta que seas mi amante". ¿Pero qué le costaba decirme algo por mensaje y darme a entender que todo estaba bien entre nosotros? ¿Un "estoy con un vato y está de huevos" o un "vente a seguirla conmigo?" Me contuve a escuchar cómo halagaba mi sinceridad y nuestra química instantánea mientras me abrazaba sin poder evitar que mi piel se me espinara como puercoespín por sus efectos de Casanova.

Continué con la mentira sostenida de sonreír y asentar con la cabeza hasta que los dos nos despedimos para ir a la siguiente clase. ¿Podré ser su amante casual sin que me pueda enamorar más de él? Enfocaré todo lo que tenga en los exámenes esta semana. Ya tendré tiempo para lidiar con José o espero aguantarme las ganas de él.

11 de septiembre
4:28 pm

Volví a hacerlo otra vez. ¿Hasta dónde queda mi dignidad? El recuerdo del tacto de José invadió todos mis pensamientos sin descanso. Al ver un sesenta y nueve en la calificación de una de mis pruebas rápidas en Expresión Oral, deseaba estar acostado con Pepe en mi cama para tener su hombría en mi cara. Cuando el profesor de Historia habló de la domesticación de los potros durante el Neolítico, me imaginaba montar el cetro de mi amante hasta que gritara de un placer contenido por años. No supe cómo saqué ochos y ocho cincos en la mayoría de mis materias cuando todas mis neuronas se electrocutaban por tener la imagen del fornido de José.

¿Cómo es posible que ese cuate se volviera el centro y fin de todo mi universo? Debo de enfocarme en otro problema que viene en puerta. En la clase de Introducción al Pensamiento Occidental, el profesor nos dio aviso que debíamos empezar a preparar el proyecto integrador de la carrera. Podía ser algo que reflejara un poco de nosotros como personas, acompañado de la tesis obligada que debe de armarse durante el último año. ¿De qué podría hablar? Todo lo que tengo en este momento es a José en todo su esplendor. Parece un dios olímpico cuando baja de su corcel de metal. Él regala sonrisas y guiños como flechas de Cupido. ¿Y si lo que sentí en su confesión no fue Cupido sino él mismo pinchando mis glúteos para enamorarme más? José es Eros. Entonces, eso me hace Psique. Éramos el suspiro de dos mariposas en búsqueda de rosas. Amor y razón: no me parece un mal tema. No se me ocurre un formato de presentación, pero ya tengo algo con qué empezar. Tengo antes del quince de este mes para presentar el esqueleto de lo que quiero hacer y que me lo tomen en cuenta. Amor y racionalidad: los efectos de la liberación en el siglo XXI. Con este título, puedo ir directo a la biblioteca para apartar El asno de oro, leer el capítulo donde aparece el mito y hacer un estudio de caso sobre cómo el alma se libera cuando atiende a los deseos más profundos. José debe de ser la encarnación de Cupido. ¿Cómo podría explicar la epifanía sobre un trabajo que no había adelantado?

9:44 pm

De la nada, José me llamó por FaceTime. Me dijo que me invitaba a pasar el fin de semana con él en su casa en Cocoyoc. Sin aviso previo ni nada. Fue una señal caída del cielo o de dónde procedan los milagros.

13 de septiembre
7:19 pm

Unos días más y estaré con José. Le agradezco que me liberara de la tortura del puente por el día de la Independencia. No quise lidiar con la eminente realidad de ser marginado por mi familia y tener que ser un hipócrita.

Ya me imagino todo. El gran Arturo Trujillo, el dueño y director general del grupo Herón (el conglomerado más grande de casa de bolsa), el patriarca de la familia, mi padre, ofrecerá un discurso de que un hombre sin visión de negocios es un mediocre, que va por donde lo dirija la corriente, yendo de un lado a otro sin ningún destino en especial. Podría afirmar que dirá "¿Otra vez leyendo tus libros? ¿De qué me sirve pagarte tantos cursos si no los aprovechas?" cuando me vea llegar con mis libros bajo el brazo. De seguro, mi madre mostrará las fotos de sus amigas del tenis y hablará pestes de los inútiles hijos de ellas, y que sólo los suyos, que son gerentes administrativos del grupo Herón, han alcanzado la fortuna. Ella nunca se preocupó de si yo comía en casa, o me iba bien en la escuela. Y ni hablar de mis hermanos mayores. Guillermo se beberá las botellas de la cava de mis padres porque "le frustra no cumplir con sus sueños". Ha estado así desde su divorcio. Rigoberto me va a dejar de niñera con sus hijos malcriados, que parecen cachorros meones más que niños. Y Darío, presentará a su nueva ~~prostituta~~ novia a todos: él sí vive la plenitud de su vida a sus treinta y dos años. La cereza del pastel sería aguantar a los amigos de mis padres y a sus hijos. A los últimos los trató por la imposición de mi familia. Sólo hablan de estupideces como empedarse, coger y nada más. Cómo me gustaría tener a mi primo Quique en esos momentos. Por lo menos, podría hablar con él del último episodio de *Game of Thrones* mientras nos burlamos de esos tarados.

Por fortuna, José me quitó esos grilletes, aunque lo que sigue no va a ser de mi agrado.

9:05 pm

Padre me dio permiso para salir a Cocoyoc. Me puso por mensaje esto: "Ya vives solo, Esteban, pero cuídate." Quedé de enviarle la dirección y el teléfono de donde estaba para que pudieran encontrarme por cualquier emergencia. Le pedí de favor que lo comentara con mi madre, porque podría un *pero*, si yo se lo decía. Accedió, pero yo debía enviarle, por lo menos, un mensaje. No quiero lidiar con mi madre para pedir permiso. Conociéndola, sería capaz de amenazarme con no seguir pagar mis gastos, para obligarme a ir y pasar "tiempo de calidad" con la familia. Seguro me dirá algo como "Es lo mínimo que puedes hacer después de tu chistecito de factura del hospital". Puede decirlo porque pagaron mucha lana a la prensa, para no divulgar la noticia.

Tal vez el estar lejos me ayude a ver si puedo hacer cosas sin ellos.

No tenía mucho que ponerme. Tres playeras sencillas, unos shorts que son más cortos que nada, un traje de baño que usaba cuando me forzaron a ir a clases de natación que parecía más calzón que traje de baño. No tenía idea si invitaría a sus amigos a pasar el fin de semana. De seguro, sí. Bueno, haré el esfuerzo de mi vida para ser de agrado a sus amigos. Tal vez podamos tener un momento a solas. No puedo esperar al viernes.

17 de septiembre
5:44 pm

Apenas llegué a la casa. Falté a la escuela después de haber salido de la casa de José. Voté mi ropa en el lavadero para hacer lo propio más tarde. No podía concentrarme.

Fue un fin de semana diferente en más de un aspecto. Esos tres días me revelaron quién era yo en realidad.

El viernes, quedé con José vernos en la explanada principal después de las tres y media. Estaba esperando a dos de sus amigos que nos acompañarían a Morelos. Fue una sorpresa ver que eran dos animadores digitales, me pareció escuchar que formaban parte del Club de Apreciación Cultural: son los que hacen festivales por todo el campus de distintos países para hacer que los extranjeros que venían a estudiar se sintieran en casa. Eran como cuentacuentos, y eso me llamó la atención.

Uno de ellos tenía el cabello morado con rayas negras. Parecía como uno de esos títeres de payaso: los brazos y piernas delgadas, el tronco ancho y con un cabello peculiar. José lo llamó Mora y creo que le quedaba el apodo. Me encantó la espontaneidad de José. Cuando le habló a su otro amigo lo llamó Abejo Russ. Y tenía razón de hacerlo. Él parecía una abeja de pies a la cabeza: cabello rubio con rayos negros, chamarra blanca, playera color mostaza, pantalones negros y tenis de bota multicolor.

El viaje en carretera fue ameno. Me dejaron ir adelante con José. Compramos papas, refrescos y dulces para aguantar el tráfico por ser feriado nacional. Puso una pista en aleatorio en Spotify. Entre el vaivén de canciones de Zoe, Café Tacuba y Sin Bandera, hubo una a la que le subió el volumen mientras sus amigos seguían platicando: Demons, de Imagine Dragons. Casi hace que sus amigos le pidieran que cambiara la canción cuando llegó al coro: ahí se esconden mis demonios. No entendí qué me quiso decir José. ¿Por qué me invitaría a su casa y pasar el fin de semana con sus amigos si no quiere que lo conozca mejor?

Intenté disipar mis dudas con las bolsas de papas enfrente de mí. Masticando cacahuates y frituras, hablé de trivialidades con José: sobre sus planes de este fin, qué quería hacer, cómo nos íbamos a organizar para dormir. Me respondió que todo lo que necesitábamos estaba en la casa. "Tú no te preocupes. Este fin me pienso relajar y divertir contigo". Hizo una sonrisa maliciosa. Como si fuera a pasar algo más en ese fin. No sospeché en lo absoluto, porque si todos sus amigos eran como los de atrás, ¿qué tipo de diversión podríamos tener?

La casa de José emulaba el palacio de una deidad. Olí el perfume de las rosas blancas mientras pasamos el arco de piedra. Dejamos las cosas en el vestíbulo de la entrada y al contemplar la gran escalera de caracol supe que tendríamos más que espacio suficiente para dormir sin preocupaciones. Fuimos al patio y alcancé a ver la alberca, un quiosco al fondo y la palapa. Sentí como si me fuera a hospedar en un palacio griego cargado de magia y color. Fue tan diferente al castillo feudal de piedra gris, que llamé hogar en mi pasado.

Lo verdaderamente excitante se encontraba en la palapa que mencioné antes.

Otros dos chicos, con pinta de formar parte de un grupo de motociclistas, estaban sentados, tomando cerveza y fumando mientras esperaban que dejáramos nuestras cosas y bajáramos a empezar la fiesta. Esos otros amigos de José fueron un poco más toscos para saludar, por decirlo así. Los dos me vieron con una mirada sospechosa, casi punzante. Esa primera noche, empezaron a servir cuba tras cuba sin parar. En realidad, yo no estaba acostumbrado a tomar. Sólo en algunas reuniones en casa, padre me dejaba tomar un poco para que supiera a qué sabía. Desde mi graduación de prepa y por razones de descontrol, no probaba nada de alcohol. No quise quedar mal ni parecer grosero. Tomé tragos pequeños a la primera cuba. No sabía mal. Debo decir que me confié de más cuando daba más tragos a la bebida.

Entrada la noche, sin haber cenado, el Abejo y el Mora sacaron una baraja, y dijeron que jugaríamos Reyes. Los retos fueron divertidos, hasta eso: *caricachupas*, *samurai*, *yo nunca nunca*, por mencionar algunos juegos. Fueron directos con sus preguntas: si perdí la virginidad, si me gustaban los hombres, o qué cosas locas he hecho. Para mi sorpresa, todos los amigos de José eran como yo. Tal vez no exactamente como yo. Fue refrescante conocer a más gente del colectivo. El descubrir que sus cuates motociclistas eran bisexuales y que el Abejo y el Mora eran pansexuales me hizo sentir bien y en confianza. Podría decir que me sentí acogido.

Quizá fue por el alcohol, pero estuve tan relajado que las cubas me entraron como agua.

No recuerdo cuánto bebí esa noche o cuántos juegos de reyes jugamos, pero lo último que recuerdo fue que los cuates de cabellos morado y rubio con rayos se fajonearon enfrente de nosotros, y los otros dos no se esperaron. Había dos parejas, y yo con José, quien veía todo con una cara de lujuria y dispuesto a clavarse en cualquiera de los dos grupos. La valentía líquida que bebí me dio la fuerza para agarrarlo de la mano, subirme casi a gatas a uno de los cuartos y, después de cerrarla con llave, acabar con la angustia que tenía acumulada de una semana de no saber de él. Me trepé en su tronco para besarlo hasta sacarle la lengua. Le dije que quería sentir más y, casi sin dudarlo, me aventó a la cama, fue al buró para sacar unos TicTacs multicolor. Se puso uno en la boca y dijo "ven y quítamelo". Quien sabe qué mosquito me picó, pero le agarré la quijada, hice que se lo tragara, agarré la caja y tomé una. Con una frase resumí todo lo que quise sentir. "Espero que esto me ayude a aguantar la noche. Va a ser larga".

El último recuerdo vivido de ese instante fue sentir la musculatura de José trepada sobre mi cueva y el retumbar de su cetro para hacerme explotar. Él y yo nos convertimos en lotófagos después de consumir el deseo y deleite de la sexualidad. El abrazo de José me apresaba entre las rocas de sus bíceps donde me sentí resguardado de todo peligro, aunque no de la cruda.

El sábado, cuando me senté para desayunar, los cuatro amigos de José me sonrieron, pero con esas muecas que uno hace cuando ve que alguien hizo el oso y fue divertido verlo. Ninguno me trató mal; sólo se dedicaron a observar cómo me servía un poco de cereal, me sentaba y comía mi desayuno en la plácida calma de la palapa. Uno de ellos interrumpió cuando comentó algo sobre si estaba feliz saliendo del closet con todos. No entendí el porqué de su comentario. El más parecido en cuerpo a José sacó su celular para poner un video de la peda de anoche. Ahí estaba yo: despeinado, con los ojos desorbitados, bebiendo sin control, encimándome con todos como mariposa en búsqueda de néctar entre flores de arcoíris. Apenas pude distinguir los trabalenguas por mi adormecimiento. "Yo sholo quero decir algo. ¡Qué se vayan a la merga las familias! No nos merecen, carajo. ¡Qué se jodan todos! Mis pinches hermanos, la puta de mi madre y el inútil de mi padre. Celebremos que... somos arcoíris... y... que podeimos gozarnos". Me ruboricé por la indiscreción y la falta de respeto hacia todos. Los cuatro dijeron que no había problema, que era parte de la peda y que sabían que algo así iba a pasar porque José, cuando invita a alguien nuevo que le agrada, todo podía pasar.

No mentí con mi sensación de haber llegado a una isla milenaria. Sólo que nunca imaginé que pasaría mi estancia en la recreación de la isla de Circe en donde todos nos convertíamos en los cerdos que realmente éramos.

Hubo dos cosas que llamaron mi atención de ese sábado. La primera fue que nadie resaltó mi falta de cuerpo a comparación con el resto y que pude tener un juego amistoso de voleibol con todos. Aún con el desfile de trajes de baños en corte "brief" que mostraban piernas torneadas, abdómenes marcados y cuerpos estéticos, no fue un distractor para que luciéramos nuestra falta de coordinación durante el partido. La segunda fue que, después de una cena de carne asada, vimos una película romántica: La Delicadeza. La historia de dos amantes que se conocen, se enamoran y, a pesar de ser diferentes, terminan juntos resultó peculiar; más por la reacción de José. Entre lágrimas discretas, suspiros y volteándome a ver me hizo pensar que tal vez pude ver más allá de esa imagen de chico perfecto.

El domingo dormí hasta que dieron las doce del día. Fue un desayuno de campeones: huevos con chorizo en salsa verde con tortillas de maíz hechas a mano, tres jarras de jugo de naranja y café de olla. No recuerdo haberme sentido tan consentido en mi vida. Ni siquiera me sentí apapachado en casa cuando aún vivía con mis padres. Si bien me iba, me dejaban el plato frio en la mesa porque, según mi madre, "me tardo en arreglarme y esto no es hotel para que me atiendan".

Después de comer, tuve la oportunidad de hablar con Mora y Abejo. Estuvimos en el jacuzzi un rato. Les pregunté lo que hacían en la asociación, qué tipo de eventos armaban, la variedad de festivales o reuniones y la frecuencia con los que lo hacían. "Esto lo hacemos para celebrar nuestras diferencias y aprender de los demás". Podría jurar que parecían Hermes mientras compartían sus experiencias. Ellos tenían la misión de pasar el mensaje de los dioses de un lado al otro del mundo terrenal. Así lo vi y no pude evitar estremecerme cuando dije si es que aceptaban miembros nuevos en su grupo. Me aseguraron que toda persona era bienvenida a participar y que regresando a la universidad me podía dar una vuelta por el sótano de aulas de usos múltiples: ahí se reúnen todos los grupos estudiantiles.

José interrumpió nuestra charla porque se le ocurrió hacerse unos mojitos con el ron que sobró de la primera noche. Me dejé llevar por la espontaneidad de mi anfitrión y de sus amigos. Aterricé en el jardín de las Hespérides comiendo manzanas de eternidad. Incluso me atreví a ignorar las burlas de los amigos motociclistas sobre mi comportamiento salvaje del viernes y de cómo yo fui el lobo y Caperucita Roja. Todo eso me ayudó a dejar de cargar con todo el peso de mi vida y de darme rienda suelta por primera vez en años. ¿Qué había de malo con eso?

Al enfriarse la noche, el rostro de José parecía más pensativo que presente en su propia casa. Cuando le pregunté si le ocurría algo, sólo me desviaba la pregunta y me servía más mojito. Hizo un acto de magia que nunca entendí cómo le hizo: al echarse un chiste y dejar que todo se carcajearan un rato, él se desvaneció sin dejar rastro. Sus amigos me aseguraron que se pone así cuando algo bueno le ocurre. ¿El estar feliz y pleno no le corresponde por ser quién es? ¿A un cuate despreocupado con su sexualidad, seguro de sí mismo, carismático, guapo, el sueño de toda persona sobre la faz de la tierra y mi nuevo objetivo de vida por alcanzar le abruma la dicha? Me detuve unos momentos y me percaté de esto: no sabía nada de su vida ni de sus miedos ni de sus objetivos de vida y carrera. Sólo he tenido buenas sesiones de faje y sexo con él y nada más. Subí hasta su cuarto, me detuve un momento, intenté no hacer ruido al entrar y pasé al dormitorio.

    Envuelto entre sábanas y cobijas, acurrucado en posición de niño, sollozaba. José abrió los ojos y me observó sin parpadear. Estiró la mano como si buscara mi presencia para que le hiciera algo. Una de las cosas que más me gustaba que me hicieran de niño cuando estaba a punto de dormir era que me acariciaran la espalda. No recuerdo si lo hicieron mis padres, o alguna de las nanas, pero la sensación era agradable y quise ayudar a José a sentirse mejor. Deslicé mis delgados y tímidos dedos sobre la senda empedrada de sus hombros y cuello. Bajé hasta la base de su espalda. Hice zancos en la yema de los dedos. No frené mis caricias. Vi una cara que no pensé ver de él. Un hombre con el párpado húmedo mientras su respiración se sincronizaba con el mover de su cuerpo. Sin darme cuenta, acabé en la misma cama que él. Me conmoví al verlo tan indefenso. Suspiré mi anhelo esa noche. *Cómo quisiera que fuéramos algo más.*

    Salimos temprano en la mañana del lunes. El camino de regreso fue ameno y callado. No reaccionó cuándo despertó para levantarnos e irnos a la ciudad antes de que los locos e ideáticos atascaran la autopista. José no me dirigió la mirada en todo el camino de regreso. Quizás le molestó que lo acariciara así, como si fuera su amante o pareja formal. Sólo espero que el día siguiente que regresamos a la escuela sea todo como antes.

28 de septiembre
1:09 pm

Con el paso de las semanas, el fin del puente patrio pareció convertirse en un sueño distante que sólo yo imaginé. Las clases volaban en una eternidad de dictámenes, panfletos, discusiones y pruebas diarias. Me cansó contemplar a mi hombre perfecto en la cercanía de un pupitre y tener que contenerme al verlo. No me importa cuántas veces tenga que escribir y volver a describirlo. Es lo único que me tranquiliza: un chico rudo y atrevido en todo lo que hacía. Su chamarra de cuero, sus pantalones entubados, sus botas de motociclista que le llegaban a la rodilla. Su cabellera quebrada y castaña que le llegaba al cuello y esos ojos de jade perdidos entre dos mundos que no llegaba a ver con claridad. ¿Qué tan deprisa debo vivir para encontrarte, José?

6 de octubre
4:21 pm

Me siento Hércules cuando estoy con mi Cupido a solas. La rutina me abandona para luego volverme a buscar. Durante esas dos semanas, he liberado frustraciones ocultas. Sólo he visto dos veces a José después del puente.

El domingo pasado vino a mi casa a tomar unas cervezas conmigo. El macho que se hace notar cargando una caja de doce, portando su uniforme impecable de botas, chamarra y pantalón entubado. Dejé que fumara, bebiera y probara esos dulces peligrosos que tanto le gustan. Entre los tragos y cigarros, con pastillas de dos en dos, el embriagante sabor al preámbulo del sexo lo aguardaba con ansias. Él alimentó mi lujuria y mis deseos de volver a ser tocado. Se embriagó esa noche y sentí el delicioso elixir de su saliva de nicotina y cebada y de la fuente de néctar blanco expulsada de su centro.

Ayer que fue su segunda visita, llevó algo que casi hace que la Gran Serpiente del Mundo me volviera a envenenar. Me trajo uniformes de su antigua escuela. "Quiero hacerlo contigo como si fuéramos de prepa", me dijo José después de verlo con una camisa polo, pantalón y sus botas. Me temblaron las manos al usar algo que me recordaba ese instante donde mi vida cambió. Al ocultarme de él en su disfraz, temblar y sollozando para calmar mis nervios, José decidió agarrarme de las manos y que destrozara la polo que traía puesta. Me gritó que la rompiera con todo lo que tenía; que hiciera lo mismo con sus pantalones. Seguí su indicación. Me dijo que él haría lo mismo. "Que no quede nada de la prepa", asintió. Los besos y abrazos marcaron el ritmo que debía seguir para despedazar algo que me incomodaba. Me sentí con el control para que ese pasado no me gobernara más. Las serpientes no aparecieron, ni la sombra de Emiliano. Sólo veía el rostro de mi Cupido: mi José.

21 de octubre
9:56 pm

José me invitó a la fiesta de *Halloween* en su casa. No tengo idea de qué me voy a disfrazar. Fui directo con él cuando estuvimos en la cafetería de la escuela después de nuestra clase. Dijo que todavía no elegía algo, pero que si quería lo podía acompañar a la tienda de disfraces después de clases. Este año va a ser diferente porque José está conmigo.

Se detuvo a adquirir prendas diversas de otros disfraces: la capa de Drácula, una camisa de pirata, compró pintura azul y pupilentes rojos. Cuando le pregunté cuál era su idea, sólo me sonrió y dijo "es parte de la diversión encontrar algo que inventar. Es tan variado como combinaciones posibles". Esa sonrisa despreocupada por jugar a las apariencias me parecía enigmática, pero indecisa. Se sentía cómodo fingiendo ser algo que no era. ¿Acaso ha sido así desde el inicio? Qué tonterías. Es sólo una fiesta. Pagamos y lo invité a mi casa a probarse su disfraz.

La combinación de tres disfraces junto con su atuendo de todos los días daba un aire de misterio. Fue cuando le sugerí que podía ser una especie de alienígena: un príncipe de otro planeta que intenta destacar entre los terrícolas. Me sacudió la cabeza en señal de aprobación. "Me alegra que me hayas acompañado, Esteban". ¿Por qué me sonrió como si fuéramos pareja? No tuve el valor para preguntarle algo más. Me resigné a aceptar su felicidad y hacer el comentario aleatorio que tal vez me inspire en hacer algo parecido cuando vaya a su fiesta.

1 de noviembre
3:31 pm

No entiendo cómo pude dejarme llevar por el impulso. Decidí tomar las cosas por mi propio camino. ¿Cómo me disfracé? Pues, apliqué la misma técnica de José: busqué entre mis cosas algo que ponerme. Usé una vieja camisa blanca con triángulos rojos pequeños alrededor, unos pantalones verde oliva bombachos y unas botas militares de agujeta que me gustaban y nunca me atreví a usar. Con el disfraz de rebelde, me peiné al estilo de personaje de la Onda Vaselina, pedí un taxi de sitio y fui a su casa.

    Fue la primera vez que entraba a la casa de José. Me dijo que iba por mí cerca de la caseta del lugar porque el condominio era amplio y el conductor se podía perder. Pasó por mí en su coche o uno de lo que eran de su papá. Me vio entrar y revisó mi disfraz. "Estamos casi iguales, Esteban. Te queda ese look". Me sonrió e impedí que mis ojos se humedecieran por tan sincero cumplido. Un beso no sería suficiente. Sentí la urgencia de agradecerle de otra forma. Fijé mi vista en sus esmeraldas, me paré de puntas y le agarré la cara para introducir mi lengua en su boca. Fueron cinco minutos de jadeos y besos antes de que él se detuviera y me besara la frente para ir a su fiesta.

    Necesito confesarme. Tengo destellos de lo que pasó en su casa. Había un tornamesa, un proyector, la barra y varias personas con atuendos de hombres lobo, vampiros y momias en el cuarto de fiestas. Lo que recuerdo fue que sentí las miradas de estos posarse en mí. Las gorgonas prensaban su mirada para que me petrificara. Respiré hondo y recuerdo que me dije varias veces: *Esto es por tu disfraz. Por eso destacas. No te angusties, Esteban. Todo está bien.* Vi a los amigos motociclistas de José disfrazados de piratas. Detonó el veneno de mi serpiente interna cuando vi sus espadas con sangre falsa. Sus amigos tenían el rostro de Emiliano. Tenían el mismo parche en el ojo izquierdo donde lo apuñalé. Eran gemelos. No entendí cómo se multiplicó. Culpé a los *shots* de vodka y jagger por recordarme a ese imbécil. Los dos Emilianos se me acercaron y quisieron recrear lo mismo que hice en la casa de Cocoyoc. Me aparté de ellos, me escurrí entre las piernas de las Medusas de mi alrededor. Seguí respirando para hacer que el veneno saliera. No supe si fueron segundos o minutos, pero los gemelos tomaron posesión del proyector para pasar el video de esa noche. Sus voces en unísono dijeron "Para que vengas y que todos vean cómo te diviertes, Esteban". No entendí que ambos estaban fundidos y que era su forma estúpida de hacerme salir de mi escondite. Lo lograron, aunque yo con un paraguas que agarré de la entrada cambiaron el ambiente. Me poseyó la Gran Serpiente del mundo porque yo no sería capaz de hacer lo que hice. Golpeé el rostro de uno de los gemelos. Recuerdo que grité: "Voy por tu otro maldito ojo, pinche Emiliano. ¡Ya déjame en paz!"

Supe que alguien me agarró los brazos y me cargó. Vi entrar a Abejo y Mora y, de reojo, uno de ellos golpeó a los gemelos que volvieron a recuperar sus rostros originales. Salí del salón de fiestas. Relámpagos de la residencia de José pasaron por mi cabeza entre sacudidas: muebles de época del Porfiriato, figuras de mármol por la entrada, reliquias tras reliquias de España medieval, Rusia imperial y Francia de Rococó. Sentí que me acosté en una cama y que alguien me sobaba y me susurraba. "Tranquilo. Ya todo pasó. Nadie te va a lastimar. Estoy contigo". Cerré los ojos sin saber en ese momento quién me cuidó de mi episodio de histeria.

Desperté a lado de José. Me tenía abrazado y los otros cuates se prensaron entre mis piernas. No pude escapar de la prisión de mi desfiguro, o por lo menos eso intuí en ese momento. Me resigné a que poco a poco todos despertaran y así poder liberarme y salir tan pronto como pudiera a casa. Eso pensé mientras pasaron las horas. ¿A qué tenía que llegar? No tuve que pedir permiso a mis padres para hacer estas cosas. ¿Qué me preocupaba si ellos me veían con cinco hombres en una cama? No lo hice en el caserón (que siguen pagando), de su ciudad repleta de una élite de fantasía. No había necesidad de competir o probarle a nadie de lo que yo quería hacer con mi vida. ¿Pero, qué era lo que deseaba? Tan pronto dieron las dos de la tarde, el príncipe durmiente despertó de su letargo, me besó y me comentó algo que me dejó sin palabras. "Gracias por compartirme tus demonios." Le pregunté a qué se refería con su comentario. Me aseguró que sus amigos no se atreverían a acercarse a mí en un futuro y que no me preocupara por lo que pasó ayer. "Nadie grabó la cosa", me aseguró, "Todo fue tan rápido que pensaron que era parte del desmadre".

Con respecto a los otros cuates, se carcajeó diciendo que se quedaron jetones en su cama y que nada pasó.

¿Qué pasó con mi intento de velada para conocer más a José? Se perdió entre gritos de furia, golpes de paraguas y una noche donde me quedé dormido por culpa de mi pasado y de Jörmungandr paralizando mi capacidad de reflexionar. ¿Cuál es mi escape? Ya no sé lo que José representa para mí, si ni siquiera yo sé quién soy. Tal vez deba alejarme para darme cuenta de qué es lo que quiero.

5 de noviembre
11:48 pm

Ignoré por completo a José en clases. Su presencia puso muchas cosas en perspectiva. ¿Cuáles son mis metas? No quise volver a esa Puebla, donde están mis padres. Llena de hipócritas e interesados que sólo buscan treparse en la vida de los otros para ver qué sacan. Sólo busqué Sociología en la capital para alejarme de mi turbiedad. Mis padres parecieron felices de deshacerse de mí. Ya tenían a los otros tres que son el mejor ejemplo de seguir "los valores familiares". Entre los libros que saqué para estudiar para el último tramo del semestre, no hubo nada que me produjera pasión. No me importaba cuándo los romanos establecieron la república o cuáles fueron los efectos de la escolástica en la ética moderna. Me programé para vomitar todo en el examen, dar un análisis de mediano esfuerzo y seguir con mis propias preocupaciones. ¿Cómo sé cuáles son mis pasiones cuando mis padres nunca se preocuparon por explotar mis talentos? Sólo les preocupó a quienes conocía y cómo les serviría para aumentar el dominio del conglomerado. José la tiene más fácil. Él parece saber lo que quiere y lo que busca.

¿Por qué se me atraviesa José cuando pienso en esto? Tal vez sería momento de ver para el próximo semestre qué tipo de actividades me gustaría hacer. Quizás en esos talleres podría encontrar el motivo de mi vida. ¿Ser escritor? Lo dudo: no tengo la paciencia para contar una historia. Este diario no cuenta. Esto es para mí y sin la intención de algo más. ¿El club de apreciación cultural? Podría ser un buen comienzo. Tengo desde la fiesta de José que no veo a Mora y al Abejo. No entiendo por qué dejé ese entusiasmo en el olvido. ¡Ya basta de dejar que otros decidan mi vida! Mañana pienso ir hasta el edificio de las asociaciones estudiantiles y buscarlos. Cualquier cosa me sirve para olvidar mi falta de metas.

12 de noviembre
7:09 pm

Estaré en el grupo de apreciación cultural el próximo semestre. Bajé al sótano donde vi a los amigos extravagantes de José en su junta de fin de curso. Mora me abrazó, me invitó a ver la reunión y me dijo que llegué en el momento preciso porque van a ver las propuestas de actividades para el siguiente ciclo escolar. Abejo, como escrutador, apuntó todo y pude notar que les agradó que me haya decidido a participar. Fue interesante verlos tan concentrados y atentos cuando mi única referencia de ambos era de vernos comerse uno al otro. Cuando ellos hablaron de la diversidad, lo dijeron muy en serio. Me percaté, después de hablar en privado con los dos, que mucho de los miembros forman parte del colectivo LGBT. Me sentí rodeado de aves tropicales por su despliegue de plumas con el orgullo de ser más que sólo identidad sexual y de género.

Antes de que me fuera, me presentaron a un miembro que era de mi generación: Nadia del Pilar. Mora, por ser el presidente de la asociación, no dudó en decirme un poco de ella. Estudiaba la carrera de Economía, venía de una escuela de monjas y era la primera vez que participaba en un grupo estudiantil que no tuviera que ver con obras de caridad. Puedo decir que no era tan ruidosa en su aspecto físico como Mora o Abejo, pero se daba a notar. Nadia me sacaba una cabeza completa, pero eso no fue lo más curioso de ella. Parecía una ninfa o una musa: delicada, llena de gracia, pero con chispa. Me agradó su larga trenza rubia ceniza, su blusa anaranjada que exaltaba su esbelta figura, sus pantalones rosas claro y sus "flats" negros. Parecía una mariposa monarca en su despliegue de alas. Me dijo que me pasaría toda la información que necesito para estar al corriente con todo y que le dará mucho gusto ayudarme.

Va a ser interesante convivir con ellos tres y con el resto de los miembros el próximo semestre. Sentí que el timón de mi vida lo tenía entre las manos. No pensaba volver a ser ignorado por nadie ni nada nunca más.

18 de noviembre
3:28 pm

Han sido días sin querer estar cerca de José. ¿Qué es lo que tiene ese hombre que me deja imbécil cuando él abre la boca? Hace tres meses jamás me hubiera imaginado perder la virginidad, explorar mi sexualidad, por lo menos yo, y ser más degenerado que cualquier video porno visto y subido en los sitios no oficiales en internet.

Voy a estar solo en el último puente vacacional del semestre. ¿Qué piensa hacer José en esos momentos? Estuve a punto de marcarle para pedirle disculpas. ¿De qué? ¿De ser un cobarde y degenerado que puede usar a su conveniencia? ¿De qué no tengo una meta clara de lo que quiero de mi vida? Necesito un respiro. Espero que no me odie por abandonarlo tanto.

26 de noviembre
10:10 pm

El tiempo se detuvo cuando lo vi hace una semana. Me invitó a su bar favorito, El Diamante Negro, que está a unas cuantas calles de la universidad. Ver a José lejos de las obligaciones de la escuela y del exceso de fiestas fue revivir ese primer momento donde nuestras miradas se cruzaron. Noté algunas cosas raras cuando fuimos por cervezas. De hecho, ya lo había notado, pero no le di tanta importancia en su momento. José cargaba consigo el mismo paquete de TicTacs que le vi en su casa de descanso. La diferencia es que todo el rostro de mi... ni siquiera sé qué es para mí en este momento... compañero se adormecía. Me percaté de que sus pupilas se dilataban un poco después de tomar sus pastillas y darle varios tragos a su tarro de cerveza oscura. Me pareció que estaba más en su mundo cuando hablábamos de trivialidades, pero no pude comprobar nada.

Durante esa plática, acordamos que iría a su casa para el 16 de diciembre. Me aseguró que no debía traer cosas. Sólo mi presencia, un buen traje y mi disposición de pasar un buen rato bastaban. Como lo esperé, José me aseguró que lo que pasó en Halloween fue un momento mágico que atesoraría por siempre. ¿Podía confiar en las palabras de José? ¿Qué decía de mí ese apego a su descontrol? Le di una oportunidad a su intención de verme interactuar en su mundo. Tengo la intención de estar cuerdo y sobrio cuando eso pase.

5 de diciembre
5:15 pm

Entregas y exámenes finales. Promedio global: 8.6. Ninguna reprobada. Me deshice de lo que más me estorbaba. La presentación final de historia con José salió bien y sin contratiempos. Ese nueve final ayudó a que no tuviera que repetir la materia. No comprendo cómo fue que todo resultó de maravilla. Casi no hicimos investigación, los avances eran mediocres y el profesor nos amenazó con reprobarnos si no teníamos un mínimo de 7.5 en la evaluación de la rúbrica. Si esto fue obra de José, y me refiero a que consiguió a alguien quien nos ayudara a cambio de una pequeña compensación monetaria, no me sentía a disgusto. Recibimos lo que él pagó, o eso supuse. No le pregunté en cuánto lo vi porque quedó de corregir todo el trabajo para tener algo decente. ¡Y vaya que lo fue!

Envíe la boleta hace unos días a mis padres. Pensé por un momento que se sorprenderían por la bajada de cuatro décimas en mi promedio. No hubo quejas. No tienen expectativas. Siempre y cuando no repruebe algo y que ellos tengan que pagar, no es de su interés. Me preguntaron si ya había comprado boleto para pasar Navidad con ellos. Les dije que sí. Regresar a casa fue parte del acuerdo para que me dejaran quedarme en la

Ciudad de México. En veinte días más, debía de regresar a ese castillo frío y gris.

11 de diciembre.
12:47 am

Finalmente, estoy de vacaciones, pero no me relajo. Paso la mayor parte del tiempo pensando en José y sigo sin entenderlo. En un principio, me sentí como el inicio de una película romántica. Hoy, no sé lo que siento. No sé si es amor, pero la sensación de su cuerpo contra el mío me inmoviliza, me emborracha. ¿Dónde quedó la iniciativa de su parte por acercarse a mí? En seis días más, obtendré la respuesta.

17 de diciembre
11:11 pm

La fiesta fue más tranquila de lo que esperaba. El comedor, la sala y todos los adornos tenían ese toque de bazar navideño, aunque con la clase y gracia del palacio de la reina de las nieves. Todo emulaba la elegancia de los diamantes. El resplandor de los candelabros, las mesas, los atuendos de gala me hicieron sentir que estaba en una de esas reuniones de mis padres en Puebla. Debo admitir que el balance de los muñecos de nieve, Santas, bastones de caramelo, luces multicolor, coronas en cada puerta principal y una villa inglesa con tren de vapor, iglesia, pista de hielo y cantores de villancicos balancearon las cosas para darle ese toque hogareño a la mansión. Tal vez contrataron a Adolfo Camacho como lo llegaban a hacer mis padres, pero la casa de José se veía mucho mejor.

No fue lo único que me sorprendió. Su madre hizo una entrada digna de la realeza. Con el porte de una modelo al bajar por las escaleras, la señora Quirón lució un vestido perlado con listones dorados por los costados, con un peinado de bucles rubios y calzaba unos tacones del mismo color de su atuendo. Sonreía a todos los invitados, familiares y amigos con misma gracia que Afrodita. El parentesco no sólo se daba por el mismo color de ojos. Cuando me vio junto a su hijo, la sonrisa se le iluminó aún más. Estiró las piernas cual garza hasta donde me encontraba, me dio un beso en cada mejilla y me abrazó. Ese abrazo fue como si fuera uno más de su familia, y era la primera vez que trataba con la señora. "José no deja de hablar de ti. Siempre me presume que encontró a un joven tan lindo. Me da gusto que hayas podido venir". ¿Por qué me presentó José así ante su madre? Él fue quien insistió en que no fuéramos nada, pero me trata tan inconsistentemente que carezco de pericia para darme cuenta de sus intenciones conmigo. Además, su madre se mostraba relajada con saber de la sexualidad de su hijo. Era un alivio saber que José no estaba solo en esto. Esa última frase me hubiese gustado no haberla pensado porque, cuando el padre bajó a saludar, todo cambió.

Su papá era el mejor ejemplo de hombre maduro y bien cuidado que había en el mundo. Todo el porte de un hombre de más de cincuenta años, con canas perfectamente retocadas para resaltarlas, una barba remarcada de barbería, cabello quebrado como su hijo, pero más corto, ojos más verdes que la esmeralda, nariz italiana y labios seductores sin exagerar. Era igual o más alto que su hijo, con la diferencia de que él no se le marcaba la ropa por los músculos o el ejercicio.

Cuando vi al hombre aproximarse a nosotros, la sonrisa de José se desvaneció al instante, como si la misma felicidad se hubiera acabado. Al dirigirse a los dos, José respondía con una cortesía excesiva. "Me alegra que esta velada cumpla con sus expectativas, estimado padre. No dude en dar aviso si algo no resulta de su agrado y, sin vacilación, atenderé a su llamado". Y la respuesta de él no se quedaba atrás. "No te preocupes, José Eduardo. Todo va perfecto como siempre. Sólo, recuerda… ser discreto con tus…preferencias. Tenemos invitados: no lo olvides". Eso último lo dijo como si lanzara dardos de jade a su hijo. Me vio de reojo después del intercambio de palabras. "Veo que tienes a un invitado. José Edmundo Valencia, joven. Un gusto en conocerle".

Pareció un protocolo real. Temí decir mi nombre, pero no quise ser grosero y respondí igual que ellos dos. El señor Valencia abrió las pupilas. Comenzó a preguntar sobre mí: cómo estaba mi padre, qué carrera estudiaba, qué opinaba sobre la nueva fusión de bancos y sobre las consecuencias de la Gran Recesión en México. No podía esperar menos del cofundador de una de las casas de bolsa más importantes del país. Dejé que hablara sobre los negocios de construcción y traslado de valores que ha hecho con mi padre. Al final de todo, me preguntó cómo me estaba yendo con la casa. Lo único que sentí después de esa pregunta fue un hormigueo que me paralizó por completo. Cuando escribí que tenía la noción de que el apellido de José me resultaba conocido, pude darle sentido a todo.

¿Cómo no me di cuenta de que el papá de José era Mundo, el amigo de mi padre? Tuve tantas ideas en la cabeza después de oír el monólogo del señor Valencia sobre los logros de su compañía. Quise agradecerle por ayudar a la familia después de la sugerencia de mi mudanza, por dejarme estar en su casa por Navidad y por coincidir en estos momentos. Evité que Jörmungandr emergiera de las profundidades de mi cabeza. Di una respiración discreta para contestarle, pero fue la elocuencia de José que desvió la atención de su padre. "Agradezco su interés en mi invitado, padre, pero me parece que el señor Lascurain lo está esperando". Don Edmundo asentó, me dijo que saludara a mi padre de su parte y se retiró con su mujer para saludar al tumulto de invitados.

José me tomó de la espalda para ir al jardín y a la vista de nadie me tomó de la mano. Jadeó en todo ese trayecto. Sentí el soplo de una mariposa cuando él intentó recuperar el aliento. El sonido del agua ayudó a que él respirara hondo, me viera a los ojos y respondiera a las dudas que me han hostigado por todos estos meses. "Nunca te mentí cuando dije que me gustabas, Esteban. Me tienes vuelto loco. Esto es nuevo para mí. No imaginé hacer tantas cosas contigo. Al estar a tu lado, me siento libre. Me das el coraje de ser yo mismo". ¿Cómo podía llamar nuestros encuentros, mis desfiguros y la distancia, un sinónimo de *amor*?

No le grité, no hice rabietas con su confesión, no regresé a la fiesta como debí de hacer en ese momento. Tomé aire para hablar y confesé mi inseguridad. Le dije que me gustaba no sobresalir porque nadie tenía expectativas de mí y de lo que podría ser capaz de hacer. Supongo que fue por la ocasión tan familiar que sólo pude recibir un ligero toque de labios, un roce de mejilla y que tomara mi mano para llevarme de nuevo con la multitud.

La velada fue la recreación de una boda o graduación. Resultó increíble pensar que todo fue preparado en la cocina de ésa casa. Los platillos tuvieron la temática navideña: crema de nuez, ensalada de manzana, pavo con puré de papa y pastel de chocolate. Disfruté de una explosión de ambrosía en la boca. No todo fue perfecto. Ignoré durante el transcurso de la noche las miradas dominantes del patriarca de los Valencia hacia su mujer cuando ella hacía una broma fuera de lugar, acorde al gusto de su marido, o a su hijo, cuando se le "empezaba a torcer la muñeca". Cualquier cosa era mejor que pasar los días con aquel accidente genético al que llamo familia.

Mañana me voy en camión para casa de mis padres. Me esperan unas vacaciones del asco.

22 de diciembre
2:06 pm

No he recibido mensajes ni llamadas de José. De seguro, se fue a uno de esos lugares de ensueño para convivir con los de su clase. Espero que podamos hablar con más calma cuando regrese.

26 de diciembre
7:07 pm

Odio mi boca de profeta. No importa si mi llegada fue invisible para todos. Sólo quiero desahogarme de lo que pasó el veinticuatro.

Mis cenas navideñas eran montajes de celuloide sin esfuerzo de edición. Sin cambios, sin matices. Era regresar a los veinticinco o treinta minutos que dura una escena y dejarla en "loop". Nos sentamos como era costumbre. Mi padre estaba en la cabecera del comedor; mi madre, a su derecha; Guillermo, a la izquierda de mi padre; Rigoberto, al lado de Guillermo y justo al lado de su esposa y sus mini bestias; Darío, al lado de mi madre y yo, al lado de Darío y enfrente de mi cuñada. Mi madre nunca ha puesto un pie en la cocina ni en defensa propia. Compró un espectáculo teatral como cena: pavo con *gravy* y relleno de carne molida, pasas y peras, puré de papa, ensalada de manzana con nuez y almendra, pasta a los tres quesos, y pierna con adobo. Cada bocado me supo a corcho. Yo deglutí mis alientos con mi cara de inocente para disimular los gritos de mi *banshee* interior, que enunciaban la muerte de cada miembro de esa mesa. Mi madre barría con la mirada a mi cuñada por su vestimenta exuberante y la falta de etiqueta de sus nietos, mis hermanos se decían con delicadeza propia de caballeros "eres un pobre pendejo vividor" y "tienes tu puesto por mamársela a tu jefe", y a mi padre no dejaba de temblarle la mano cuando quería comer. Eso último me obligó a verlo a detalle. Sus sombras de desvelo no se ocultaban de las arrugas más pronunciadas de la frente y ya no era el mismo roble de hace unos meses. De hecho, cuando yo estuve en el psiquiátrico comencé a notar su pérdida de peso y falta de entusiasmo. Tal vez la angustia de estas fechas lo ponían así y no me daba cuenta.

Regresando a la cena, Darío me sugería en su plática que me faltaba vivir la vida y que me presentaría unas chicas después de acabar de cenar. Cuando le decía que no, el gigoló contestaba cualquier cosa homofóbica como "¿piensas morder la almohada toda la vida?". Se puso peor después de eso. Cuando mi madre quiso hacerse la católica y recordarnos del natalicio de Nuestro Señor, mi padre reprochó sin sutileza: "Si tanto te gusta estar en la viña del Señor, acábate la cava de la casa, maldita urgida". Yo quise adormecer esa nefasta noche con un comentario sobre el proyecto de carrera y algunas de mis materias. Ahí fue que mi madre perdió la paciencia, se dirigió a mi padre y lanzó un comentario que carecía de sentido. "Tu hijo no tiene futuro y lo sabes. Lo sacó de esos genes. ¿Para qué sigue viniendo? Sólo mancha el linaje de nuestra familia".

No hice el esfuerzo de contrariar a mi familia, de volverme a aventar, de dejar todo a la deriva. Opté por comer, esperar a que todo el mundo se despellejara vivo en la mesa del comedor y ya, cuando dieran las cuatro o cinco de la mañana, me dispondría a dormir.

Ayer a mediodía, después de desayunar recalentado, pedí a mi padre que fuéramos a su estudio para platicar sobre el pago de inscripción para el siguiente semestre. Fue otra secuencia de repetición. Ya sabía la rutina: ¿cuánto sacaste? ¿crees mejorar? ¿dónde y cuánto hay que pagar? En su presencia, y para que no existiera malos entendidos de su parte y que fuera a decirle algo al resto de la familia, preparé la ficha de depósito para tener listo todo antes del 31 de este mes. Asentó, me dijo que le agradaba mi sentido de responsabilidad, que mis hermanos debían de aprender eso de mí, y me dio una palmada en la espalda.

Antes de salir me preguntó si estaba bien viviendo solo en esa pequeña casa. Ese comentario me desubicó. ¿Por qué la preocupación? ¿Será que siempre la tuvo y yo no la veía por mi furia contra él? Se dedicaba a observarme. Nunca supe si era por lástima o por preocupación. Quizás fue algunos de mis hermanos quienes me humillaban por leer lo que leía. Al final, ante la pregunta de mi soledad, le contesté que todo iba bien y que encontré algo para no estar encerrado en esa casa todo el día. Sólo me sonrió. Podría jurar que su pregunta reafirmaba la carga que él llevaba a cuestas: un grillete en su vida. Él y yo intercambiamos miradas y una ligera mueca de felicidad. Me reconfortaba saber que en unas horas me iría sin despedirme y que mi padre me acompañaría hasta el autobús, me daría la bendición, y yo escaparía de otra tortura familiar.

Ahora que estoy en casa y escribo todo esto, me hace pensar en lo que él debe de vivir y soportar con mi madre. Tal vez su vida sea más infeliz que la mía. Espero verlo pronto para preguntarle.

31 de diciembre
11:42 pm

Tuve el impulso de enviarle mensaje a José. En estas fechas me desconecto de todo el mundo. Tuve suficiente con mis propios problemas como para aguantar la vida de otros. Le escribí deseándole un buen año, que me perdonara por mi distanciamiento, y que espero que entienda que todo fue un torbellino que no supe cómo manejar. Preferiría ser su amigo a otra cosa, conocerlo mejor, saber hasta dónde puedo llegar y qué me conviene. Sólo respondió con un "Feliz año, Esteban. Espero verte otra vez en la escuela. Un abrazo". Tal vez haya entendido mis razones de ser sólo un amigo. No puedo negar que mi cuerpo demanda el bocado del suyo cuando leo o escucho su nombre. Cuatro meses me bastaron para ver qué es lo que no quiero en mi vida. No quiero sentir dudas en mi camino, no quiero convivir con personas que no me aportan nada y no quiero ser el juguete de un cuate galán que crea que puede doblegarme. No puedo renunciar a José, pero sí puedo restringirle el acceso a mi cuerpo.

La pregunta sería si en verdad quiero hacerle eso.

Faltan veinte minutos antes de la medianoche. Voy por mi teléfono para escuchar a Demons. El rebote del coro dentro de mi cabeza encapsula lo que me pasa con José. *Mi Cupido tiene alas negras producto de la peste.* Espero que el siguiente año sea más productivo que el que está por terminar.

Segundo Semestre
2014
5 de enero
11:39 am

    Leí todo y apenas me reconozco. ¿Qué pensaría Isabel si llegase a verlo? Bueno, no estoy seguro si me debería importar lo que diga. No sé si me debería dar miedo suponer si alguien más lo pueda hojear o si pudiesen reconocerme después de tanto al terminar con el diario. Me hice el mojigato al tratarse de sexo. En esos momentos me sentí tan vivo por llenarme de José. Su hombría y todo lo que hizo me intoxicó. Quiero más. Quiero que entre en mi sangre por siempre. Cuando se trata de él no tengo dudas. Eso me aterra.
    Tal vez sea mejor evitar esto y ser más precavido. Me di el permiso de descansar de todo. He sido monarca de una ciudad de abandono que se eleva con cada año que pasa. Podría ver desde mi acrópolis el paso de mis días. La salida a Cocoyoc, la fiesta de Halloween y mi estadía en casa de mis padres por Navidad se impregnaron de un olor a río citadino: penetrante, abrumador e imposible de ignorar. Esos momentos se inmortalizaron entre las páginas de un diario para desquitarme y volverlos eternos.
    No pude entender cómo di orden a tanto caos en mi vida anterior. Qué triste fue redescubrir el torbellino de sentimientos negativos, de desdén y total abandono cubiertos con una euforia falsa. José se apoderó de mi diario en varias preguntas. ¿Cómo se la habrá pasado en estas fechas? ¿Por qué me respondió así el último mensaje?
    Vi en Instagram una foto suya con otro cuate en su casa en la celebración de fin de año. Se veían bebidos, pero lo que me sorprendió fue el "tag" de la foto: Con el cómplice de mi vida. Mi espadachín, mi amigo, amante. Ese tal Pablo Espinosa pareció ser amigo íntimo de José desde hace mucho. Revisé el perfil de su cuenta y hubo fotos suyas de secundaria con el hashtag TBT. Fue extraño ver a un José más delgado, con el cabello corto y rodeado de amigos más tranquilos en apariencia que los que le conocí en su casa aquella vez. El tal Pablo era tan diferente en sus fotos.

Se veía como una loca. Despampanante, arreglado, con una arrogancia que magnetiza a cualquiera que los ve. Sus ojos castaño rojizo, ese cabello rubio cenizo de príncipe encantador, y las facciones de un niño bonito que no rompe un plato en su casa, pero que es un desgraciado al salir. Lo último lo digo por las fotos de él siendo un fácil besándose con cualquier hombre que se topaba. No soy quién para criticarlo porque yo en mi borrachera en Cocoyoc hice lo mismo. No pude enfadarme con José. Supe que debía de ser honesto con mi Cupido con lo que quiero.

Él absorbió mi atención. No supe más de lo que me mostraba. No tenía idea si Pablo era un amigo suyo de antes. No lo vi en el Halloween o en los pasillos de la universidad. ¿Quién era Pablo Espinosa? Tal vez sea algo diferente una vez que lo conozca.

7 de enero
7:07 pm

Me sorprende el agotamiento después de estar dos días en el nuevo semestre. Sólo puedo decir que la profesora de la materia de Religiones del mundo espera un trabajo comparativo al final del semestre donde hagamos una justificación sobre la situación actual de los conflictos bélicos producto de la carencia de fe en la actualidad. Volverlo a escribir aquí resulta una pesadilla. Es decir, voy a tener que estar esclavizado en la biblioteca para encontrar referencias, puntos de justificación y testimonios durante el resto del semestre.

Pensar en mis obligaciones hace que me duela la cabeza. Lo bueno es que las reuniones del grupo cultural empiezan la próxima semana. Puede que encuentre ese algo que nunca he tenido a lo largo de mi vida. Sé que enfocarme en mi trabajo me va a ayudar a abandonar esas ideas. Un nuevo comienzo, un nuevo año, un nuevo yo. Todo lo que aprendí el semestre anterior no se va a repetir. Fue una lección dura y aprendida.

8 de enero
6:59 pm

Justo ayer, cuando todo iba viento en popa y estaba decidido a mejorar, me encuentro con José en un cambio de clases. Se veía como siempre: era un gladiador romano envuelto en cuero. Sólo pensar en que debajo del forro se encontraba un hombre marcado, fuerte, varonil; me tensaba la entrepierna el sólo imaginar lo que volvería a hacer con él. Fue un encuentro extraño. No me frunció el ceño, pero tampoco fue efusivo al verme. Sentí una preocupación por parte suya más que otra cosa. Me agarró de la muñeca y me llevó a unas bancas cerca de la cafetería. Me dijo que quería disculparse por el año nuevo. Me aseguró que no tenía la intención de ser tan cortante conmigo. Más o menos fue algo así.

"La neta no supe qué pensar de nosotros. Te lo vuelvo a repetir, Esteban. Nunca te mentí cuando dije que me gustabas. Es en serio que sí. Cuando me invitaste a tu casa esa primera vez, creí que tú querías algo más sexual conmigo. Y con respecto al post de año nuevo, lo puso un amigo. Me vio tan mal que agarró mi celular e hizo idiotez y media por risas. No significa nada, Esteban. No quiero que pienses que estoy jugando contigo."

Asenté cuando me explicó todo. Fue evidente su ansiedad. Le sudaban las manos, temblaba y casi no me dirigía la mirada por miedo, pena o recelo ante alguna negativa mía. Le contesté que no hacía falta darme explicaciones de cómo pasaba sus ratos libres. Le di un abrazo y le pedí que me acompañara a mi salón. Lo invité a comer a la casa esa tarde. Lo cité a las siete y media. Espero podamos hablar.

10:54 pm

Volví a caer en su trampa. No hace falta decir que manchamos la cocina, el comedor, la sala y mi cuarto de nuestra pintura blanca.

11 de enero
10:16 pm

    Fue el primer sábado que iba a casa de José sin que hubiera una excusa de fiesta. Me invitó a ver películas. Tener una cita de cine sin toda la incomodidad de la gente, fila para comprar palomitas y soportar las quejas y conversaciones ajenas me pareció una buena alternativa para pasar mi sábado. No quería importunarlo, aunque a estas alturas me resultaba difícil negarme a él.

    Su madre me recibió al entrar a su casa. Esa Afrodita me abrazó con la misma familiaridad que sentí en su fiesta de Navidad. Me pidió que me sentara mientras esperábamos a que José se terminara de arreglar. "Me da mucho gusto que aceptaras la invitación de mi Pepe Lalo, Esteban. Ha estado toda la mañana preocupado en cómo entretenerte", me dijo la señora Quirón después de desfilar sus perlas en un arco de felicidad. La observó y no sólo ella era hermosa: aún con unos mocasines, jeans negros, y una blusa blanca, se mostraba tan majestuosa cual cisne. No necesitaba ser ostentosa para demostrar gallardía. Vinieron dos imágenes en mi cabeza después de ver a la mamá de José. Primero, fue la de mi madre: una paloma vestida con un traje de pavo real. La segunda fue de Isabel: una golondrina en pleno vuelo. A pesar de ser tan diferentes, Isabel y la señora Quirón daban ese aire de sencillez, gentileza y cortesía como las aves portadoras de su imagen. Recordé las palabras de Isabel en su carta. No entendí el porqué de esa pesadumbre.

    Esa emoción conocida se difuminó cuando escuché el taconeo de unas botas sobre la alfombra que me hicieron voltear hacia donde estaba mi Cupido.

    Cuando bajó desde esas escaleras de caracol, José me abrazó y dijo que subiera. Me despedí de su madre con una sonrisa y seguí a mi anfitrión. No pude evitar verlo. Sus botas, chamarra, pantalón entubado y playera eran el conjunto perfecto de un uniforme. Un uniforme que le daba el rango de coronel y que me sometía a su voluntad. Me dejó solo en su cuarto. Dijo que él traería las palomitas, las papas y los refrescos para no tener que bajar por ellos a cada rato.

Inspeccioné el cuarto. Me sorprendió la variedad de libros: sobre economía conductual, pedagogía, filosofía de la educación. El único cuaderno de la mesa de trabajo estaba repleto de notas. Me dio gusto saber que había motivación para algo más en él. También me oprimió el pecho darme cuenta de que no lo conocía en verdad. Al llegar a su buró, noté un libro abierto de poemas de Pablo Neruda con un doblez en la esquina de la página. Los últimos versos en esa hoja estaban subrayados.

La mariposa volotea,
revolotea,
y desaparece.

Evité la presión que me generó leer ese fragmento. ¿José se sentía como una mariposa de otoño? ¿Algo fugaz e inexistente? Esa dualidad en él no solo fue visible con un ejemplo de poesía. Observé todo su dominio para comprobarlo: sus posters de bandas de rock en una pared, recortes de pensamientos de filósofos en la otra, su armario donde se adornaba en un camuflaje que envenena por su cautivante presencia y, la más magnética, su cama. Me abalancé hacia ella. Al acostarme en donde él duerme, olí la almohada y sentir el perfume de menta, cacao y especias mezcladas con el ligero toque de tabaco producto del cenicero en la cabecera me invitaban a dejarle algo mío ahí.

Me levanté, fui a su armario y noté todos sus trajes: chamarras de piel, pantalones y botas de distintos estilos. Había militares, de agujeta, algunas vaqueras de color negro. Pero todas estaban boleadas como sin usar. Me incliné a sentirlas de cerca. Olfateé el interior del tubo. El cuero de la bota y el sudor acumulado de sus pies engrandecían mi centro. Seguí inspeccionando. Todas tenían ese olor peculiar: de un hombre que sabía cómo usarlas y ser todo un macho. Escuché la voz de José provenir de la puerta. Cruzado de brazos, enseñando su bota y con esa sonrisa altanera y dominante, exclamó "Siempre podemos jugar a otra cosa si prefieres". Se me calentó el rostro por la vergüenza. Al levantarme, sentarme al pie de su cama sin verle la cara, Pepe fue conmigo. Intentó acariciarme y decir que no había problema, que le gustó verme así y que tal vez podamos hacer algo más cuando la película termine. ¿Por qué lo abracé? No entiendo cuál es el efecto de su voz meticulosa, suave, pero varonil cuando me besa la mejilla, me susurra al oído y me acaricia con esos dedos de pianista tras enredarse en el rubio de mi cabello.

No fue sorpresa que no presté atención a la película. Me acosté en sus muslos y sentí su bota chocar contra mi piel. El olor de cuero intoxicó mis sentidos. Puse mi mano sobre este para acomodarme mejor y tenerlo de apoyo. Besé el tubo expuesto. Me recosté para ver si hacía algún gesto por mi dulce acto. Solo me vio de reojo y pareció sonreír. Al terminar la función, me hizo levantarme para verme frente a frente. Me preguntó si me gustaban sus botas. Asenté. No tuve el valor para decir que me encantaría dejar mi leche dentro de ellas. El pensamiento tan vulgar me retumbaba en la cabeza. Se levantó y fue a su armario. No tardó mucho en salir cuando trajo consigo un par de botas pequeñas de agujeta. Me dijo que eran para mí, que a él ya no le quedaban y que era mejor dárselas a alguien quien las podría usar. No estoy seguro qué fue lo ocurrido. No supe si lloré, lo abracé o lo besé, pero luego de que me las enseñó, me quite mis Converse y me probé sus botas. Me quedaron como guante. Por fin, algo suyo, no sólo su cuerpo, era parte mía. Era dueño de algo de ese cuate quien por primera vez compartí algo más.

No quería quitarme las botas cuando empezó a desvestir mi cuerpo de la envoltura de mi ropa. Le supliqué que quería tenerlo así, con nuestros uniformes, nuestros disfraces. No hubo necesidad de desnudarme por completo o de sentir su hombría dentro de mí como aquella vez en septiembre. Percibí su piel erizarse contra la mía, sus botas entrelazarse como dos columnas corintias, el arpa de sus labios tocando los míos en arpegios. No fue tan brusca como la primera vez en mi casa o cuando lo hicimos en Cocoyoc. Tuvo una mezcla inequívoca de sentimiento y pasión desbordada. Aun cuando lo sentí dentro de mí al igual que sus pantalones tocando los míos, el frenesí duró un instante.

¿Qué era lo que José quería de mí? Mi Cupido raptaba mi razón para hacerme esclavo de su cuerpo. Su néctar en mis entrañas, su aroma dentro de mis poros y sus palabras de amor me confundieron más que el acertijo de la esfinge. Y más porque, después de acabar, José recibió un mensaje de ese Pablo. Charlaron por varios minutos. "Otra más de sus conquistas", me dije mientras el humo de su cigarro lo cubría en el balcón de su recámara: era una polilla envuelta en brasas que lograba escaparse de mi red. ¿Por qué debía llorar cuando supe desde el principio que no sería el único que lo satisface?

Le di su espacio y me fui a casa. Con una naturalidad casi inverosímil, se despidió de mí con un beso en la boca. Yo no era su novio. No era nada para él. ¿Cuál es mi afán de enamorarme de alguien a quien sé que no me conviene?

13 de enero
8:02 pm

Fue el primer lunes que me quedaría tarde por ser la primera junta del grupo cultural. Mora, como presidente de la asociación, me recibió tan amable que no me creí la bienvenida. El saludo del grupo fue el agitar de un abanico de plumas de pavo real. Como escribí la primera vez que vi una reunión con ellos, fue el desfile multicolor de chavos de todos los semestres y de todas las carreras.

Dieron la minuta del día con la que se retomaban los proyectos pendientes de semestres anteriores. Estaba hacer un festival de comida, las puestas de escena en el anfiteatro al aire libre o una batalla de las bandas. Me senté junto con Nadia mientras escuchábamos la discusión del ágora de ideas. Escuché como algunos chicos querían que se tocaran *covers* de Paramore, Nirvana o BTS. Observaba a mi alrededor adornos de participaciones anteriores y me detuve a ver el tema de los festivales de verano. Regresé a ver a Nadia y sin querer meterme de más en su privacidad vi que estaba leyendo un manga de romance. Me imaginé que sería maravilloso ver los puestos de comida, la decoración, encender fuegos artificiales y, sobre todo, agarrarle la mano a José mientras paseamos por todo el lugar.

No dejé que el cascabeleo de La Gran Serpiente rompiera mi calma. Tomé todas las ideas que había escuchado para formar una propia. Sin pensarlo, armándome de valor, alcé la mano y Abejo, con su distintivo traje amarillo con negro, me dio la palabra. Dije entre tartamudeos que podríamos poner música de bandas japonesas y hacer la venta de artículos típicos con un giro mexicano. Supuse que fue por consideración mía que los mayores aceptaron la propuesta. Entre risas, Mora comentó que le agradaba mi espíritu, pero me sugirió que moldeara más mi idea. Me encargó sacar presupuesto, permisos, ver medidas porque yo sería el responsable de sacar el festival de verano. En un principio, me imaginé que sería una novatada: una broma como rito de iniciación. Mi sorpresa fue que me dieron rienda suelta por la iniciativa para llevar el festival a cabo. Nadie había tenido la confianza para darme ánimo de perseguir algo; mucho menos al principio donde nadie te conoce. Tal vez esto era la forma que ellos construían su comunidad. No pude esperar a contarle a José mi buena noticia.

Fui a la cafetería y supuse que estaría en el gabinete de la esquina, la más pegada a la máquina de refrescos. Buscaba a mi Cupido. Lo vi con unos de sus amigos de carrera y no quise importunar. Lo chistoso del asunto fue que vi al tal Pablo Espinosa exhibir sin recelo una playera *sheer* pegada al cuerpo, unos pantalones blancos, unas botas de agujeta por fuera y una chamarra azul cielo bajo el brazo de José. Pablo le dio un beso en la mejilla y bloqueó su vista para que no me viera. ¿Quién se creía que era ese Pablo? Ignorando la burla de su amigo, fui hasta el gabinete para hablar con José.

Al verme, hizo a un lado al resto de sus amigos, incluso a Pablo, para darme un abrazo. Le dije que no hacía falta tanta ceremonia por un rato que no nos vimos. Se entusiasmó al verme y eso me gustó. Le dije que le escribiría en la noche para decirle lo que pasó con Abejo y Mora. Me sacudió la cabeza y, tras sonreírme, exclamó que esperaría mi mensaje. La mirada de sus amigos me petrificó. Alcancé a escuchar el cascabeleo de las gorgonas: "¿Es tu nuevo admirador? Se ve lindo tu güey. De seguro, ya te lo cogiste". Me sonrojé al pensar que los demás veían lo que yo cuando estoy con él. Temí verlos a la cara y descubrir que Emiliano, con su parche en el ojo izquierdo, se volvió a multiplicar. Me dirigí a la salida de la cafetería sintiendo unas pupilas ancladas en mí. Al voltear, me percaté que eran las de Pablo. No parpadeó hasta que salí del edificio.

Me entretuve en las bancas de la entrada revisando la entrega mi trabajo integrador antes de mi siguiente clase. Releí el título del trabajo. ¿Cuál sería el efecto de la liberación? No puedo basarme en el mito original de Psique. Ella nunca fue libre cuando Eros la raptó. Los celos y la desconfianza hicieron que ella perdiera a la persona más importante. ¿Cómo podría argumentar que el amor y la racionalidad absuelven el alma? Resultaba inevitable pensar en mí como la mariposa encerrada en una burbuja. Sólo anhelaba perderme en el cielo para alcanzar un milagro.

Regresé mi vista ante la realidad cuando los ojos castaños de Pablo se cruzaron con mis cuarzos azules. Torciendo la mano, de brazos cruzados, sacando la cadena, como si desplegara alas de mariposa emplumada, Pablo me respondió.

"Así que tú eres el nuevo juguetito de Pepito. A veces, tiene mal gusto, pero se pasó contigo. Sólo te advierto una cosa, mi ciela. José es mío. Y no voy a permitir que un perdedor como tú me quite mi premio. Dedícate a lo tuyo y piérdete entre tus libritos. ¿Vale?"

No me quedé callado. Algo se incendió dentro de mí. Me paré para estar frente a frente y le dije lo primero que pensé.

"José no es mío ni de nadie. Déjate de estupideces. Si no tienes nada inteligente que decir, por favor, retírate."

Imaginé que eso sería suficiente como para hacerlo retroceder o que se indignara para quedarse callado, pero no. Tensó la sien, me agarró de la playera y volvió a responderme, pero con la imposición de una leona en celo protegiendo a su macho.

"Más te vale que entiendas, tarado, que haré todo lo necesario para conseguir lo que merezco. Cuídate porque no seré tan bueno para la próxima."

Después de declararme la guerra por un amor no correspondido, como modelo de pasarela, con esa sonrisa altanera, presuntuosa y casi risible, se dio la media vuelta sin decir más. No entendí cómo mi Cupido puede juntarse con Anteros. No pude ignorar la amenaza real de alguien tan pedante.

Desde que llegué, no he podido enviar un mensaje a José. ¿Cómo le diría todo esto?

17 de enero
10:21 pm

¡Qué bueno que me pude escapar de Pablo! Después de aguantar su borrachera en el Diamante Negro porque íbamos a vernos con José ahí, sigo pensando cómo se me pegó esa sanguijuela. ¿Cuál era su afán de ir detrás de mí? La razón por la que no estuvo en primer semestre fue que estudiaba en otro campus y apenas le aprobaron el trámite. ¿Por qué no pidió el cambio de carrera si tanto apego tiene a José? Todo de Pablo era absurdo. ¿Qué miedo tenía de mí para que sintiera que debíamos estar cerca todo el tiempo para alejarme de José?

Pero, sí. A petición de Pablo, los tres salimos para el Diamante Negro y así conocernos mejor como amigos.

Nos sentamos en la parte exterior del bar porque los dos tenían ganas de un cigarro. La plática no tuvo provecho. El resbaloso de Pablo se la pasó haciendo chistes idiotas sobre las borracheras que se pusieron en el último año de prepa. "Sencillamente…épico", dijo el güey con su voz de aprieta huevos y arrastrando las palabras como si tuviera una papa en la garganta. No necesité hablar con José para competir con Pablo. Hubo momentos cuando se descuidaba que José y yo sonreíamos con la mirada y pensamiento. No cambiaría mis experiencias del semestre pasado por nada. Entendí que fue demasiado intenso aún con mi deseo de libertad. Entre silencios y suspiros, me imaginé que él comprendía lo que he estado sintiendo.

José no nos acompañó mucho tiempo. Después de recibir una llamada y escucharlo hablar con una cortesía de hombre de abolengo, nos pidió disculpas y se retiró. Me le quedé viendo a Pablo mientras fumaba y bebía Long Island sin parar. ¿Por qué era amigo de José? No tenía personalidad y todo giraba alrededor de él. Tal vez porque era igual de borracho que José. Me arrepentí de haberme quedado. Ya no había motivos, pero me inquietaba descubrir más de José a través de este tipo.

Siguen frescas las palabras de ebriedad de ese imbécil en mi memoria.

"Te voy a decir una cosa, flacucho. No entiendo qué chingados ve este Pepe en ti. Digo, mírate. Ni tu pelo rubio te salva de tu condición de pordiosero. Sé que cogiste con él. De seguro se te puso china la piel cuando te tocó la primera vez. Cuando te besó, te sentiste como su amante. ¿Qué crees? Ése es su talento. El tuyo es estar de rogón como han estado muchos. Pobrecito. ¡Y ni me mires así, imbécil! Yo sí lo conozco y sé lo que le conviene de su vida. Ni te apures, taradito. Te dejaré en paz con la condición de que desaparezcas de la vida de José. ¿Entendido?"

No valía la pena regresar el comentario de alguien así. No faltó más para que se intentara levantar y amedrentarme por la falta de respeto de irme y no responderle. Me quiso agarrar de la playera. Lo empujé y fue a pasar en otra mesa de cuatro vatos que tenían comida. Sin pedirle disculpas, sin ayudarlo a levantar, sin retroceder a mi decisión, me marché del bar y vi de reojo a un Pablo sollozando de dolor y pena. ¡Qué patético! Pedí un taxi y me largué.

Hablé con José llegando a mi casa de todo lo que pasó con su amigo. En su intento por darme empatía por Pablo, José me contó su historia. Resultó que el idiota de Pablo tiene una situación familiar trágica: vive en un hogar en extremo homofóbico, donde su padre sería capaz de romperle la cara tan sólo por doblar la muñeca. Pablo se comporta así de prepotente por el pavor que le tiene de que lo mate por homosexual. En serio, ni su pasado es original. ¡Eso todo un cliqué! Nada justifica un mal trato hacia otra persona. Incluso si sientes soledad. Quiero olvidar mi noche. Después de esto, me lavaré los dientes e iré a dormir.

26 de enero
8:05 pm

    Mora y Abejo me asignaron a trabajar con Nadia en el festival y en el resto de actividades del grupo. Me daba gusto que tuviera a un aliado en el festival de fin de semestre. Durante esa semana, pude conocerla mejor. Cuando la vi el martes pasado, le mostré la novela que yo estaba leyendo en mis ratos libres: "Plegaria de ángel". El manga que leyó en esa junta era "Promesas de verano". Resultó curioso que ambas historias trataban sobre el amor no correspondido y del reencuentro. Fue agradable que intercambiáramos gustos por leer historias románticas, aunque en diferentes medios. Eran nuestros murmullos de promesas de amor, de nuestra imaginación, de algo que nos podía unir. De hecho, sacamos ideas de ambas historias. De la mía, fue hacer un ritual de agradecimiento, como en estos templos shinto; de la suya, los puestos y actividades.

    Entregué mi presupuesto en la semana. Hubo algunos miembros de semestres superiores que dudaban de la recomendación. Esos siseos de descontento retumbaron en mi cabeza. "¿Desde cuándo tomamos las ideas de los recién llegados? Nosotros propusimos algo similar el año pasado y nos lo botaste. Si ese ratón dirige el festival, nos va a poner en ridículo". Los destellos de negro y amarillo de Abejo pararon la discusión. Él les aseguró a todos que hay que dar nuevas oportunidades a los novatos, que no podremos prosperar con ideas recicladas y siempre ver un nuevo lado a las cosas. Siguieron las muecas y susurros de disgusto, pero el proyecto fue aprobado con los fondos disponibles. Una vez más, demostré que podía hacer lo que me propusiera con algo de esfuerzo. Se siente bien ver cómo las cosas van en marcha.

    Tuve paz en esa semana, aunque Pablo la arruinó cuando le pidió a Mora y Abejo ser voluntario en los puestos de San Valentín.

    Sigo agradeciendo con mis superiores de que Nadia estuviera conmigo en todo momento. Ella y yo nos encargamos de alistar las mesas en nuestro lugar asignado. Pablo decidió ayudar con la entrega de chocolates y globos a los salones como mensajero. Su lado narcisista relució cuando sugirió que podríamos cocinar algo delicioso para todos los que quieran venir a comprar sus globos. "Le da un toque chic a todo. Estará tan boni todo que seremos la envidia de las demás asociaciones". Cuando le pregunté a Mora el pretexto por el que dejaba que participara, me respondió con algo que me dejó más tranquilo: "Es mejor mantener a este güey vigilado. Ten a tus amigos cerca; a tus enemigos aún más cerca".

Para mi buena suerte, no fui el único de ver las intenciones de esa víbora. Nadia supo alguna que otra cosa de él por chismes entre sus amigas y conocidas de grupo. "Una loca, zorra, traicionera, arpía", según dijo. Y, también vio de primera mano como él ocasionó un pleito entre amigos porque Pablo quería con uno y rompió la amistad de todos.

Los dos permanecimos a la expectativa de sus artimañas. Noté que José actuaba diferente cuando estaba con Pablo. Cuando vino a saludarnos a los dos, José fue con Pablo, él le daba esa caja de TicTac que conocía y se tragaba varios.

No voy a dejar que destruya a Pepe.

5 de febrero
11:31 pm

El puente fue una fecha peculiar. No he visto a mi familia desde Navidad. No tenía intenciones de ir para allá. Padre me llamó ese jueves para saber de mis planes. Tuve la intención de ir a la playa y pedirle el departamento de Acapulco. Me comentó que mi madre y hermanos saldrían a Cancún a pasar el puente, pero que él se tenía que quedar a atender algunos asuntos de trabajo. "Tal vez te vea por allá, Esteban. Debo de revisar unos documentos del departamento y ver que todo esté en orden", según le llegué a entender. ¿Cuál era su urgencia como para no ir con todos y descansar? No me pareció relevante.

Le dije a José si quería pasar el puente conmigo. Le aseguré que podría invitar a algún amigo sin broncas. Grave error de mi parte. A Pepe le pareció buena idea llevar a Mora, Abejo y... a Pablo. Yo no me quedé atrás. Siendo la única amiga que había hecho, le pregunté a Nadia si no tenía planes para esos días. Me confirmó que no y que sólo pediría permiso para ir. El punto de todo esto fue que Nadia llevó a una amiga; yo traje a José y él, a Pablo. Nos fuimos en la camioneta de Pepe saliendo de clases.

Fue otro viaje en carretera junto al único hombre que me ha dejado sin habla. Doscientos cuarenta minutos de espera, casi ochenta canciones reproducidas al compás de un vaivén de emoción, ganas de coger, peda y un romance que esperaba florecer. La amiga de Nadia y ella platicaron casi todo el camino sobre qué se pondrían para ir a la playa, si saldrían a bailar o darían la vuelta por la costera y comer algo rico. El tarado de Pablo, quien venía enfrente de copiloto, le rozaba la mano a José cada vez que cambiaba las velocidades del coche. Yo intenté distraerme con Mora y Abejo sobre los avances del festival donde me aseguraron que va a ser un éxito gracias al esfuerzo de Nadia y mío. Yo sólo quería llegar, dejar mis cosas, raptar a José para estar a solas, confrontar lo que he venido sintiendo y, si todo salía bien, pedirle que fuéramos novios. No conté con que todo mundo tenía planes diferentes a los míos.

Vi el edificio de departamentos con una duda en mente: ¿cuál podría ser el interés de mi padre en un edificio estancado en los sesenta donde lo único rescatable era que alguna vez fue área exclusiva de familias adineradas? No tardé en entrar a recepción cuando mi padre salió del cuarto de junto con uno de sus abogados, o supongo que era uno de ellos porque vestía formal para estar en zona de calor, y el conserje después de estrecharle la mano. Mi padre se veía aún más delgado de la última vez que lo vi. Sus brazos y piernas eran casi igual de delgados que los míos. Parecía una versión más alta de mí. Antes de que pudiera hablar, mi padre se presentó con mis invitados. Nos aseguró que todo estaba arreglado y que dejó algo para que pudiéramos pasar un buen fin de semana. Él y yo nos escrutamos y, sin decir más, se metió a su camioneta y se fue.

¿Me habré equivocado con mi padre? Me extrañó verlo tan dispuesto cuando se trataba de alguna de mis cosas. Cerré los ojos en ese momento para impedir que el Gran Euróboro me devorara. José notó de inmediato mi reacción y sólo con una palmada en la cabeza y una de sus sonrisas celestiales, puso a dormir a la víbora de la ansiedad.

La estadía de cuatro días iba a ser complicada. Las gavetas de comida estaban vacías, pero con espacio para vivir en ese lugar; la sala con dos sillones grandes de color gris y al final un balcón donde sólo había una mesa blanca de plástico con sus respectivas sillas. Además, solamente había dos cuartos y dos baños para todo el departamento. No recordaba la oscuridad del pasillo por los bulbos sin cambiar ni el olor a agua estancada proveniente de las paredes que daban al exterior.

Las chicas se quedaron en el cuarto lateral de la izquierda que era la habitación principal con baño propio y, para evitar conflictos, los cinco hombres nos quedamos en la habitación de las literas. Esa noche, con cansancio, un poco de hambre, y sin ánimos de salir para conseguir una buena noche de fiesta, comimos pizza y nos fuimos a dormir. En la danza de mosquitos, la sofocante humedad de playa y tener a Pablo y José en el mismo cuarto conmigo hizo que Jörmungandr siseara el eco de mi inseguridad para anestesiar mi sueño. *¿Por qué no pude sincerarme con José desde el principio? ¿Cuál es su afán de creerle todo lo que diga Pablo?* ¡Maldito maricón de mierda! No pienso dejar que me lo quites.

A la mañana siguiente, José y yo fuimos al súper a comprar lo básico de desayuno, botanas, cervezas y algo para la cena. Degustamos unos huevos revueltos al compás del choque de cubiertos. Alistamos la camioneta y pude notar el desfile de trajes de baño de todos. Las chicas portaron bañadores completos por la vergüenza de mostrar llantas. Pablo, en su delgadez, llevaba algo tan corto que parecía una tanga. José era un dios griego cuando le vi su traje muy corto, como bañador de competencia de fisicoculturistas. Y yo, sin mucho de dónde elegir, con un traje de baño que me llegaba a las rodillas, con flores hawaianas, parecía más un niño de secundaria que un universitario. La burla del imbécil de Pablo no se limitó, pero, como es sutil en sus insultos, lo hizo pasar como una broma. "Debes dejar de pedirle a tus hermanos que te hereden su ropa, flaquito". Las ligeras risas de todos me ruborizaron el rostro. Sin prestar atención a lo desagradable de mi vestimenta, agarramos la hielera, subimos las cosas y nos dirigimos a la playa.

Decidimos ir a Punta Diamante por tener más zona de mar abierto que Puerto Marqués. Todo mundo quería pasar un buen rato libre de preocupaciones. Yo me incluí. Mora y Abejo se perdieron cuando salieron a caminar. Las chicas estuvieron todo el día asoleándose, Pablo daba cerveza tras cerveza a José, y en un descuido suyo, noté cómo le daba unas pastillas para que se las tragara como caramelos. José se relajaba, pero se veía como idiota. Dejado, mangoneado por una mantis religiosa disfrazada de mariposa. Yo dormí un rato bajo una sombrilla. Ignoré a todos los pasantes, los vendedores, a los vacacionistas. Me envolví en mi capullo de sueño para despertar en una mejor realidad. Entre sueños, sentía como si mi cuerpo cargara un costal de arena en mi vientre. El oleaje del mar besaba mis labios. Mi cetro se atoraba entre las redes del traje de baño. Abrí los ojos y para mi sorpresa vi a José besándome, prensando mi cuerpo contra el suyo. José fue víctima de una peda de chelas y pastillas. Podría asegurar que fue plan de Pablo para que gritara y hacer el ridículo. No iba a ganarme. Cerré los ojos, lo abracé y seguí besándolo. Bailamos acostados en la alfombra de arena y la brisa.

    Nadie notó nuestro encuentro. Pablo había ido al baño y encontró a José dormido a mi lado y a mí despierto con la mirada en el horizonte. Estuvo a punto de hacer una escena cuando Abejo agarró del brazo a Pablo para pedir su ayuda en comprar paletas para todos. Mora llevó a José al baño para refrescarle la cara e ir por unas quesadillas de camarón para almorzar. Ambos me guiñaron el ojo, asenté con la cabeza y esperé a que las chicas regresaran de su chapoteada en la orilla del agua. Comimos rápido para aguantar el camino de regreso al departamento, darnos un baño y salir a bailar. En contra de mis ganas, pero viendo el estado no apto de José para manejar, le pedí a Mora y Abejo que manejaran. Nadia y su amiga no tuvieron inconveniente en quedarse hasta atrás para ir junto a José y cuidarlo. Pensé que harían cara al pedírselo, pero no. Debí compensarle a las chicas por soportar a Pablo. Lo bueno fue que Nadia reconocía a una serpiente venenosa con sólo escucharla.

    Esa noche perdí noción de orden. No pude recordar lo ocurrido. Querría mentir para decir que todo fue percepción mía y que en realidad todo fue una prueba de José para probar su amor, pero me avergonzaría de mí mismo si lo hiciera. Aún si Isabel no leyera mi verdad o alguien más, quise contar mi segunda noche tal y como la recordaba.

Fuimos vestidos todos de beige o blanco y entramos un antro con temática de barco pirata llamado "La isla del tesoro". Mi cabeza se envolvió en una burbuja etílica, donde hombres y mujeres de blanco bailaban en la pista con los cuerpos pegados listos para provocar. Desaparecieron los shots de tequila, vasos de piñas coladas tamaño familiar, el avión con shot de jaeger y los vodka tonic que Pablo y José dieron para entrar en ambiente. Una y otra vez, esa araña emplumada me intentaba arrebatar a mi Cupido. Esa jota preparaba sus quelíceros para inyectarle anestesia en cada descuido mío. Primero, fue en la carretera; luego, en la playa; y en el antro procuró atrapar a José entre sus redes. ¡No iba a permitirlo!

En mi borrachera o mi delirio, Pablo se convertía en Emiliano y el resto, en los enfermeros de "El Batan". Ese nuevo Emiliano le dio pastillas a mi Cupido para esclavizarlo. Los enfermeros se me acercaban para meterme en una prisión hecha de cuerpos humanos. El chico del parche se me acercó y me lanzó la amenaza de alejarme de José porque me quitaría todo lo que era mío. El alcohol en mi sistema potenció el veneno de la Gran Serpiente. El ruido de esas voces no me dejó que encontrara el equilibrio. *Él piensa devorar a José. Eres un debilucho, Esteban. Ni siquiera puedes defender a tu hombre .* No me dejé de ese tarado. Si frené a los otros en el Halloween en casa de José, lo volvería a hacer aquí. Ni este ni los anteriores Emilianos me arruinarían la vida. Aparté al Emiliano vestido de blanco para recuperar el deseo carnal de José. Eso no fue suficiente. De una botella vacía de cerveza que había cerca de mí, la agarré, estrellé el vidrio oscuro en contra de su cabeza y el destello de los fragmentos me regresaron a la realidad: el cuerpo de Pablo yacía en el suelo cubierto de sangre, mientras que Mora, Abejo, Nadia y su amiga veían la escena.

No se detuvo ahí. Estuve preparado para recibir el castigo pertinente por parte de ese imbécil. Me vio y sin dudarlo agarró un pedazo de vidrio que vio en la esquina para clavármelo en el cuello. José me salvó una vez más. Lo sujetó de la mano y, al doblársela, la partió en dos como madera seca. Ambos salieron del bar y caminaron por la avenida sin rumbo aparente. Pagamos la cuenta y no tardamos en alcanzarlos. Ambos veían un escaparate de una de las tiendas. Con un brazo colgando y sujetándose la frente con la otra mano, Pablo parecía gritar más que su dolor físico. "¿Por qué no tengo paz? Nada sale como deseo. ¡Maldita sea!". Las chicas, Mora, Abejo y yo pedimos un taxi para descansar de la caótica noche y recuperar energías temprano.

No me importó si el tarado de Pablo me amenazaba después de nuestra pelea o si mi estancia en Acapulco se acortaba. Ya no quería que él estuviera junto a José. Mi deseo se cumplió. José habló conmigo a solas antes de que todos se levantaran. Me pidió que nos fuéramos antes de las tres. Con esa cara seria, determinada e inmuta a emociones, le contesté que sí. Me dio pena explicar el motivo de nuestro regreso a todos. Por suerte, todos comprendieron lo delicado de la situación y accedieron a irse después del almuerzo. Alistamos las cosas, nos trajimos el súper, llenamos la camioneta y en un silencio profundo de cuatro horas, regresamos a la capital.

Dejamos a Nadia y a su amiga en la estación del Metrobús Nápoles; luego, a Abejo y Mora, en Álvaro Obregón. El vacío de la camioneta se acrecentaba por el mayor espacio en la cajuela y por la carencia de música o palabras dentro de la burbuja en movimiento. Pablo, por culpa de los analgésicos y por tener el brazo enyesado, se quedó dormido de copiloto. José estuvo atento al camino en todo momento sin verme. Quise hablar, deseé pedir disculpas para aliviar el momento, pero no sentí culpa. De hecho, me llenó de satisfacción ver cómo José le rompió el brazo a Pablo. Únicamente lamentaba que ni él ni yo hayamos estado cuerdos para confrontar las consecuencias de nuestros actos. Cuando llegamos a casa de Pablo, José se bajó y me pidió que me quedara en el coche. No alcancé a escuchar lo que mi Cupido dijo cuando Pablo entraba hacia su casa, pero el hueco de un puñetazo reverberó al compás del golpe de la puerta al cerrar. José me pidió que me pasara al frente como su copiloto. Otros treinta minutos de silenciosa agonía. Nada. Ni un estornudo, ni tos para aclarar la garganta, ni el sonido del motor parecía retumbar en el interior de ese pequeño cofre. Sólo deseé que el trayecto terminara. No tenía la fuerza de hablar con José si es que quería pasar a mi casa. No soportaría el desarme ni el enojo por algo que no tuve la culpa. Llegamos a esa pequeña casa, con su único lugar de estacionamiento, con una reja blanca del tamaño de José. Bajé mis cosas, abrí la reja y en cuanto me dispuse a despedirme, pronunció dos palabras que temí que hiciera a lo largo del camino hasta aquí. "¿Podemos hablar?"

No pude decirle que no. Lo pasé a la sala. Se sentó en el sillón más largo mientras yo hervía agua para café. Eran casi las siete y no quería que se fuera tarde y que estuviera un poco más despierto. José tenía la cara baja. No apartó la vista del café mientras yo intenté dar pequeños sorbos para calmar mis nervios ¿Qué me quería decir? ¿Señalar mi culpa de provocar un pleito en el bar? No tenía caso. Seguía sin creer lo que hizo José después de un rato de ver su taza enfriarse. La dejó sobre la mesa de centro, se levantó de su lugar, fue hasta mí, se arrodilló y en su abrazo, pronunció cuatro palabras que me desarmaron. "Lo lamento mucho, Esteban". ¿Cómo podía tener estos arranques de amor y ternura en su destructiva esencia? Lo abracé de vuelta. Me hice el obtuso y pregunté el porqué de su disculpa. Solo respondió: "Por todo, Esteban. Me disculpo por todo".

No hubo una gota de ironía o de malicia en su disculpa. La figura de José se quebró cual arcilla entre las duelas. Le dije que no llorara, que no valía la pena eso. Me replicó algo que creo vale la pena plasmar en este diario.

"No puedo justificar a nadie de lo que pasó esa noche, Esteban. Esta turbulencia, esto… tan extraño entre nosotros… no puedo explicarlo. No es un simple me gustas. Es algo más. Mi cuerpo tiembla al verte. Mis ojos se iluminan al verte pasar. Mi cabeza no deja de pensarte. No sé qué sea este sentimiento. Pero… no quiero dejarte ir"

Esperé por meses una respuesta sincera de su parte. ¿Por qué tenía que pasar en un momento tan caótico y poco romántico? Y más en el último tramo del fin de semana. Fui el primero en confesar. Me sinceré al decirle sobre la falta de tacto de su persona, las fiestas, el ridículo, lo ostentoso de su vida. Deposité todas mis inseguridades en las palabras lo mejor que mi tartamudeo y entrecorte por sollozos pudo expresar. Me miró a los ojos y sentenció las emociones de los dos en una sola frase. "Me enamoraste, Esteban Trujillo".

No quiero mentir con lo tatuado en mi corazón. Esa noche fue diferente a todos los encuentros sexuales que hemos tenido. El sudor y las lágrimas de felicidad fertilizaron los campos de nuestras pieles y las sábanas. Dos almas de mariposa se volvieron una esa noche.

Como dije al principio, este puente fue peculiar. Fui mariposa en un campo de flores en búsqueda de néctar. Algunas fueron dulces; otras, amargas, pero penetrantes, que el sabor eclipsaba mis papilas. José fue un heliotropo en la búsqueda de un sol languideciente. Incitó al lepidóptero en mí. Estuve dispuesto a alimentarme del néctar de su flor, aprender qué esconden sus pistilos y evitar que mire de cerca los soles de pirita.

14 de febrero
11:33 pm

¿Qué es el amor? Parece una broma o un lugar común lo que escribo y más después de ver a José en San Valentín. De seguro, Isabel me estaría sermoneando de cómo no hago el esfuerzo de pensar más allá. ¿Por qué ella se aparece en momentos como este? Supongo que es por el encanto de este diario de vincular mis letras con su intención. En fin, quizá me ayude a plasmar lo ocurrido hoy para romper la crisálida de mi corazón erosionado.

Me resulta increíble que José Eduardo Valencia Quirón sea mi novio desde hace una semana. Se ganó el título después de su confesión cuando llegamos de Acapulco. No supe en ese momento si haríamos algo para ese entonces. Estuve ocupado por la asociación haciendo entregas de flores y peluches a los salones. Mi mayor sorpresa fue encontrarme con mi Cupido. Fui para entregar un arreglo de flores con girasoles, azucenas, rosas rojas y margaritas blancas. Leí la tarjeta que era para un tal Stephen de un tal Joe. Sólo vi a mi novio carcajearse desde su lugar, levantarse, ponerse de rodillas y desearle a "Stephen" un feliz día del amor y la amistad. Mi cara parecía una rosa roja intentando envolverse entre sus pétalos. Al ver la sonrisa de José y escuchar los aplausos de su grupo, me dieron la fuerza de abrazarlo y besarlo enfrente de todos. Me sentí Teseo tras liberar a Creta del minotauro. Seré un cursi de primera, pero desde que confesé mi amor a José todo cobró un sentido diferente. No que mi mundo gire en torno a él. Más bien, quiero que mi amor por él se acople a lo que vivo.

Después de las seis, José me insistió en que pasara la noche en su casa. Me dio pena de darle una caja de chocolates al primer novio que he tenido. Dejé mis cosas en su cuarto para seguirlo. Me resultó extraño que nunca estuvieran sus padres en casa, salvo por la noche de Navidad. Me comentó que sus padres viajaban mucho debido a sus negocios. Noté como sus esmeraldas se opacaban cuando su padre salía en la conversación. Lo tomé de las manos y le besé la frente para recordarle que estaríamos en su casa nosotros dos.

Él planeó la velada. Mi Cupido preparó lasaña y ensalada Cesar con vino tinto para acompañar. Comimos en el comedor. José, al verme comer con lentitud, se sentó junto a mí y me partía la pasta en pedazos para darme en la boca. Me limpiaba la barbilla por el exceso de salsa de tomate. Me sentí como si él fuese un príncipe y yo, el burgués que intentaba impresionar al aristócrata.

Al término de la cena y con la botella terminada, sentí que me adormecía. José se levantó por el postre, pero dijo que quería degustarlo en el jardín. Abrió la puerta del comedor que daba hacia el patio. En la única mesa de centro que había me dijo que me sentara, me trajo una taza de chocolate caliente para observar las flores: rosas, azaleas, crisantemos que apenas podían abrir sus pétalos por el frio invierno que no acababa. Le pregunté porque no quería estar dentro donde hace calor. Me contestó algo peculiar que valía la pena compartir.

"Las flores luchan toda su vida por verse preciosas. No pueden fingir su dolor. Aún con el viento frío, se mantienen firmes para esperar a que los rayos del sol las obliguen a mostrarse frente al mundo."

Ensimismado en la flora de su patio, no entendí su afirmación. Miraba a las flores sin pestañear. ¿Qué significaba esta casa para José? Tal vez sería un capelo donde la rosa vive eterna, pero cautiva.

Con un poco de chocolate en el rostro, José volteó a verme y deslizó su lengua entre mis labios para lamer la miel oscura. El jugueteo de polinizar mi boca con algo más para dar fruto a la manzana de la excitación, ésta aumentó cuando le dije que tenía un regalo para él, pero que se lo daría en su habitación. Cual príncipe que era, me cargo en brazos para subir por las escaleras de golpe y aventarme en el colchón *king size* de su alcoba. Le pedí que cerrara los ojos y, al abrirlos, vio una caja de chocolates en forma de corazón con nuestras iniciales: E&J. Le deseé Feliz día del amor y la amistad y que este fuera el primero de muchos donde ambos compartiéramos más de nosotros. Su hombría y la mía cruzaron caminos entre mi hueco de oscuridad. Encima del príncipe de aquella colina, vi ese mismo rostro de amor y pasión que la primera vez. Lo mejor de este momento fue que, sin importar cuantas huellas de amor dejara él en mi piel o si el líquido blanco de su esencia invadiera mis entrañas, él dejó más que su físico esa noche. José selló la promesa de nunca dejarnos ir.

15 de febrero
3:30 pm

Me siento inspirado por ayer para continuar con mi proyecto integrador de mi novela de Eros y Psique. Las materias de historia de la filosofía medieval y religiones del mundo de este semestre se alinean con el concepto que quiero transmitir sobre el amor. Según San Agustín, no existe la perfección en el amor entre los humanos porque somos seres incompletos. La única verdad está en el amor a Dios por Él ser perfección. Si es así, ¿por qué siento que el amor hacia mi novio posee ambas cualidades a la vez? ¿Y si la idealización del concepto del amor hacia una persona lo vuelve perfecto en sí mismo? Es probable que la razón no entienda el concepto de esplendor divino cuando se trate del amor. Sólo debería de servir como el complemento para llegar a la plenitud.

Podría postular en la novela que Psique estuvo ciega por Eros porque el amor significa perfección. Lo sublime incapacita hasta al más puro de los corazones. Escribiré un poco de esto para ver cómo queda. Si me siento listo, puede que plasme esto por aquí.

Bendito hechizo de Isabel. Tal vez, sí quiero que ella lea lo que he escrito.

20 de febrero
7:17 pm

Recibí una llamada extraña de mi padre en el cambio de clases. Me dijo que no me preocupara. Fue al hospital porque tuvo una complicación estomacal. Sólo me marcó para avisarme que ya estaba en casa. Le dije que iría de inmediato hasta donde se encontrara, pero me advirtió que no era necesario. Él nunca me marcaba durante clases y menos entre semana. Nadie va al hospital por una indigestión. ¿Y si se intoxicó con algo y le produjo alergias? En su llamada me aseguró que no había nada de qué preocuparme, que guardará reposo por unos días y que estará como nuevo en menos de lo que yo creía. No me sentí tranquilo tras escuchar su voz vibrante, casi sin respirar. Le dije que me daba gusto escucharlo con energía y que lo pasaría a visitar a casa el fin de semana. Creo que se entusiasmó porque le oír decirle a mi madre que preparara mi habitación por el fin.

Quería ver a padre para estar seguro de que estuviera bien, pero no tenía energías para soportar a mis hermanos. Tampoco quería ver a mi madre. No aguantaría su tacto frio, distante y que apenas me viera a la cara. Alcé la voz y le pregunté que si tenía inconveniente de que viniera alguien más conmigo. No opuso resistencia. Supongo que se le hizo extraño la forma en que escogí las palabras. No me sentía listo para decirle sobre mí y mi pareja. Dejé entrever que había algo más. Digo, no es ideal que le presente a mi novio cuando claramente él no está bien de salud, pero es una oportunidad de que lo conozca.

Al terminar la llamada, le mandé un mensaje a mi novio para explicarle lo que pasó. Me respondió diciendo que si quería su apoyo. En serio, me da gusto que se vea más contento por apoyarme. Le dije que me honraría con su compañía en el camino a casa de mis padres. Le advertí de mis hermanos y mi madre; en especial de ella por lo tradicional que puede ser cuando se trata de llevar las buenas costumbres. Me aseguró que ese fin seríamos discretos. Le dije que se quedara en mi casa porque quedaba más cerca de la carretera a donde teníamos que salir. Me espera otro fin de semana pesado, pero tengo la suerte de contar con el apoyo y amor de José. En verdad, lo amo tanto.

24 de febrero
10:43 pm

¿Por qué me molesto con esto? Supe, aún con la ayuda y compañía de José, que esa visita a Puebla iba a ser peor que en Navidad. De hecho, ahora estoy más tranquilo. José me insistió que me quedara con él para no estar solo. Necesito calmar mis pensamientos. Tiene poco que se fue a su casa y que me puse a escribir. Si realmente este encantamiento funciona, espero que mis palabras le lleguen a Isabel. Me hace falta una guía o, por lo menos, descargar la furia de ese fin de semana.

José y yo nos fuimos en su coche hacia la casa de mis padres el sábado temprano. Llegamos a ese castillo gris por ahí de las diez. Mi madre fue quien nos recibió. No me sorprendió que apenas y puso la mejilla para que le diera un beso. Presenté a José y el primer comentario que le hizo a mi novio fue el de "Te ves presentable. Tal vez no a la altura de mi marido, pero pareces tener más clase que el inútil de Esteban".

José respondió con la elegancia que lo caracteriza. "Habla de inútiles, pero usted: la percha que porta". Casi no reaccionó ante la frase de mi novio. Sólo dijo "Astuto. ¿Quién lo diría?" Alzando la ceja y arrugando la nariz, nos sentó en la mesa del comedor para que desayunáramos algo. Ni siquiera nos acompañó. Le pidió a la cocinera que nos diera las sobras para apagar el hambre. Escuché cómo mi madre subió las escaleras hacia los cuartos. Supuse que la vería hasta las seis de la tarde, cuando el sol ya no la molestara.

Al terminar de desayunar, subí a la recámara de mis padres y toqué la puerta para avisar que había llegado. Le pedí a José que se quedara en la puerta y que lo haría pasar si veía bien a mi padre. De nuevo, mi madre nos abrió de mala gana. Puso los ojos en blanco y alcancé escucharle decir "ya llegó tu hijo". Él se veía un poco más pálido de la última vez que lo vi. Permaneció tosiendo todo ese momento de silencio cuando entré. Con tu típico "Hola, flaco", le di un inusual beso en la mejilla. Le pregunté cómo seguía después de estar en el hospital. Vio hacia la ventana, regresó la vista hacia mí, suspiró, dio una ligera tos para luego compartirme que fueron cálculos renales y que debía de bajarle a tomar café y refrescos de cola para no tener problemas. Después de eso, se quedó callado.

Padre no hablaba de las cosas; mucho menos conmigo. Resultó extraño que su respiración no tuviera la fuerza de siempre para provocar los ecos en las paredes del cuarto. Quise romper el encanto del silencio. Hice la pregunta estúpida de si mis hermanos habían venido o por lo menos le hablaron cuando les dijo sobre su situación. Me respondió que no me preocupara porque ellos hicieron el esfuerzo de mandar mensaje de mejórate pronto. ¡Bola de cabrones interesados! Si mi padre no tuviera la empresa, ellos no tendrían nada. Ni me quise enojar porque sabía que, si comentaba algo, mi madre defendería a mis hermanos a capa y espada de la "injusta y desproporcionada" pedrada. Le dije a mi padre que José quería saludarlo, pero en cuanto pudiera bajar. Mi madre comentó que se le hacía difícil de creer como alguien como yo puede tener amigos o incluso algo más. Cero e iban dos. Les dije a mis padres que estaríamos abajo desempacando y poniendo todo en orden. Salí sin preocupaciones y conduje a José a la habitación que había sido mi santuario y mi único refugio de todos los males dentro de mi vida por dieciocho años.

Entrar a ese cuarto fue como si desenterrara una cápsula de tiempo. Acumulé cuatro repisas de libros gracias a mis calificaciones. Las ediciones ilustradas de los mitos nórdicos fueron una recompensa por tener el mejor promedio de la generación en primaria. La colección de las maravillas del mundo fue por un ensayo de historia que quedó en primer lugar. Los últimos dos anaqueles estaba atiborrados de novelas sobre dragones, caballeros, hadas y demonios que fui leyendo hasta la prepa. Cuando dejamos las maletas, noté las cajas de videojuegos a los que regresaba cuando no tenía ganas de leer. "Fable" me fascinaba por el hecho de perderme entre los pueblos y descubrir secretos como templos perdidos o criaturas que no aparecían en mis libros, aunque en las misiones siempre era el niño bueno que intentaba hacer lo correcto. Nunca pude romper las reglas y volverme malo porque temía que jamás podría regresar a quien era. Volteé para ver los estantes encima de la tele. Me resultó chistoso que ni padre o madre hubiesen tirado la colección de latas de refrescos de cada país que visitamos en vacaciones. Cuando nos sentamos en la orilla de la cama, José observó toda la decoración. Podía imaginar su comentario. "Esto es el cuarto de un tipo de dieciocho atrapado en un cascarón de uno de trece". Bueno, eso yo pensaría si viera mi habitación por primera vez. José no dijo palabra alguna. Se detuvo a ver los detalles de mis libros, latas y juegos para terminar acostándose en la cama. Sólo me preguntó algo que creo que nunca le contesté cuando venía a mi casa.

"¿Por qué tus padres tienen esa pequeña casa en la capital?"

No entiendo por qué lo tengo que volver a anotar esa respuesta cuando Isabel ya sabe la verdad y los motivos, pero esto lo hago porque quiero dar testimonio de mi verdad con José.

Contesté lo más veloz posible. "La casa en la Ciudad de México fue lo primero que mi padre compró. Cuando él tuvo mejor suerte y trabajo, todos nos mudamos a provincia a seguir su sueño". Fue curioso pensar en esa casa donde vivo. Parecía una tienda de campaña para cuando yo decidiera irme a cualquier otro lado. Vi mi cuarto y no entendía por qué seguía conservando todo en un lugar el cual aborrezco con cada poro de mi piel. Acostados en la cama, le pregunté a José si tenía espacio en su camioneta para llevarme algunas cosas. Me dio un beso y dijo que podría empacar lo que fuera para que yo me sintiera en mi hogar.

Ese momento fue el único bueno de todo el fin de semana. Después de unas horas, mis hermanos llegaron.

Como si vinieran en el mismo coche, los tres llegaron puntuales pasadas las dos de la tarde. A diferencia de la apatía de la mañana, mi madre saludó con un ánimo que parecía hipócrita si es que nadie la conociera. Cantaba odas a sus tres hijos que trabajaban dentro de los negocios de mi padre y que sólo se dignaron a visitarlo por la "competencia" de ver quién se preocupa más por el bienestar de un hombre de casi sesenta y tres. Sentí un poco de pena por mi cuñada. Ella hacía el esfuerzo por quedarse fuera de los conflictos familiares. Cuando vio cómo su marido, sus otros dos cuñados y su suegra se dedicaron a hablar por horas, molestando el descanso de mi padre, ella dejó a sus bestias en el cuarto y se escapó unos instantes con José y conmigo para hablar de lo que sea.

Me preguntó sin vacilar si José y yo éramos pareja. Le contesté que sí, que quería presentárselo a mi padre para que supiera con quién estoy y no se altere. Sonrió tan natural. Creo que nunca había visto a ella denotar alegría sin que Rigoberto se lo pidiera. Nos dijo a ambos que hacíamos linda pareja; que se notaba la preocupación y el cariño de uno hacia el otro; que esperaba que ninguno de mis hermanos me hiciera sentir menos por no elegir a una mujer. Quedó claro que mi cuñada conoce el tipo de hombres machistas, dependientes y homofóbicos que eran mis hermanos. Por la sinceridad del comentario de mi cuñada, me atreví a preguntarle algo que me había estado molestando por años.

"¿Por qué sigues casada con mi hermano cuando es claro que apenas y lo soportas?"

Podría asegurar que todo lo que hacía y cómo se vestía era para complacer a Rigoberto. Ella respondió con una oración corta, contundente, pero aterradora.

"Él me da lo que necesito. Tu hermano pagará con sus hijos. Serán su responsabilidad. Yo sé cuándo será el momento de mi salida de esta familia. Mi rol en esta historia terminará más pronto de lo que piensas, Esteban".

Ojalá tuviera la misma valentía que mi cuñada de tomar esa decisión de arrancar la mala hierba de mi vida.

Cuando regresamos adentro, la mesa estaba lista. Como de costumbre, la plática se centró en la vida aburrida y sin chiste de mis hermanos. Si no hablaba Guillermo de la idea de negocios de bar que todavía no arrancaba, Rigoberto presumía sobre su gran labor de ahorro en la empresa (de seguro lo hicieron sus becarios) y Darío aseguraba que tendría el protagónico en una novela y saldría al aire el 15 de abril en horario estelar. Mi madre aplaudía la falta de logros del resto de sus hijos, sólo refunfuñaba cuando la conversación acababa en mí y en mis cosas. José interrumpió el interrogatorio para anunciar sobre el festival de verano que mi grupo realizaba para la universidad. Mis hermanos no se sobresaltaron al verme tomar acción en algo. Sólo mi madre rompió la interacción incómoda para decir una frase que cayó todo. "¿Por qué no me sorprende esa lentitud y falta de metas?" José contestó por segunda vez sin vacilar: "Es más claro una meta hecha por uno que tres pagadas por un padre. ¿No le parece?". Temí que lo insultaran o que nos echaran de la casa, pero el gesto sombrío de mi padre hizo a todos regresar a sus platos y terminar de comer. En mi pelea con el filete y los cubiertos, contuve las lágrimas después de la tercera frase insultante de mi madre. No le daría gusto a esa mujer. ¿Por qué tiene que tratarme así?

Le dije a mi padre antes de irnos a dormir, que me iría temprano para evitar el roce entre mi madre y yo. Le di un abrazo y le pedí que me marcara si es que hubiese algún cambio en su estado de salud. Fue antes de irme que él preguntó por José y, con una fortaleza interior que desconocía, lo presenté como lo que era. Pensé lo peor: un insulto, vetarnos de la casa, pero no. Le sonrió a mi pareja y dijo "cuídalo mucho, por favor, porque quizás yo no esté para seguir haciéndolo". Fueron unas palabras raras que alguien puede decir antes de dormir.

Durante el trayecto de regreso a México, el pensamiento de mi padre revoloteaba en mi cabeza. "Todo, de alguna u otra forma, quedará resuelto para ti, flaco".

Ahora que transcribo todo lo ocurrido, caí en cuenta de algo. Padre fue un silencio, una sombra. Madre era la persona quien me cuestionaba sobre mis lecturas y la falta de provecho a los estudios que mi padre pagaba. Si soy sincero, no recuerdo si alguna vez tuve algún tipo de caricia o buen trato de mi madre hacia conmigo. A veces, siento que ella me echa en cara que yo fui quien le arruinó su estilo de vida. Pareciera que desde hace dieciocho años su vida se frenó porque yo vine a desajustar su entorno perfecto de vida de pose y apariencias monetarias. ¿Y si Isabel dijo la verdad? Tonterías. Ella no sería capaz de abandonarme como a Moisés a merced de las fauces del Nilo.

Tras ser testigo de la sinceridad de ese hombre, volví a leer ese fragmento de la carta de Isabel. "Tu padre ha hecho todo por cuidarte". Es curioso cómo algunas ideas se acomodan cuando uno se dispone a dormir.

Le daré la oportunidad … a mi papá. Creo que se lo ha ganado.

4 de marzo
5:39 pm

Regresé a mi realidad para darme cuenta de que todo se me vino encima: las entregas de mis proyectos, el festival para este verano y la situación de salud de mi papá. Me temblaba el cuerpo al pensar en volver a la caverna de la asociación cultural. No tenía energías para ver a Pablo que, para mi sorpresa, desertó del grupo por "complicaciones con su lesión". Tampoco podía ver a Nadia a la cara. Después de que ella vio una escena violenta en sus vacaciones, dudé que quisiera acercarse a mí para algo. No tuve la alternativa de evitarla porque trabajábamos juntos en esta tarea. Cuando vi su colorido atuendo y su llamativo cabello dorado, sentía que las venas de mi cuerpo se entumían al acercarme a ella para hablar. Me saludó sin vacilar ni rencor. Fue todo un alivio.

Necesitaba de su ayuda con todo esto del festival. Revisé las ideas que anotamos para la presentación con el material para trabajar: Las flores, los peluches que no se vendieron en San Valentín, la decoración de corazones y flechas. Apenas presté atención al trabajo. Nadia notó mis suspiros mientras hacíamos el inventario. Me preguntó qué me pasaba y que si podía hacer algo para ayudarme. Le conté por encima los conflictos que tengo y, después de quedarse callada un rato, me dio una sugerencia que puso en pausa mis dilemas: ¿Y si piensas en tus problemas como un tema? El rayo de inspiración de la musa Clío destelló en mí la manera de unir los rituales de agradecimiento, los puestos, a la vejez, el verano y la religión en un tema para el festival.

Podría hablar sobre la importancia de la vejez y la muerte a lo largo de distintas religiones, ver el impacto en la cultura actual y cómo han decidido trascender ese legado. Me parece un poco oscuro. Digo, el verano es una época donde vas de viaje, descubres cosas de ti mismo o te pierdes en ese deseo de ser libre y vivir cosas. No sé. No tengo recuerdos de haber vivido un verano inolvidable y feliz. Las pocas veces que viaje al extranjero fue cuando íbamos a Orlando a ver todos los parques de diversiones. Pero, no se sentía bonito cuando veía los espectáculos de luz y sonido, los desfiles con personajes de mi niñez o subirme a las montañas rusas. Creo que lidiar con la muerte y el recuerdo era un tema perfecto para el verano. Sería interesante ver qué tipo de recuerdos tendrían mis compañeros. Es probable que el grupo me cuestione la razón del cambio de tema. Me preocuparé después. Llevaré mi cuestionario y haré todo lo posible por hacer este un festival digno de esta escuela.

11:16 pm

Le envié un mensaje a José hace una hora y no me ha respondido. Espero que no sea como la última vez que tuvimos un momento hermoso para que luego se largara a vaciarse con dulces estupefacientes y alcohol. Pienso buscarlo en estos días después de mi junta.

7 de marzo
8:09 pm

La reunión fue de maravilla. Siento que todo se acomoda en su lugar. Los trabajos de historia de las religiones, historia de la filosofía medieval y el avance de mi proyecto integrador tuvieron una excelente respuesta. "El recuerdo es un buen recurso para analizar y hacer comparaciones con los sucesos dentro del pensamiento". Me encantó ese comentario que lo tuve que poner. ¿Qué lo diría? Tal vez, sociología no era una mala carrera. Podría ser maestro, escritor, académico o lo que deseara. Las posibilidades en esta nueva transformación de vida eran infinitas y me iluminaba el rostro al pensar que eso podría darme algo de perspectiva. ¡Qué debraye el mío! Sobre la reunión del festival, tuve respuestas diversas sobre los recuerdos de verano.

Algunos contestaron que las vacaciones fueron el único momento para visitar a los familiares más alejados, pero que seguían siendo de importancia para los padres. Uno de mis compañeros comentó que cuando era niño se iba al rancho de sus abuelos y perderse dos meses y medio entre el estanque, en la pradera, ayudarle al abuelo con las faenas del cultivo y alimentar a los puercos para convertirlos en carnitas, chicharrón o menudencias. Otros decían que era la oportunidad perfecta para conocer algún lugar nuevo. Nadia me sorprendió con su aportación. Me aseguró que cada verano sus padres visitaban distintos estados de la República y presenciar sus fiestas. El verano anterior recorrieron Oaxaca para presenciar el festival de la Guelaguetza. Y el verano anterior fueron a Sonora a presenciar la celebración del año nuevo del pueblo comca'ac. Escuché atento a su relato de cómo las mujeres del lugar se reunían en un círculo en un conjuro cargado de danzas, música y la promesa de iniciar una nueva era. Todos esos recuerdos convergían en algo: la esperanza de regresar.

Terminando la reunión, cité a José en la explanada de la biblioteca para contarle sobre mis planes del festival. A lo mejor usar las botas que me regaló me brindaba buena suerte. Me sentí más acompañado por tener la esencia de José. Percibí su euforia transpirar de los poros. Se asemejaba a las veces cuando toma sus dulces peligrosos. ¡Qué exagerado soy! Estaba feliz por mí y ya.

Caminamos de la mano por la arboleda del pasillo lateral de la biblioteca cuando aproveché para preguntarle si tenía recuerdos de verano. Tenía la doble intención de conocerlo mejor y tener mejores ideas de cómo plasmar el festival en puerta. Su sonrisa se desdibujó, desvió la mirada y apenas respondió a mi pregunta. "Fueron los momentos de más abandono". Lo dijo con una melancolía que no pude describir. Sentí como sus palabras arañaban mi corazón, lo apretaban para luego ir hasta mis ojos y exprimir hasta la última gota de lágrimas. Estuve casi seguro que tenía fotos de viajes con su familia cuando estuve en su cuarto. Fotos por todo el mundo: Egipto, Francia, Indonesia, El Caribe, San Francisco. Si lo pensaba bien, al juntar su sentimiento con lo que se plasmaba en las fotos, era como si su sonrisa estuviera siendo prensada por unas pinzas para aguantar la sonrisa. No era felicidad en sí. Era probable el trámite de sonreír en un sitio increíble rodeado de gente que apenas y soportas por no poder ser libre. No me decía nada más. ¿Por qué me torturo con ponerme en su lugar y fingir que sé cómo se siente con su familia? No debo de proyectar mis inseguridades con él. Sé que me lo dirá en su momento. Después de todo, es mi novio. No me ocultaría nada. Yo no lo hago.

9:22 pm

Recibí una llamada de mi papá. Me preguntó cómo iba mi semana, aunque el sonido de sondas, una tos seca y el vendaval de su respiración no me dejaron escucharlo con claridad. Desvié la tensión al platicarle sobre los avances en el festival y que me daría gusto si pudiera venir en cuanto la asociación nos dé luz verde. Me dijo que estaba feliz de escucharme motivado y que con gusto se presentaría al festival en cuanto tenga autorización del doctor.

Me hormigueó la piel cuando papá se despidió de mí con un "Te quiero, hijo. Estamos en contacto". No dejé que se me oprimiera la cabeza por algo así. Repetí una vez más los ejercicios de Isabel. *Debo respirar, antes que nada. Inhalar y exhalar. Inhalar y exhalar. Sé que no es un mal augurio. Tranquilo, Esteban. Encuentra tu centro.*

Mi padre va a salir de su enfermedad. Voy a intentar dormir temprano para descansar de tanta emoción.

9 de marzo
11:48 pm

Tiene poco que me levanté de la cama para escribir lo que pasó ayer.

José me envió un mensaje en la mañana, de que me tenía una sorpresa para los dos para cuando él llegara en la tarde. No supe qué podría ser, pero, cuando llegó conmigo con un aparato de fondue, unos quesos y un filete de carne, entendí de qué trataba la cosa. Me aseguró que quería hacer algo romántico conmigo y qué mejor idea que una cena en casa. Era evidente que yo no tenía habilidades para la cocina. Las pocas veces que José ha venido he encargado la comida. Con el queso no tendría problemas de cortarlo. El reto estaba en filetear la carne.

Saqué dos tablas de los cajones y empezamos a trabajar. José se encargó de cortar el queso en cubos; yo, de partir la carne. El color rosa del lomo de res me bañó del recuerdo de rojo en mi graduación. Quise hacer el primer corte, pero, al ver el desjugar cayendo sobre la tabla de madera, reviví entre parpadeos cómo tenía el ojo del tarado de Emiliano entre mis manos. No quise que Jörmungandr me envenenara; menos en mi cita con José. Me repetí hasta el cansancio mi mantra de control. *Todo está bien, Esteban. Ya nada te puede lastimar. Mantén la calma. No pasa nada. Inhala, aguanta y exhala. Inhala, aguanta y exhala.* Hice el segundo corte y el Gran Euróboro me estrujó. Escuchaba en mi cabeza los gritos de mis compañeros. *"¡Maldito psicópata! ¡Asesino! ¡Sáquenlo de aquí!"*. Volví a respirar hondo para encontrar mi eje. Con la respiración entrecortada y conteniendo las lágrimas, intenté hacer un corte más al lomo. Se derramó la olla de mi vergüenza. Me encontraba dentro de las fauces de la Serpiente del Mundo mientras las paredes de su cuerpo se contraían para consumirme. Eso pude sentir cuando me abracé las rodillas y me puse debajo de la mesa. Ya no quería escuchar más gritos, más amenazas, más insultos a mi persona. Sentí otro apretón, pero fue uno cálido. Volteé a ver a José y me aparté enseguida.

Apreté los ojos para evitar el escape de una lágrima, pero una de ellas se escurrió por mi mejilla izquierda. José intentó abrazarme. Lo evité diciendo que no hacía falta, que yo estaba bien y que sólo fue el olor de la carne lo que me mareó. De todos los momentos, tuve que recordar a ese pinche gordo de mierda en mi cita. Mi novio volvió a insistir si no había problema. Pasó los dedos entre mi cabello. Quise devolverle el gesto, pero supe que las cataratas de mis ojos me traicionarían. Cuando me dio un beso en la mejilla y me dijo que me tomara mi tiempo con las cosas, lo volteé a ver y descargué mi llanto.

Le pedí perdón por ser tan débil, por llorar por algo tan simple como un corte de carne, por no ser el adulto que merece tener en su vida. José no dijo nada. Él también se disculpó conmigo. Me dijo que era un idiota por no reconocer las llagas de mi dolor. No aguanté más. Le confesé a José sobre mis problemas de ansiedad, sobre el asalto a uno de mis acosadores de la prepa en mi graduación, sobre mi estancia en el psiquiátrico para evitar ir a prisión. Le supliqué que no me viera diferente, que yo seguía siendo el mismo Esteban que conoció ese primer día de clases y que me enamoré de él por ser él. José sólo besó mi frente una y otra vez. Nos quedamos así por media hora o quizás más. Perdí la noción del tiempo hasta que Jörmungandr me vomitara y volviera a la tranquilidad. Mi novio me levantó del piso y me pidió que fuera a la sala a descansar. Me aseguró que él se encargaría de hacer una cena increíble para ambos.

Ayudé a poner la mesa y esperé a que José trajera las cosas. Tuve miedo de pinchar con el tridente la carne y tener esos resplandores de recuerdos. Vi a mi Cupido clavar la carne y meterla en el aceite a tal velocidad que no daba tiempo de ver qué pasaba. Imité su actuar. Metí un pedazo de lomo en el brebaje de jugos y el burbujeo de la cocción me reconfortaba. No tenía que ver la transmutación del filete para saber si estaba listo. Sólo atendí al chasquido de lomo girando al frisarse contra la olla. Repetí la acción cada vez que tenía ganas de probar carne. No detectaba la viscosidad de la sangre entre las costuras de mi alimento. La mezcla del queso me ayudó a evadir ese tormento.

Soy tan afortunado de que José me ayudara a sentirme bien. Fue una cita increíble, envuelta sobre chispas de romance y arropada en una manta de amor y cariño.

No hicimos nada después de la cena. Fuimos a mi cuarto y, antes de dormir, José fue al baño y escuché que dio tragos de agua, casi gárgaras, antes de recostarnos. No quise cuestionarlo por temor de arruinar nuestro momento de intimidad. Recuerdo haber sentido su respiración, su calidez, su hombría creciendo, pero dormida por la falta de acción.

Temí que se tragara sus pastillas para relajarse. ¿Calmarse de qué? ¿Sentía la obligación de estar en paz conmigo para que yo lo viera en quietud? No lo sé.

14 de marzo
6:54pm

El segundo parcial fue todo un éxito. Mis profesores de la mayoría de mis materias elogiaron mis avances en el proyecto integrador: "El arte es parte de la reliquia de la humanidad. Como sociólogo, es interesante que intentes recrear algo que valga la pena como un estudio de caso". Ser un artista podría ser lo mío. No suena mal dejarte llevar por los rincones de tu imaginación para ver qué sale. El cielo era mi límite. La motivación por esta carrera comenzaba a germinar en mí.
Esta es la introducción que llevo de la novela.

Hedone halló viejos pergaminos en un cofre cerrado que guardaba su padre en sus aposentos. Son fragmentos del diario de su madre que daban vestigio del afecto entre una princesa mortal y el dios del amor. La joven doncella esperaba desde las alturas del Olimpo el milagro de la vida mientras hojeó entre los dobleces de los papiros el testimonio del milagro de su nacimiento y de cómo dos almas se unieron en una por el poder de un deseo.

24 de marzo
7:07 pm

Una semana sin escribir se sintió una eternidad, pero no me podía detener a poner todo el torbellino de emociones en papel. Hubiera terminado con palabras sueltas como *estrés, me siento sociólogo, papá enfermo, me preocupa, José es lo máximo, me preocupa que tome tantas pastillas cuando se quiere relajar al verme tenso, amo a mi novio, mis hermanos son idiotas, a mi madre no le importo, tal vez Isabel no me mintió*, entre otras cosas más. Creo que vale la pena desahogarme como se debe, ya que parte de la tormenta se calmó.

El puente de primavera fue más bien un fin de semana de cuidados que de relajación por parte mía. Había notado un poco más débil a papá en las últimas llamadas que tuve. Le pedí a José que me acompañara al pueblo de mis progenitores. Sin queja ni reclamo, mi novio cargó las cosas para ese fin de semana.

Mi madre nos recibió como de costumbre. Al preguntarle sobre el estado de salud de mi papá, ella alzaba los brazos para decir "tu padre nos pidió guardar silencio por tu bien y no sé para qué si ni vienes". Mi madre fue una descarada en reclamarme cuando sus hijos sólo esperaban poner al jefe de familia en un ataúd. Después de pensar en eso, mis hermanos llegaron como si yo hubiese invocara a demonios con una güija. Guillermo, luciendo un Yaris con cambio de facia y rines para dar la ilusión de ser más caro de lo que realmente era, arribó con la actitud de salvador y protector de los intereses de papá. Rigoberto, mi cuñada y sus bestias, en su camioneta Buick Encore, llegaron sin la menor de las preocupaciones, como si esperaran lo peor y lo supuse por el folder grande con papeles que el segundo de mis hermanos cargaba. El despreocupado de Darío bajó de la Buick presumiendo las marcas que estaba promocionando en su perfil de redes sociales como modelo.

Nos colocamos como de costumbre. Ellos en sus cuartos y José y yo en el mío. Mi papá ya no bajaba a desayunar. Todo lo hacía en su cuarto. Cuando dejamos las cosas para saludarlo, no lo reconocí. El porte de ese hombre que alguna vez midió uno ochenta era el de un bastón encorvado. Deslizaba los pies al caminar en lugar de los firmes pasos que lo caracterizaban. La bata que le quedaba entallada parecía dos tallas más grande. La cara la tenía más hundida: se notaban los huecos de los pómulos y mandíbula. También, percibí que su usual loción de madera de Oud, cardamomo y sándalo se desvaneció por el ácido olor a medicinas. ¿Qué tan mal estaba mi padre para que nadie me avisara? No quise llorar enfrente de él ni de José, para no hacer una escena. Si lloraba, José de seguro iría corriendo al cuarto, se tragaría un frasco de pastillas para doparse. No podía lidiar con tanto. Decidí actuar como si nada con papá:

darle un beso en la mejilla, hacer cualquier broma y platicar de cualquier cosa. Le conté sobre el éxito de este semestre y de tener algo que ver con la organización de eventos culturales. Sólo doblaba los labios para denotar una sonrisa y con su afirmación de "Me da mucho gusto eso, hijo. Te ves contento" me tranquilizaba. Antes de irme con José para almorzar, mi papá me pidió que tuviéramos un momento a solas, porque tenía que hablar conmigo de algo crucial.

Cuando me senté en el banco a un lado de su cama y quise romper el silencio, papá interrumpió al alzar su mano y decirme algo que me dejó sin pronunciar palabra. Me dediqué a asentir y a escuchar lo que un hombre de más de sesenta años tenía que decirme. Su plática fue algo así.

"Te dejé una cuenta a tu nombre para que cubras todos los gastos de la universidad. Con respecto al pago de la casa no te preocupes. Ya conoces a mi contador, ¿cierto? Le di instrucciones de que te apoye con el pago de predial, luz, agua y gas para ti, pero esto será momentáneo. Esa casa es tuya, Esteban. También la de Acapulco. Lo que decidas hacer con ambas es tu decisión. Y no te preocupes por tus hermanos. Tienen carrera y pueden salir adelante sin mi ayuda. O por lo menos, el camino lo tienen más fácil. Tampoco te alteres por tu madre. Ella no entiende muchas cosas sobre mis arreglos personales. Te aseguro que no tienes nada que ver. Te lo quise decir porque no sé si pueda salir de esta".

Quedé en trance ante su declaración. Él no podría despedirse de mi así, ¿verdad? Papá por fin recapacitó de su abandono. Eso debía ser. Mis ojos se perdieron en el balbuceo de sus labios. Intenté descifrar si su discurso era por ser un hombre mayor e hipocondríaco. No tuve tiempo porque papá se dio cuenta. Cuando me dijo "Venga, chamaco. No pongas esa cara", se rompió la hipnosis y continuó.

"Sé que nunca me abrí contigo para hablar, pero, cuando vives una vida donde todo es un espejismo, vas a entender lo que hubo detrás. Es chistoso, ¿no te parece? Estamos hablando uno con el otro cuando estoy a punto de partir. Una broma cruel del destino. Y, mira, no me arrepiento que te hayas sincerado conmigo sobre ti hasta ahora. Lo que quiero decir es que voy a estar para ti cuando más lo necesites. Descuida, te prometo que todo va a estar bien".

Con una presión en un corazón hundido entre la confusión, la alegría de su sinceridad y el impulso de hacer una rabieta por no haberlo hecho años atrás, salí de su cuarto. Fui con José quien ya estaba acostado y me esperó al verme entrar. No pude evitar lanzarme hacia sus brazos, derramar el enigma de mis emociones y sentir palmadas suaves sobre mi cabeza. Me pregunté algo una y otra vez antes de quedarme dormido. ¿Por qué no le hablé cuando recién llegué a México en mi primer semestre? Pude haberme ahorrado tantas cosas si hubiera dejado mi orgullo detrás.

Después del almuerzo del domingo, con la mirada distante de mi madre y las caras de burla de mis hermanos, nos despedimos. Papá nos vio partir desde la ventana. No quise obligarlo a levantarse y deseaba que descansara. Le llamaría al llegar a casa. Al alejarme de la silueta de papá después de ese fin, comprendí el sentimiento de nostalgia y melancolía cuando uno descubre algo tarde, y el miedo de dejarlo ir.

4 de abril
4:32 pm

En unos días se acercaría mi cumpleaños. A decir verdad, no me sentía de diecinueve. Quiero decir que sí ha habido cambios para bien desde que me di cuenta de lo que quiero. Son pocas las ocasiones que salimos durante esas fechas porque se atraviesa Semana Santa. Por los menos una vez cada dos años nos quedamos en casa y casualmente es cuando mi cumpleaños cae en esas fechas. Eran ideas raras de mi madre el ir a misa de jueves a domingo para preservar y agradecer nuestra salvación y el arrepentimiento de nuestros pecados. Cuando era más chico pregunté por qué nunca íbamos de viaje cuando mi cumpleaños caía en Semana Santa. La señora de la casa siempre contestaba con esto: "No eres trascendente como para cambiar el camino del Señor, Esteban. No seas arrogante".

¿En dónde está mi arrogancia cuando quiero celebrar el día en que vine al mundo? Para hundirme más y más en las profundidades de mi

Tártaro personal, mi madre, cuando creía conveniente organizar una fiesta de cumpleaños, era para ayudar a papá a adquirir contactos, mejorar nuestro estilo de vida y apantallar a sus competidores. Los recuerdos que tengo de mi niñez fueron darle una mordida al pastel, encogerme de hombros cuando las amigas de mi madre balbuceaban de mí por ser "la carga", escabullirme por debajo de las mesas del jardín para evitar a los adultos, encerrarme en mi habitación y perderme entre páginas con pinturas de héroes y bestias legendarias y entre los terrenos de reinos olvidados donde esperaba mi rescate. Era mejor así.

La verdad, sólo espero el momento en que esté a solas con mi novio y pasemos todo el día perdidos entre nosotros y sentirme aún más querido por él.

19 de abril
8:12 pm

Ayer no pude escribir nada. ¡Fue el mejor cumpleaños de todos! José me tapó los ojos después de que salimos de clases. Recuerdo haberle dicho que tenía una junta especial con los de la asociación en el departamento del presidente Mora para ver los detalles del festival de verano. Me aseguró que todo estaría bien y que confiara en él. ¡Cómo no podría hacerlo después de que su ventana de gozo relució ante mí!

Me sentí como un dios griego recién nacido cuando vi los colores primaverales, las flores de plástico sobrantes de San Valentín y un pastel de betún de arcoíris con decorados de unicornios y estrellas. Las letras del glaseado se leían "¡Felicidades, Esteban!" La casa de Mora se llenó de aplausos, porras y gritos de alegría por mi cumpleaños. Hubo un pequeño intercambio de regalos por parte de todos. Los que todavía no trataban conmigo sólo me dieron una gran bolsa de dulces. No había motivos para rechazar el gesto y sonreí en señal de aprobación. Mora y Abejo fueron menos sutiles con su regalo: una tanga roja y un par de alitas de Cupido. Entre guiños dirigidos a mi Cupido de verdad y a mí, nos dieron a entender que era para "avivar nuestra pasión". Nadia fue la última del grupo. Se me acercó con un pequeño libro sobre los mitos del pueblo comca'ac. El mejor regalo de todos fue el de mi novio: un arete de imán con un búho colgando. Me aseguró que no quería darme otro libro de mitos porque mi biblioteca desbordaba leyendas, según él. Después del abrazo, me miró a los ojos y dijo: "Tú eres un héroe, mi lindo Van. Porta esto para recordarte lo que realmente eres".

Sólo Isabel me decía así. A lo mejor, ella se estaba conectando conmigo a través de José de cierta forma. Probablemente, estaba cambiando el hilo de mi historia, como ella dijo que lo hiciera.

10:56 pm

José me envió un mensaje diciendo que iríamos a pasar otro fin de semana en cuanto sea verano. Me aclaró que no quería alejarme de mi padre hasta no saber que él estuviera bien. Cada día que pasa me enamoro más y más de la encarnación perfecta del amor.

Al poco rato, recibí un mensaje de papá deseándome un feliz cumpleaños. No tiene poco que colgué con él. Lo escuchaba mejor, pero en las fotos que me enviaba para darme su estado se veía cada vez más delgado. Ya no tenía músculos en la cara. La teñida tela amarilla de su piel apenas ocultaba el delineado de su cráneo. Las cuencas de sus ojos se sumían cada vez más cerca del hueso. Dije cualquier cosa para distraerme. Le aseguré que iría a la casa después de la Semana Santa para visitarlo. Confío en que él pueda esperar un poco más.

21 de abril
2:49 pm

Mi cuñada fue la que me habló a mediodía. Nadie en casa quiso darme el aviso. Mi papá había fallecido el domingo pasado que fue el de resurrección. Ella me dijo que fue a misa con mi madre a darle gracias al Dios que profesa. Me comentó que antes de recibir la comunión, él se sintió mal, cayó al suelo y no abrió los ojos. Como fue en un lugar público, se iban a tardar en entregarles el cuerpo para asegurar de que no fue por alguien externo o algo así le entendí.

Ella siguió con sus explicaciones. Mencionó algo sobre la vergüenza que pasó mi madre en misa y del escándalo que se tuvo que tapar, pero ya no presté atención. No podía con tanto.

7:57 pm

Esto no puede ser cierto. ¿Cómo te atreves a morirte, papá? Tienes los huevos para contarme todo sólo para desaparecer de mi vida como si nada. No perdías nada con hablarme. ¿Qué te costaba protegerme? ¡Tú tienes la culpa de todo! No. No es cierto. La ruina de mi vida tiene nombre y se supone que está en los cielos. ¿Por qué chingados juegas con mi vida, Dios? ¿Acaso te divierte ver cómo, después de años, me reconecto con mi padre sólo para que lo enfermes y me lo quites? ¡Maldita sea! ¡¿Por qué me odias?! ¿Dime qué hice? Si ser homosexual es mi castigo, qué injusto eres. Mi familia merece algo peor. Castígalos a ellos. Su indiferencia y maltrato merecen el castigo divino. ¡No yo!

22 de abril
8:01 pm

Hablé con asuntos internos de la escuela. Me aseguraron que mis estudios estarían cubiertos ante la muerte de mi padre. Lamentaron mi pérdida y que, con el semestre a punto de terminar, me darían la oportunidad de hablar con profesores para postergar los exámenes finales. José intentó animarme con su dopada sonrisa, pero ni eso pudo calmar las lágrimas y las ganas que tenía que arrancar cabezas a los imbéciles de mis hermanos y a la desgraciada mantenida de mi madre que ni se dignó a hablarme. Sólo espero que el funeral, una vez que pueda ver el cuerpo de mi padre, sea rápido. ¡No quiero volver a ver a esos pendejos por lo que resta de sus vidas!

23 de abril
11:12 pm

Mi madre me habló para comentarme los detalles del funeral. Sería el domingo. ¡Qué ovarios los suyos de hablarme dos días después! Dentro de los planes perversos del Dios católico, pude hacer ajustes con relación a mis exámenes. No quise agregar nada a los trabajos finales. No tenía caso ni ganas. Entregué todo como estaba y me quité de problemas. Los profesores me dijeron que podían darme oportunidad de hacer el examen antes de que terminen el curso. De la semana del 12 al 16 de mayo. Me pareció justo. Era inútil estresarme por cosas así. Le comenté a José sobre el funeral. Me dijo que movió todo por estar conmigo ese día. La madre de mi novio me habló para consolarme. Me dio ánimos para decirme que sólo me concentrara en mí para salir adelante. En verdad, agradezco el apoyo que recibo por parte de José.

Odio que se me manchen las hojas de lágrimas. ¿Por qué no me dejan en paz? Siguen cayendo sin descanso. Es todo por hoy.

27 de abril
11:42 pm

José me dejó hace poco en mi casa. ¿Cómo puede ser que cada vez que voy a Puebla siempre acabo exhausto? Le pedí a mi novio que me dejara solo para procesar todo lo ocurrido desde el miércoles.

Si es que eso te invoca, Isabel, en verdad, necesito de tu sabiduría para esclarecer el caos.

Llegamos a las diez de la mañana a la Parroquia de Nuestra Señora del Perpetuo Socorro. Vestidos como polillas negras, cada conocido de la familia se perfiló dentro del panal de madera de esa iglesia que prometía emanar la miel de salvación. La gran mariposa de la muerte entró campal junto a sus crías. Mis hermanos y mi madre me trataron peor que nunca. Ninguno se dignó a dirigirme la palabra cuando me vieron llegar con José. De los otros tres lo entendí por la envidia que les corre por las venas, ¿pero mi madre? ¿Me culpaba por la muerte de papá por no estar con él en sus últimos momentos?

Eso no fue todo. El sacerdote que iba a iniciar el proceso pidió que los familiares cercanos dijéramos unas palabras sobre el finado. Hubo algunos pocos que dijeron cosas buenas como dedicado, pasión, tenacidad y cosas relacionadas con el trabajo, pero ninguno hizo mención de cómo fue como persona. Mis hermanos usaron la palabra *distante,* para describir a mi padre. Creo que lo podría entender. No fue sino hasta hace unos cuantos meses que en verdad conocí a ese hombre. Pero mi madre, la persona que se supone estuvo con él hasta el final, expresó una palabra que resumió toda su relación: *mentira*. Ni siquiera dio contexto al cura cuando él pidió esclarecer el asunto. Se limitó a decir *mentira*, una vez más.

Confronté a mi madre sobre lo que contestó. Le pregunté por qué no dijo nada más para honrar a mi padre a pesar de sus errores. Con los fuetes de su mirada, me respondió que no podía creer qué tan imbécil era yo para no darme cuenta de la realidad de las cosas. Traté de tocarle la mano sólo para que ella me aventara y me dijera algo que me partió en mil pedazos:

"Quita tus sucias manos de encima".

Todos se quedaron perplejos ante el insulto de Hortensia Lunanueva. Pregunté por instinto a qué se refería con eso antes de que ella saliera hacia el atrio de la iglesia. Murmuró entre las estacas de sus dientes algo que me petrificó peor que la mirada de Medusa:

"No pienso seguir jugando a ser la madre del bastardo de su amante. Ya no más".

Intenté sacar respuestas a ese secreto. No me importaba si había funcionarios públicos, empresarios de alto nivel y celebridades. Podría jurar que vi al padre de José entre el tumulto de gente, pero eso fue imposible: José hubiera huido de la iglesia para evitar la confrontación. Apreté la base del vestido, jalé con fuerza y el impulso causó que se descosiera la parte baja. La viuda gritó por la humillación, volteó a verme y siguió con el vendaval de insultos hacia mi persona. Aulló ante toda la congregación que yo no tenía derecho de nada y que le hiciera el favor a ella y a los presentes, de comprender que una vida carente de propósito, merece la muerte.

No recuerdo si derramé lágrimas ante la negativa de esa mujer. Durante años, a pesar de su distancia y su claro repudio, pensé que yo le jodí la vida, pero no. Siguió con sus compras de lujos, sus fines de semana con amigas y su mansión aún conmigo. Quise largarme de ese lugar. La única razón por la que vine fue para despedirme del cuerpo de papá y ser apoyo a mi madre. Ahora que cumplí con mi cometido, deseaba que José me sacara de este tormento. En una de esas pausas que la señora Hortensia hizo para seguir denigrándome, José se le acercó y, sin vacilar, le golpeó en la cara.

El crujir del cartílago rebotó como campanada dentro de la iglesia. El chasquido metálico de una cámara me impidió distinguir el momento entre el impacto y la caída de la mujer de mi padre. Volteé a ver quién fue el responsable: posiblemente alguien de la prensa. Regresé a ver a Hortensia. Ella dejó un charco de sangre entre la alfombra de terciopelo rojo. No se pudo mover. Viendo cómo se hundía en dolor, José no dudo seguir con su castigo. Le dio dos puñetazos más, que le dejaron el ojo morado. Mis hermanos, en defensa de la viuda, se abalanzaron en contra de mi novio. Sin dejarse, él agarró uno de los listones con el nombre del difunto para ahorcarlos como una corbata. Uno de ellos lo jalaba para liberar al otro, el más chico de esos tres protegía a mi madre de mayores golpes. Yo, por el temor de que lastimaran más a mi Cupido, corrí hasta el altar para agarrar uno de los cirios cerca del cuerpo de mi padre para rompérselo en la cabeza al atacante de José. Al ver a los tres protegiendo a una mujer cruel, manipuladora, mentirosa y avara, sólo me quedó escupirle en la cara. La persona a quien siempre me referí como mi madre, también falleció ese día.

No hubo más que contar. Se tuvo que posponer la lectura del testamento para que mi ex madre atendiera sus heridas. Expliqué al abogado que yo no podía estar en el mismo lugar que ellos por razones del conflicto. El albacea de mi padre, su abogado y yo, después del drama de la misa de cuerpo presente, fuimos a un pequeño restaurante con cuarto privado para alejarme de los terrenos de la señora Hortensia y de sus hijos. Le pedí a mi novio que me esperara afuera. Reconocí esa impotencia en su mirada. Supe que se tomaría sus pastillas de la felicidad para atenuar el dolor y no verme alterado. Le di un beso en la mejilla y le prometí que estaría bien.

Muchas de las cosas que venían estipuladas yo las sabía de antemano: la casa de la capital, el pago de la colegiatura hasta graduarme, el dinero de mis gastos. Además, de las cinco empresas donde papá era dueño, me quedé con un pequeño porcentaje. Eran como dos o tres mil quinientos pesos al mes por empresa. Me sorprendió un poco ver el nombre de don Edmundo Valencia como accionista mayoritario. Papá fue selecto en escoger gente con quien relacionarse. Aun cuando fueran amigos, él tendría varios candados para dejar que alguien trabajara a su lado. Debió de confiar mucho en don Edmundo para hacer algo así. El abogado siguió la lectura del testamento mientras me invadía una pregunta: ¿Por qué mi padre hizo esto? Tal vez esto se refería Isabel cuando decía que él velaba por mí, aunque yo no me diera cuenta. No lloré en ningún momento. Creo saber la razón. Me despedí de él cuando compartí mi verdadera relación con José, sobre mi felicidad, sobre mi crecimiento como persona y que él se sincerara conmigo de todo. Acepté el hecho de su distancia y de sus malos manejos porque así fue como persona.

Creo que ahora puedo entender tus intenciones, Isabel. Quisiste protegerme de una familia que no sabía apreciarme. Pudiste ver entre las líneas cuál fue la causa de todo ese abuso. ¿Cómo pude ser tan ciego?

Sólo quiero descansar.

10 de mayo
9:09 pm

No me digné a llamar a mi ~~ma...~~ a la señora Hortensia por el día de las madres. ¿Por qué hablaría con alguien a quien nunca le importé? Cada año era igual y hasta hoy entendí todo: la vez que le di una réplica de mi mano en yeso con mi nombre para que luego la encontrara en la basura o cuando le canté en el último festival de primaria y se fuera al verme pasar o cuando íbamos a comer para festejarla y ella pedía que me sentara lo más lejos en la mesa. Fue tan evidente y yo, tan pendejo. Ya no me debería importar. De hecho, por fin siento alivio de no tener que esforzarme por su cariño.

No vi a José ese día por pasarlo con su mamá. Bueno, lo supuse porque me dijo que estaría ocupado. No tenía la cara dopada de relajación. Se veía calmado, aunque consternado por dejarme solo. Le dije que estaría bien y que le llamaría en caso de sentirme mal. Tiene suerte de que su mamá lo ame. Se puede notar porque se le iluminó el rostro cuando me dijo que iría a almorzar a solas con ella. Me da gusto que lo valoren en su casa y sin preocupaciones.

¿Y si busco a Isabel y la felicito en su día? ¡Qué pendejada! Debo de aprender a dejar mis fantasías en paz.

11:56 pm

Me torturo al releer las palabras de la carta de Isabel. "Como madre, todo lo que soy y todo lo que me propuse fue pensando en ti." No puede ser mi madre. Alguien tan dedicada y sincera como ella, jamás abandonaría a su suerte a ninguno de sus hijos.

No puedo más por hoy.

19 de mayo
6:23 pm

    Publicaron los resultados de las calificaciones. Promedio final de nueve punto uno. Estuvo bien considerando el tropiezo del final por lo de mi papá. Tuve una preocupación menos en mi cabeza. Ahora, quedaba ver lo del festival, todo estaba casi listo. Sólo faltaba el nombre del festival para imprimir los volantes y tener los puestos de acuerdo al tema. Era mi último pendiente para descansar y seguir con mi vida.

    Caminé por el edificio para aclarar mis ideas. Fui hasta la puerta del grupo de apoyo. La carta de Isabel seguía fresca en mi memoria después de leerla para dormir. Recordé la sugerencia de mi antigua terapeuta sobre continuar con mis sesiones con su conocido. Una de las psicólogas de la universidad estaba ahí. Me preguntó que si necesitaba algo. Le comenté que Isabel Bianqui me recomendó con alguien de aquí. Me hizo pasar a su oficina de inmediato y tuvimos una sesión rápida. Para este punto no tenía caso mentir sobre mi situación. Conté lo general. La enfermedad de mi padre que lo llevó a su muerte, el darme cuenta de que soy un hijo fuera del matrimonio, que toda la vida viví una mentira.

    Me hizo la sugerencia de que viniera dos veces a la semana para hablar del asunto. Me advirtió que esto sería un proceso largo y que me tomaría tiempo en hacer el ajuste a mi vida. No tenía nada que perder. Acepté ir de nuevo a terapia. Espero que no me deje a mi suerte como lo hizo como Isabel. Acordamos en hablar en las primeras semanas del siguiente semestre para apartar una cita. Al salir de su oficina, la psicóloga puso una cara de melancolía. Sentí como si yo fuera Pandora y la misma Atenea con esa mirada: sólo quedaba esperanza dentro de mi caja, después del destrozo causado por el mal en mi interior.

30 de mayo
8:39 pm

Nadia me felicitó por todo. Todavía se acuerda de cómo llegué sudando hace unos días con la propuesta de nombre. Ella se rio cuando Mora dijo que "El festival de los fantasmas" sería como una copia del Día de Muertos, pero le argumenté la importancia de aprender cómo otras culturas valoran la muerte con la esperanza de volverlos a ver. Ni él ni Abejo me reprocharon la decisión. Sólo dijeron que pusiera el nombre en la hoja para que ellos la entregaran al comité.

Nadia me aseguró que era la primera ocasión que el cuerpo estudiantil veía un festival de verano con mucho entusiasmo. No me sorprendió, pero fue extraño que lo comentara después de estar acomodando las farolas, los postes, los árboles de la caminata, el paso de área verde y montamos los puestos de cada grupo. Cuando sonreía, Nadia me hacía sentir confianza. Tampoco puedo negar que José realmente se esforzó para que este evento quedara fantástico. Su sonrisa adormecida por pastillas se tensaba más y más conforme pasaban los días. Ese destellante arco de felicidad que me hechizaba se transformó en la gruta de farsas que me inquietaba ¿Cuál debería de ser mi actitud? Yo estaba agradecido con que me ayudara a sentirme mejor. Él ha hecho tanto por mí, pero no sé si me agrada que lo haga de esa forma.

2 de junio
10:17 pm

El festival resultó mejor de lo que esperaba. Las pancartas, los puestos de comida tradicional china con un toque latino, las tiendas de máscaras y premios para aligerar la temática, las antorchas por todo el pasillo central de los edificios de cafetería y la torre de profesores y, la fuente repleta de flores blancas alrededor denotó la importancia de celebrar a los que se fueron.

José recorrió todos los puestos, platicó con alumnos y profesores por igual y presumía que su novio se había encargado de organizar este festival para los que se habían quedado en el verano por repetir materia o adelantarlas. Todos merecían una segunda oportunidad para divertirse antes de seguir adelante. El presidente Mora dio el inicio con un discurso emotivo sobre como los cambios de estaciones denotan un cambio de actitud, el recordar lo que pereció en cuerpo, pero subsiste en eternidad, que cada transición es una nueva oportunidad de aceptar los retos en la vida y de cómo podemos ser mejores cuando aceptamos las pérdidas y nos quedamos con las lecciones.

El resto de la tarde pasó como la caída de las hojas cuando la arbolada muda de flores a hojas verdes: En una caída de cinco centímetros por segundo, de euforia a solemnidad, el festival terminó con la dicha de saber que hice un trabajo digno para empezar mi estancia en el grupo cultural. Yo tenía la responsabilidad de hacer el cierre y comenzar con la ceremonia de las linternas. La garganta se me secó mientras la lengua se me tensaba y la mandíbula me titiritaba por ver a todos atentos a la ceremonia de clausura. Me tropecé al principio con mi discurso, pero, vi el rostro de José, a Mora, Abejo y Nadia sonriéndome. No dejé que la serpiente del mundo me tragara esta vez. Respiré hondo y di mi mayor esfuerzo. Di gracias a las musas por inspirar este bonito discurso.

"Creo que todos hemos tenido una pérdida. Algo que queremos recuperar y que ya no puede estar con nosotros. Mi padre jamás me dijo que tuvo cáncer en el estómago. No lo hizo por egoísmo, sino por amor. No quiso preocupar a la gente que lo amaba por algo que era inevitable como su muerte. A decir verdad, pensaba cancelar el festival porque no tenía forma de contribuir con algo donde hubiera felicidad. Pensé en mi padre, en todos los cambios que he pasado desde que entré a la universidad, en lo que perdí y gané en el proceso. Fue por eso que el festival de los fantasmas era perfecto. Todo lo que se va, regresa a nosotros de una u otra forma. Viene como las ondas del agua, la llama de las antorchas, el aleteo de una mariposa. En esta última ceremonia, quiero que todos enciendan sus antorchas para ponerlas en la fuente de la escuela. Pidan un deseo, el más profundo que tengan, y deposítenlo en el momento que dejen su velero en el agua. Las almas de los perdidos encontrarán su camino a casa y nosotros podremos vivir en paz. Gracias a todos por su asistencia".

Jamás imaginé que todos prestaran atención a mi discurso, me hicieran caso al poner las velas y me sorprendió ver que incluso algunos lloraron. Tenía la cara entumecida por los nervios. No pude distinguir si me escurrían lágrimas o sudor de los ojos cuando bajé del podio. Le pedí a Mora que esas velas no las recogiéramos hasta el día siguiente. Que dejáramos que se extinguieran si fuese necesario. Sonrió después de decirme "después de tu *speech*, podemos hacer lo que quieras". La limpieza fue más sencilla que la montada. Todos cooperaron con dejar el pasillo limpio y listo. Fue como si no hubiese pasado un festival de color, recuerdos y nuevas promesas.

11 de junio
12:46 pm

Ayer fue el cumpleaños de José. Le pregunté qué quería hacer conmigo ese día. Me respondió que verme feliz y a su lado era más que suficiente. Decidí hacerle algo especial: una cita casera. Concentré mis energías en darle alivio. Hoy más que nunca imploré a los dioses del amor que encadenaran mis recuerdos de papá y la señora Hortensia. Por un día, quise ser libre de mí mismo.
Compré todos los ingredientes que hacían falta para preparar una lasaña. La ansiedad de preparar y cortar alimentos seguía, pero quise hace el intento de no preocupar a José con otro ataque. Quería consentirlo en la medida de lo posible con lo que yo tuviera en mis manos. Darle la estancia de un hotel casero era lo mejor que podía hacer. Hasta compré unas botellas de vino tinto que vi que acompañaban bien con la pasta y lo demás que iba a servir. Confiaba en que todo saldría perfecto.
Y así fue.
Fui a su casa con nuestra cena. Al abrir la puerta, se veía más guapo que de costumbre. Parecía uno de esos hombres de la mafia italiana con su traje entallado color gris oscuro, su corbata roja, su camisa blanca y unos

botines negros de tacón cubano. Yo hice mi mayor esfuerzo con verme bien en mi traje gris con zapatos cafés al presentarme como su consejero. Tomé la iniciativa cuando le entregué un ramo de rosas color rosa para celebrar su cumpleaños. "Es un detalle para el anfitrión de la casa", le dije después de besarlo. Esta vez no me quedaría atrás.

Cuando puse las rosas en el florero de la casa, no pude evitar que José tomó una pastilla del bolsillo y se la tragó sin agua. ¿Le preocupaba mi melancolía y que él no pudiera contenerla? No. No creo que sea así. Recé que nada pasara esa noche a quien quisiera escucharme. Por fortuna, los padres de José estaban en casa.

Su madre me sujetó con fuerza, desbordando compasión por mi pérdida. Entre sollozos, me agradeció que estuviera hoy presente con su hijo a pesar de mi propio dolor. El padre de José fue más formal. Con una simple reverencia me contestó que lamentaba la muerte de un gran colega.

"Estoy a tus órdenes para lo que necesites, muchacho. Arturo fue un gran amigo y pienso cuidar lo más valioso", dijo el señor Edmundo después de apretar mi mano y darme el paso hacia el comedor.

Vio a su esposa e hijo y, ambos en señal de aprobación, se sentaron a la mesa sin decir palabra alguna.

Fueron cruces de miradas de piedra por parte del padre hacia su familia mientras intercambiamos palabras para servir más vino o lasaña. Veía como José observaba su plato, la copa, a mí y sonreía en la dopamina generada entre el vino y la pastilla. No fue que me hiciera falta platicar en su cumpleaños. Mientras él se la pasara bien, yo estaba contento. Mi única plegaria fue que él se enfocara en su felicidad, en su bienestar, en su placer por ser su aniversario de vida y que no gastara energía en pensar como una mariposa en otoño.

Mi novio se atrevió a pedir permiso a sus padres de ir conmigo a su cuarto. Don Edmundo se sacudió la muñeca para revisar el reloj. "Sólo tienes una hora, Eduardo. Espero que sigas presentable para cuando vengan los Labastida". Después de lanzar el petardo de su mirada, me volteó a ver a mí con la calma de un estanque. Me aclaró que invitó a varios conocidos de la familia para honrar a su hijo por su cumpleaños. Le contesté que no había problema: sólo le entregaría su regalo y me iría a casa. Su madre nos sonrió y nuevamente me dio las gracias por estar hoy en su casa.

José cerró la puerta de su habitación para no ser interrumpidos. "No quiero que nadie ni nada me arruine la velada", me contestó. Me abrazó, me dio un beso en la mejilla y, sosteniéndome el rostro, me susurró un tierno "te amo, Esteban. Gracias por todo". Permanecí enredado entre sus brazos. Mi hermoso gánster italiano me sometía con su presencia. Me sentí como el gato del mafioso principal que se pone en el regazo de su patrón para hacerlo sentir importante.

Le susurré casi como un ronroneo que abriera su regalo. Desabotoné la parte superior de mi camisa y él continuó sin freno.

Lo dejé disfrutar de mí sin obsesionarme con lo que yo sentía. Me conformé con el recuerdo de esa vez. Todo de él pasó entre mi lengua: el sabor de sus botas por fuera, el olor de sus pies por dentro, el bulto debajo de su trusa ajustada y el pantalón del traje, sus pezones cubiertos por la camisa de algodón. El momento fue perfecto. El estirón, la entrada y salida de su cetro a mis entrañas, el cambiarme de posición para verlo de frente, que me viera por detrás y el arqueo de mi espalda para chocar contra su pecho sincronizaron el éxtasis de venirnos al mismo tiempo. Él en mi agujero y yo, en el interior de su bota.

Fue una maravillosa forma de terminar su celebración.

Verano
27 de julio

Durante todo este mes, me pareció justo respirar fuera del refugio de este diario. Fue hasta hoy que la espera de escribir resultara insoportable. No sé cómo empezar. José estuvo en un humor extraño durante todo el verano. Después de su cumpleaños, me decía que estaría ocupado con sus padres. Al ser testigo del ambiente de vivir en el Olimpo y tener al mismo Zeus como padre que todo lo ve, le aseguré que no había problema con que no nos viéramos. No tuve contacto con José por semanas salvo los mensajes ocasionales de "te amo" y "Extraño tenerte junto a mí". Incluso la esporádica foto de nosotros en el acto y con un mensaje de "espero no te olvides de esto". Mi cuerpo hormigueaba de su recuerdo, mas no era suficiente.

¿Cómo podría arropar a mi novio cuando él es quién se aleja?

A principios de julio, José llegó a mi casa. No hizo preguntas. Me besó sin precedentes. Manché de blanco toda la cocina con sus ganas de tenerme a su lado. Sospeché que sus padres se fueron. Me sugirió que hiciéramos algo diferente y fuimos al Diamante Negro. Me costaba trabajo descifrar el motivo de embriagarse conmigo. Posiblemente, fue para expiar culpas, pedir perdón por el pasado y moverse junto a mí.

Me sentó en el mismo lugar donde Pablo y yo nos sentamos. Me pareció un descaro que lo hiciera sabiendo que, en ese lugar, su antiguo amante (o lo que ese tarado haya sido) me amedrentó. José pidió un Long Island y yo me tomé un tarro de cerveza clara. Se acabó su bebida igual de rápido que el tarado de Pablo. Pidió otra y yo apenas llevaba la mitad de mi tarro. ¿Qué quería hacer con esto? A la par que sus bebidas, comenzó a llenar su cenicero como si los cigarros fueran a acabarse. Los litros de alcohol y la nicotina en su cuerpo liberaron a José por completo. Pude ver cómo se quitaba esa camisa de fuerza invisible sobre él. En su relajación, me contó todo. Sus padres sabían de su estilo de vida, pero el acuerdo era que en presencia de la gente se tendría que comportar como todo un señorito de sociedad. Imitaba al señor Edmundo mientras jugaba con el vaso medio lleno de su licor: "La gente espera grandes cosas de ti, jovencito. Más te vale comportarte como alguien digno de la familia Valencia". Después de decir esas palabras, se tragó entero el segundo Long Island y fue por el tercero. El paso de los minutos no sabía si seguirle el ritmo, cambiar de bebida para estar a su nivel, u observar cómo se ahogaba en alcohol. ¿Quería que alguien lo viera vulnerable y lo consolara?

Lo confronté. Le pregunté sobre las intenciones de su invitación y a qué quería llegar con todo esto. Me respondió con una sonrisa etílica y un beso sabor a tabaco, refresco de cola, tequila, ginebra y ron. Y no podía faltar el toque farmacéutico de diazepam para relajar los músculos de la lengua. Desconocí lo que deseaba encontrar entre las paredes de mi boca. José era mi novio, pero también lo sentí como un extraño. Rara vez íbamos a su casa. Apenas conozco lo que le gusta leer y escuchar. Nunca he convivido con su familia. No tenía idea si existían primos, tíos u otros familiares. Era como si me arropara para alejarme de algo prohibido.

Interrumpí el flujo de su libido en forma de besos para preguntarle sobre el propósito de traerme al lugar donde su amigo me confrontó. Frenó todo impulso, se recargó en la silla, jugó con su cabello para peinarlo para atrás y me respondió: "Es para dejar en claro que nadie más puede tener algo de ti. Quiero que todo lo que eres lo vacíes en mí. Tus enojos, tus dichas, tus penas, todo eso es mío".

No entendí cómo pudo decirme eso si yo estaba en las sombras de su vida y apenas él me revelaba cosas sobre su ser. Lo cierto fue que me aproveché de la situación. Si lo único que quería era vaciarse dentro de mí, bueno, no iba a impedirlo. Pedí un taxi y lo mantuve entretenido para que no se durmiera. Una caricia, un beso discreto en la mejilla, una frotada de bulto para mantenerlo excitado. Pagué la media hora más larga de mi vida y lo metí a la casa para dejarlo botado en el sofá de la sala.

Quería sentirme como él por esa noche. El fuerte y dominante en contra del delgado y sumiso. Una relación que se selló desde esa primera vez. Fui a preparar la cama para mi desquite. Lubricante, condones, aromas estimulantes en posición. Bajé a la sala solo para ver a un José acostado en posición fetal y durmiendo con calma y quietud. ¿Por qué no pude ser agresivo esa noche? Verlo tan adorable me dieron ganas de llevarlo a la cama y verlo dormir. Traté de levantarlo, pero cuando lo hice me agarró para dormir abrazados. Intenté despertarlo con empujones, pellizcos y con un fallido intento de cargarlo, pero sólo me apretó entre sus brazos como una almohada diseñada para conciliar el sueño. En esos arranques de escape, sentí la humedad de sus ojos en mis hombros. ¿Por qué estaría llorando? Después de todo lo que me dijo, él estaría pensando que poseerme es lo mejor para mí, porque no soy fuerte. Tal vez tenga razón, pero me molesta que él lo pueda ver aún en su estado de ebriedad. Me siento protegido entre sus brazos, como si estuviera dentro de una crisálida. ¿Acaso un capullo era fuerte cuando sólo estaba hecho de pastillas, cigarros, alcohol y sonrisas sostenidas?

Me quedé sin el manto de protección de José durante un mes. Me anclé al sofá o la cama para evitar sentir la crueldad de mi abandono. No comprendí mi motivación para enviarle un mensaje a Nadia, pero el hueco entre mi novio y yo se hizo tan insoportable que busqué llenarlo como fuese posible.

Fui a Plaza Satélite con mi amiga a finales de julio. Nos vimos en el Café Mozart cerca de las escaleras eléctricas. Me senté en las mesas afuera del local para esperarla. No pensé que Nadia se viera tan bonita con un vestido azul celeste, con un cinturón café, sus plataformas y el cabello suelto que caía hasta media espalda. Era una imagen tan diferente a la de la niña de pantalones rosas claro, "flats" y blusa multicolor que conocí desde finales de mi primer semestre. Bueno, no es que yo estuviera tan arreglado. Yo traía un pantalón entubado color mostaza, polo blanca y unos Converse blancos con negro. Cuando nos sentamos a platicar, Nadia estuvo rara. Deslizaba los dedos sobre su oreja para recogerse el cabello cada vez que me veía. Cuando me reía de alguna de sus ocurrencias como decir que el presidente Mora se vio como zombi durante la ceremonia de clausura del festival de fantasmas, percibí un rubor en sus mejillas. Quizás era la primera vez que un chico le hablaba y por eso se arregló. De manera natural, le dije que estaba nervioso porque esta era la primera vez que salía con una amiga en algún tiempo y que estaba ocupado con José y ver su bienestar. Con un cálido mirar, Nadia tomó mis manos cuando yo estuve a punto de cruzarlos. Me sonrió y dijo que podía contar con ella para lo que necesitara. Respondí el gesto de la misma manera. Y le agregué con decir que deseaba que me contara todo lo que le pudiera molestar.

Terminamos el café y, sin otro plan, fuimos al cine. Vimos "Lucy", una película extraña sobre lo que es usar el cien por ciento de tu cerebro. Prácticamente, te volverías un dios si haces eso, de acuerdo a la película. ¿Qué sería de mi vida si todo mi potencial cerebral lo utilizara para mi beneficio? Podría alterar mi realidad, darle la narrativa que deseara, jugar con los espacios e interacciones a mi alrededor. Tal vez me estaba volviendo como *Lucy*: tenía meses que mi realidad se alteró y hoy estoy en el proceso de realizar cambios en mi entorno y ser omnipresente en mi situación. Quizás eso hacía José con sus pastillas. Cambiar de un escenario a otra, porque el primero se desmorona pero el otra lo mantiene cuerdo. Me hice la misma pregunta una y otra vez después de ver la película: ¿Qué es lo que José no me dice?

No aguanté la angustia. Agarré mi celular y le marqué a Mora para preguntarle si es que José se había comunicado con él o si es que sabía de su paradero. Con su voz rasposa, pero gentil, me dijo que nos podíamos ver en su departamento para tomar algo y conversar. Apenas y di unos tragos a la cerveza. Mora me inspeccionaba después de ver cómo jugaba con la pestaña de la lata. Rompió el silencio con decirme que José era un espíritu libre atrapado por las expectativas, que no debería sentirme abandonado y que tuviera paciencia con él. "Le cuesta trabajo expresarse desde el corazón. No dudo que él te aprecia y no quiere ser un estorbo en tu vida", me aseguró el presidente. Le respondí que no entendía esos relámpagos de cariño de parte de mi novio. Lo único que tenía era reconocer su resplandor cuando nuestros ojos se cruzaban. Antes de que él me respondiera, Abejo llegó con varias bolsas de mandado. Mora se disculpó conmigo al levantarse de la mesa, no dudó en ayudarle a su pareja a coger todo y acomodar las cajas de cereal en la alacena, poner la verdura y la carne en el gabinete del refrigerador y la fruta en la cesta que estaba en la barra. Abejo me saludó y dijo que estaba muy contento de recibir mi visita en su casa. Cuando se sentó a platicar conmigo, Mora le puso un vaso que sacó del congelador y le sirvió cerveza. Ambos sonrieron, se tomaron de la mano y se sentaron. Sin la obligación de hablarse, sin que uno interrumpiera al otro, Mora y Abejo se entendían a la perfección. Temí en preguntarles, pero no me quedé con la duda de conocer el secreto de ese lenguaje interior. Abejo, entre risas, dijo que confiaba en Mora y que después de prestarse atención lo suficiente sabían qué hacer el uno por el otro. Salí de ese departamento con más dudas que respuestas. Yo he sido transparente con José desde que lo conozco. Él ha sido mi consuelo en varias ocasiones, pero yo no he conseguido ver más allá salvo en ciertos momentos como en su casa en Navidad. ¿Será miedo, respeto y obligación lo que le prohíbe a José expresar sus sentimientos?

  El espíritu de Carpo me cobijó durante el verano. Toleré la soledad por un rato antes de que su esencia trajera a la flor envenenada de Hortensia Lunanueva.

  Días después de ver a Nadia y a Mora, estuve sentado en el sillón de la sala viendo Netflix. Fue mi forma de impedir escuchar el cascabeleo de las serpientes al asecho de mi tranquilidad. La caverna de mi cabeza se aturdió con el eco de pensamientos estancados. `José no contesta tus mensajes porque no vales la pena. El hijo de un bastardo merece el olvido. Tu madre te acogió por lástima. Borraron todo indicio de tu existencia porque no vales nada, Esteban.` El siseo de mi ansiedad me envolvía cada vez más. Ni siquiera ver una serie sobre señoras de cuarenta encerradas en una prisión me desconectaba de mí mismo.

  Y justo como una serpiente marina encallada en la orilla de la playa, la viuda de mi padre se presentó en la puerta de mi casa. En su elegancia envuelta en escamas negras de *Michael Kors*, la señora de rubio con rayos castaños para taparse el inútil paso del tiempo entró sin saludar. Qué ganas me dieron de decirle "¿ahora te dignas a venir aquí, pendeja? ¿no te bastó con humillarme en el funeral de mi padre? ¿y dices que yo no tengo dignidad y te atreves a venir para restregarme en la cara que toda la vida mi padre tuvo dinero y tú fuiste la única beneficiada?". Se sentó en la sala. Todavía tenía el arillo de protección por la rotura de nariz que José hizo favor de hacer. Menos hinchada por los golpes y pisotones. Casi regresaba a ser la mujer plastificada y de aparente abolengo que traté durante dieciocho años. Sólo vino a entregarme en persona la carta de propiedad que necesitaba para proceder con la venta de la casa.

    Me pasé de ingenuo o imbécil cuando le pregunté cuánto recibiría de la venta de la casa. La cínica de la señora se rio en mi cara y enunció que mi papá me había dado la herencia que me correspondía. "Deberías de estar agradecido con lo que te dejó. Un bastardo no tendría derecho a nada. Sólo mis hijos pueden gozar el fruto de la labor de su padre". Jörmungandr quiso escurrirse entre las frases de esa mujer cuando vi el contrato firmado por mis hermanos y la viuda de mi padre. Arrugué cada mientras intentaba recobrar el aliento. Cuando la señora Hortensia (siento raro decirle así, pero no puedo regresar a decirle madre cuando dejó claro que no soy nada para ella), quiso agarrarme del hombro, rompí el contrato y se lo aventé en la cara.

    No tuve idea de dónde saqué la fuerza para confrontarla. Lo único que le dije fue "sobre mi cadáver vendes esa casa". La indignación de esa mujer fue risible cuando dijo "ya veremos qué piensan los abogados de esto, escoria. No olvides tu posición". Ya tenía una pensión vitalicia para no mover un dedo por el resto de su vida. ¿Y todavía quiso quitarme más para que no me tocara nada y aceptase la miseria? Se retiró en su coche y vi que el tercero de mis ex hermanos la hacía de chofer. Cerré la puerta y fui a mi cuarto para dejarme fluir entre los dobleces de las almohadas y sábanas. No lloré de tristeza. Grité la frustración de darme cuenta de que jamás formé parte de esa familia.

    Nunca había sentido la desesperanza de saber que no tenía a nadie a mi lado. Únicamente tenía a Nadia y a José. También estaban Mora y Abejo, aunque todavía no los conocía mejor. Después de ese día, no dudé en compartir ese malestar con mis más cercanos. Empecé con Nadia porque sentí que sería más sencillo empezar con ella.

    Le marqué para darle las gracias por la salida, pero se percató de mi tono de voz. En lugar de la chillona y aguda voz que me cargo cuando hablo, ésta era más baja y reservada de lo normal. Me preguntó si me había pasado algo. Me apretaba el abdomen para desaparecer el dolor. Cayó una gota sobre la pantalla del celular. Le dije que nada. Estrujaba los párpados para detener el exceso de agua salada. Cayó otra lágrima. Mentí al decirle que mi vida estaba al cien y solo le llamé para ser grato con lo poco que me quedaba. La última frase fue un error. La falta de aire entrecortó mi cumplido. Me sentí como un imbécil al revelar mi ansiedad. La voz de Nadia se perdía entre los zumbidos de mi cabeza. Ella invocaba mi nombre una y otra vez para regresarme al presente. Cuando me preguntó si estaba solo, el géiser que permanecía a un grado de ebullición explotó para manchar la pantalla del celular. Después de varios minutos de intentar calmarme, lo único que le entendí decir a Nadia fue que iría a mi casa enseguida.

Llegó con un bote de helado. Hablamos por horas de cualquier cosa que no fuera sobre mi vida familiar y ni de José para dispersar a las voces de mi interior. Recordamos a Mora, con su traje azul en la ceremonia del festival de verano y a Abejo, con su cabellera rubia y negra, guiando a todos a sus asientos para escuchar. Su anécdota del chico que le gusta y de cómo éste no le hacía caso alivianó mi caudal de lágrimas secas que vacié entre pétalos de papel desechable. Cuando se acabó el helado de chocolate alemán con chispas, nos despedimos de abrazo. Sentí un arropo cuando sus brazos se enroscaron en mi espalda.

Los alfileres de mi cara que sostenían una sonrisa a punto de caer eran mi único sustento para tolerar el sufrimiento después de la despedida. Ahí fue cuando le escribí a José dictando la visita de mi anterior madre y mi necesidad de verlo.

Casi de inmediato, José me invitó a salir a dar una vuelta por Condesa. Fue mi visita de museo al aire libre por tener que meterme entre calles, conocer nuevos sitios y ver qué cosas interesantes había entre puestos, tiendas y diseños de casas. Todo indicio de la preocupación de José se esfumó como la ola de mar que choca contra la roca del arrecife. Destellaba espuma y agua por todas partes sin dejar rastro de su paso al volverse a fundir con el mar. Todo era idéntico en José: su uniforme de botas, playera, jeans pegados y chamarra de cuero. Su cabello lucía más largo que de costumbre. Se podía hacer una pequeña cola de caballo para no estorbar, pero hoy parece que ya le queda una completa.

Un mes sin verlo hizo la diferencia. El tiempo frenó su curso cuando él y yo estábamos solos y no existía influencia externa que pudiera lastimarnos. José me abrazó en la caminata por las calles y al entrar a una tienda de bisutería. Vi un reloj de bolsillo antiguo que se usaban durante el siglo antepasado. Era como la de esos señores de abolengo que revisaban la hora cada cierto tiempo de forma precisa. Todavía funcionaba, y se lo entregué a mi novio al salir de la tienda. Le dije que, sin importar el tiempo o el lugar, él podía llegar a puerto conmigo sin condiciones o reproches de mi parte. Me besó en la calle como si nada. No pude evitar sonrojarme. Como música de fondo de película, logré distinguir los acordes de un piano y el golpeteo de una batería al compás de un *soul* que cantaba el coro de mi secreto: "¿Podrías quedarte conmigo? Eres lo que necesito". Resultó ser una cita perfecta y sencilla con el Cupido que me enamoró. El problema fue que no supe si podría tener días tan inigualables como ése.

    Este verano fue un momento de transición: un viaje de un punto a otro. Fui la oruga que se alimentó del amor de un novio y la alabanza escolar. Aún con las tormentas de muerte y desilusión, esquivé a Caribdis de ser triturado por la desdicha. Quedé exhausto de tanto martirio. Comencé a formar una crisálida para envolverme y recordar lo que me nutrió.

Tercer Semestre
6 de agosto
9:09 pm

    Una neblina descendió sobre mi pradera de nuevas oportunidades. El siseo de los rumores suspiraba en cada cabeza de la explanada principal del campus. Las miradas intentaron helar mi andar. Ignoré los motivos de los cuchicheos de los múltiples caminantes. Supuse que fui demasiado obvio con mi relación con José, media escuela comentaba de nosotros. Todos evitaban enseñar el celular cada vez que yo pasaba cerca. No fueron miradas de juicio como las que recibí con Emiliano y su parvada de cuervos. Percibí lástima en su mirar, como si el viento rozara el manto de seda de una larva sin tirarlo de su árbol por temor a que se quiebre.
    No pudieron ocultar esa sombra de mí por mucho.
    Antes de que entrara a clase de Reflexión Universitaria, la única clase integradora de todas las carreras, vi una foto de mi novio develando el efecto de aquel trueno en el funeral de mi padre. La cara de desprecio de José hacia la señora que nunca fue mi madre mientras ella se deformaba antes de caer resultó ser el origen de los murmullos. Busqué en mi celular el origen de esa imagen. Apareció un resultado: un grupo en Facebook llamado "El valor de la espinosa" que fue creada por una tal Rosa Pinal. Quise saber cómo estaría mi Cupido ante estas acusaciones. *¿Y si Emiliano se enteró de mi relación y venía para vengarse? ¿Qué haría su padre? ¿Me separaría de mi novio? Todo lo hizo para defenderme.* Esquivé a todos los que venía de bajada de la escalera para ir al salón donde compartiría un semestre con José. Él se encontraba sentado viendo hacia la ventana como si nada. No lo culpé por tener esa sonrisa de alfiler o las pupilas dilatadas. Decidí besarlo como siempre y continuar con la rutina universitaria.
    Decidí concentrarme en mis deberes escolares, en la preparación de la tesis y quedarme en Sociología como carrera permanente. Resultó un asombro descubrir las tesis de mis colegas. Tuve la fortuna de tener a Nadia y José cerca, y ver sus perspectivas. La alegre chica de trenza dorada desarrolló un planteamiento del capital en este nuevo milenio utilizando la

renta básica universal como premisa. Mi Cupido sugirió en su trabajo el impulso de las sociedades financieras como integración de los agentes económicos hacia la formalidad. Ambos eran hijos de Urania: la genialidad de las ciencias exactas les precede. Al tenerlos cerca, no tuve esa sensación de nadar en un océano sin fin. Su cercanía era el velero que me conducía a puerto sano y salvo.

Anhelaba tener el suspiro de José sobre mis alas por más tiempo. Le insinué sobre la foto de él y la viuda Hortensia. Con esa sonrisa destartalada, me sujetó de las mejillas y me aseguró que el problema quedaría resuelto antes de terminar el día. Pasaron dos horas cuando volví a revisar mi *Face*. El grupo de la dichosa Rosa Pinal se marchitó sin dejar rastro. Juro que sentí como si José hubiese invocado a su padre para fulminar todo a su paso y actuar en el momento correcto. Se me hundió la garganta al imaginar la influencia de don Edmundo sobre los demás.

Fuimos a la cafetería los tres después de mediodía. José presionaba sus pulgares, cruzaba las piernas con el ligero apretón, como si quisiera ir al baño, parpadeó cada tres o cuatro segundos, y sin dejar de mirar a una mesa en particular: unos cíclopes sin cerebro rodeados de una sirena que casi arruinó mi salida a Acapulco. Pablo Espinosa estuvo rodeado de los atletas, los *valemadres* y los fiesteros de la universidad. Le dije que necesitaba hablar algo con Nadia a solas y que podía ir con sus amigos si quería. Sólo le puse la condición de que se esperara a que Pablo no estuviera. Me dio un profundo beso, me agradeció y salió disparado hacia la mesa después de que Pablo se escurriera a otro gabinete de monstruos. José y yo hicimos contacto por reojo. Una sonrisa de miradas bastó para que ambos fuéramos directo a nuestras conversaciones.

En ese punto, no pude evitar confesarle a Nadia mi descontento sobre las actitudes incoherentes de José, su ausencia en casi todo el verano, su borrachera y su ternura cuando estamos solos los dos. Ella me respondió que debía de mantener la calma. "Debe de estar pasando por algo duro en casa. No digo que lo tuyo no haya sido duro ni serio, pero la gente no maneja el estrés propio tan bien como tú", me confirmó con un apretón en la mano. Al principio, me enfadé por el comentario, pero luego pensé que ella tenía razón. La situación con el consumo de pastillas ha ido en aumento. Primero, fue por diversión; después, como un alivio para mí. Ahora, todo parecía un escape. Un escape de la vida de rutina que yo lo obligué a vivir porque no tengo nada más que ofrecerle. Poco a poco, he construido algo que pueda decir que es mío. Un paso a la vez para sentirme que voy caminando seguro.

Supliqué a Nadia que no comentara esto con nadie porque no quería tener problemas con él por andar ventilando algo que yo sé. Me dijo que en estos casos es mejor estar monitoreándolo. "Si tiene algún episodio de caída abismal, no se hacen preguntas, lo metes al hospital y buscamos la mejor opción para él", me dijo al final. Verlo tan expresivo, luciendo su uniforme de chico malo, carcajeando con ese timbre agudo dentro de lo grave me hacía sentirme inútil por no ser alguien que pudiera hacerlo sentir así.

10 de agosto
11:11 pm

El ataque por la foto volvió otra vez. Pasó antes de que llegara a la escuela y le dijera algo a José. Se abrió un nuevo grupo con el nombre de "Valiente envenena a Rosa" y su creadora era una tal Paulina Rosas. Era la misma historia que el grupo pasado para difamar a mi novio por la agresión de mi antigua madre hacia mí. Sin contexto, sin antecedente y sin permiso de nadie, la susodicha Paulina alegaba que eso pasaba cuando se dejaba a un maricón entrar a una iglesia y pervertir las buenas costumbres. Vi a mi novio fumarse su cigarro y saqué mi celular para enseñarle la noticia. Exploré en el buscador el nombre, pero desapareció sin rastro alguno. Esto era un mensaje directo a José y a mí. ¡Maldito Emiliano! ¡Lo hizo otra vez! Hice lo necesario para proteger a mi novio de cualquier mal.

Le insistí que nos fuéramos a mi casa después de clases y que pasara la noche ahí. José le marcó a su madre para avisar su ausencia. Pude notar un suspiro de alivio después de que colgó. Mi Cupido siguió con la sonrisa dopada en el trayecto en moto desde el estacionamiento hasta mi casa. Dejamos las cosas en la sala y lo besé. Besé sus labios, su cuello, sus párpados, el lóbulo de cada oreja y apretujé tan fuerte como pude la esencia de mi novio. Con una risa me dijo que tendríamos tiempo para hacer más. Lo miré a los ojos. Dejé que el marino de mi iris se hundiera en el oliva de la suya. ¿Qué me ocultas, José Valencia? ¿Acaso no confías en mí? Intenté dejar que mi ventana espiritual hablara con la suya, con la esperanza de que respondiera. Mi novio se quedó pasmado por la rigidez de mi cuerpo y el nulo erotismo que éste emanaba. Quiso hacerme a un lado para hablarme, pero me enrosqué como panda en su cuello para que no me soltara. Sólo sintió lágrimas tocar su cabellera. Me preguntó si algo pasó en la escuela o si alguien me había agredido. Le aseguré que no. No pude evitar sentirme fuera de la casa de su cuerpo mirando por la ventana hacia su alma. ¿Cómo podía confrontarlo para hacerle saber que sé que tiene más de un problema y que no confiaba en mí para decirme la verdad? Espero que no sea demasiado tarde para él.

18 de agosto
7:23 pm

Cedí ante mi impotencia. Como lo prometí, llamé a la psicóloga que me atendió el día que me escapé de la asociación para agendar una cita.

Me disculpé por entrar sin avisar, pero en verdad necesitaba hablar. Con un gesto de aprobación, me invitó a estar cómodo y platicar del asunto. Me perdí en mis pensamientos después de sentarme. La silla marrón de piel me recordó a la primera vez que tomé terapia con Isabel. ¿Por qué todo me recordaba a ese momento? Incluso, escribir en este diario me remitía a ese instante. En fin. La responsable, con su blusa color violeta, sus grandes lentes bifocales, sus pantalones negros y unos tenis color blanco, me transmitió la misma tranquilidad que percibí con Isabel. No puse atención cuando se presentó la primera vez. Le cambié el nombre a Lavanda porque me relajaba su esencia. Su fragancia, su vestir y su actitud me recordaron a esa flor.

Me recobré de la hipnosis del momento antes de continuar. Respiré hondo, crucé las manos, apreté los ojos como si estuviera guardándome el secreto de vida y muerte de un ser querido y, sin filtros en mi boca, respondí a la pregunta de cuál era mi problema.

"Creo que mi novio tiene una adición por LSD".

Me quité una carga de encima. Mencioné esas tres endemoniadas letras para que el pellejo de mi manta se quebrara al punto de desnudarme. Más lágrimas brotaron después de ese momento. ¿Cómo puedo hacer a José feliz cuando su estilo de vida ya no encaja con en el mío? Le conté sin censura todo lo ocurrido durante el semestre pasado: lo de la muerte de mi padre y el abuso de mi ex madre y sus hijos. Me fui como el brote de agua de Poseidón sobre Atenas para dejar todo afuera. No paré de hablar. Le conté sobre la mutilación del ojo de Emiliano, los episodios de ansiedad y de cómo ésta me asfixiaba en cada intento. No me restringí en mis encuentros con José y el aumento de uso de pastillas y de cómo intentan arruinarle la vida a mi Cupido.

Lavanda puso una cara que únicamente puedo describir como si ella estuviera a punto de resquebrajar el mango de su sillón. Apretaba los ojos para no derramar su enojo en agua salada. Noté que se contuvo con las frases hechas que todo terapeuta conoce como "ya veo" o "sigue contando". Entendí que había interés en ayudarme a resolver mi problema.

Espero que esto me ayude a cerrar el ciclo y a protegerme de la tristeza que me rodea.

30 de agosto
10:42 pm

Han pasado casi dos semanas desde que decidí ir con esa terapeuta. No sé cuánto tiempo ha pasado desde la última vez que hablé con uno. Mentira. Estos fragmentos me han mantenido cuerdo durante un año completo. Han sido mi refugio, mi santuario, mi consuelo. Pero estas sesiones han sido diferentes. Fue en mi primera sesión donde confesé a Lavanda todo de mí, pero le aclaré que ahora necesitaba concentrarme en mi novio y en cómo puedo ser un apoyo de la mejor manera posible.

Mi terapeuta me cuestiona casi al final de cada sesión de cómo me siento cuando lo veo lastimarse de esa forma, por qué creo que él hace esto. La ambivalencia entre su querer y su calma en narcóticos no me dejaban concentrarme. Son cosas ya conocidas: lo hace para no vivir en la realidad. Lavanda me insistió en enfocarme en mis proyectos escolares y en las responsabilidades de la asociación. La verdad de todo esto fue que atender el bienestar de mi novio me ha mantenido a flote.

 Hablé con Nadia otra vez del tema. Supongo que me dio el mejor consejo que pude escuchar. "Sé honesto con él de cómo te hace sentir todo. Hazle saber que tienes su apoyo y que no está solo. No le menciones, todavía, que fuiste con el terapeuta sobre su problema. Vas a tener que ser sincero sobre cómo te afecta y cómo lo perjudica." He escuchado que tienes que dejar que las personas adictas toquen fondo con su adicción. ¿Y si en ese camino llega a un callejón sin salida y ya no vuelve? ¿Y si lo encuentro muerto porque quiso escapar? No puedo permitir que se lastime así. No está en pleno uso de sus facultades cuando se empastilla. Pienso invitarlo a comer a mi casa, que pasemos la tarde ahí. El estar solo en esa mansión no le ayuda. Sus alas de polilla negra aletean en la soledad de una jaula de red. ¿De quién escapa?

2 de septiembre
7:39 pm

 La plática en mi casa no estuvo mala, pero tampoco fue un resplandor de estrella cargado de fulgor. Su vista se fragmentó en ocelos hacia la pantalla de su celular. Ya no era visible la perforada sonrisa. Solo transmitía la desgracia de no contar con la savia de esa flor maldita en forma de cápsula. Su uniforme de chico rebelde había perdido su destello. Todo era negro en él: sus ojos, cara, playera, pantalón. No quise culparlo de nada. Sin darle más vueltas al asunto y dejar que siguiera revisando su celular, lo tomé de las manos y confesé mi preocupación.

 El fin de semana pasado que no nos vimos hizo una fiesta en su casa de Cocoyoc. Supe de lo ocurrido porque vi tanto unas fotos en su Instagram y publicaciones en sus historias, algo cuestionables. Le mostré una que en particular me desconcertó. Él estaba rodeado de sus tan mencionadas pastillas y le puso varios "hashtags" como #dangerouscandy #richboyslife #degaf #tgif #realfamily. Podía pensar en cómo José se destruía para cauterizar una herida profunda.

No hubo cambio después de mi charla. Dijo "gracias por decirme cómo te sientes, pero tengo que estar a solas". ¿Por qué cree que estar solo es la mejor solución a un problema que vienes arrastrando desde hace tiempo y no me dice? No quiero decir que estoy en la obligación de enterarme de cada cosa que haga, pero no puedo evitar verlo a punto de caer al barranco de la adicción que da a un punto sin regreso. Fue ver a un cuate lleno de vida, pasión, alivianado, juntarse con personas que lo buscan únicamente por su dinero. Podría perderlo. No quiero eso. ¡Soy su novio, carajo!

Su distanciamiento no es normal. Tengo que llevármelo lejos de todo el ambiente conocido. Para el fin de semana patrio, estaremos solos en Acapulco: en ese departamento que lo hizo despertar de la actitud de Pablo hacia mí y de sus sentimientos. Quiero reconectar en ese espacio que le permita moverse hacia delante.

7 de septiembre
11:54 pm

Antes del viaje a Acapulco, la asociación cultural me pidió que les ayudara a pensar en otro festival o punto de unión, como el semestre pasado. La retroalimentación del personal, profesores y compañeros fue que tuvo un lindo toque un festival de recuerdo de los muertos en verano. "Le dio un ambiente de nostalgia y de algo que va y viene" dijeron la mayoría. ¿Cómo puedo competir con el Día de la Independencia y la fiesta de Día de Muertos que se da en ese mismo semestre? En la sala de juntas había algunas flores de plástico: rosas, margaritas, girasoles, geranios. La escuela casi no hace actividades para la gente de la comunidad LGBT. ¿Qué actividad podría ser cultural, pero que al mismo tiempo celebre los únicos y especiales que somos?

Me fui con esta idea y teniendo a José dentro de la cabeza y reflexionando en lo que puede estar pasando en casa por no liberarse me recordó a todos lo que sacrificaban o quemaban en la hoguera por no ser "normales". ¿Por qué todas esas ceremonias de limpieza tienen que ser asociadas al fuego? ¿Acaso no había dioses que nos podrían proteger de estos males? ¡Claro que había uno! Xochipili: el dios de todas las flores, las ceremonias, el renacimiento, la nueva vida; incluso, se especulaba que era el dios de la homosexualidad masculina.

El semestre pasado tuve la oportunidad de trabajar en mi proyecto de historia de las religiones con el festival de los fantasmas. Si doy argumentos de cómo la celebración del festival de las flores a Xochilpili se relaciona con el ajuste de la homosexualidad en un grupo, podría matar tres pájaros de un tiro: la propuesta para este semestre quedaría hecha, mi tema final para filosofía moderna se ajusta y mi reflexión universitaria sobre mi tesis se plasma: la cultura da pensamiento, pero sólo con la oposición de fuerzas se logran avances. ¿Por qué cuando estoy estresado se me ocurren las mejores ideas y soluciones? Pienso escribirlo como propuesta departamental. Algo bueno tiene que salir de todo esto.

No sé si vaya a gustar esto, pero cada poro de mi piel se eriza con lo grande que puede ser un evento así y que todos convivamos en sociedad. Quiero recordar este momento. Espero que mi nueva propuesta despierte en José la posibilidad de que puede ser él mismo. Es tiempo de hacer algo bueno por él para variar.

14 de septiembre
8:51pm

Doy gracias a cualquier deidad o espíritu que haya intercedido por mí. El director de departamento, mi profesor de Filosofía Moderna y el presi Mora aceptaron la propuesta sin apuros. Desde comienzos de semana, reunimos las flores que teníamos, hacer o rentar (dependiendo de qué tan barato nos salga hacer uno u otro) la vestimenta típica de los sacerdotes con la combinación de temática LGBT. Fue sencillo encontrar el decorado, las flores y algunos disfraces tipo carnaval que teníamos sin usar para dar la sensación de estar rezándole a Xochilpili.

Mi idea era recrear una estatua del dios de las flores y ponerla en el centro del pasillo de aulas. Como sería una cosa a escala y de diferente material que la estatua original, no tardamos mucho en darle la forma, pegar con engrudo, pintarlo y dejar secar. La base fue sencilla de construir: con piezas de unicel, se armó el cuerpo de Xochiltpili por partes, después se cubrió con engrudo para proteger y al final se pintó de azul y dorado. Esos pedazos de unicel encarnaban una plegaria, un ser divino cruzado de piernas con una máscara que espera que su éxtasis, su desborde, esa devoción ciega lo lleve a cruzar un puente que lo conduzca a otra realidad.

¿Por qué aún ahí sigues cazándome, José? Él seguía siendo Cupido ante mis ojos. No puedo bajarlo del pedestal que construí. Seguía inmerso en rezos con la promesa de volverme uno algún día.

11:38pm

Después de las actividades, José vino a mi casa de sorpresa. No quise ver una película con él, comer con él, leer o hacer deberes. Me cansé de ser la presa y ser perseguido. Esa noche ataqué. Me puse las botas que me regaló, lo acosté en la cama, en esa cama del tamaño de un rey, sujeté sus muñecas, dejé que la tinta de mis azules se derramara en su verde. Me aproximé a él. Hubo diez centímetros de separación. Descendí con sigilo después de cerrar mis párpados. La cuenta regresiva comenzaba: nueve, ocho, siete, seis, cinco, cuatro, tres, dos. Esperé a ver qué hacía. Si sentía lo mismo cuando yo me hacía la víctima. Abrí los ojos y la mirada pérdida, unos labios tensos, pero no por la excitación.

"¿Terminaste de jugar a hacerte el macho?", respondió.

Asenté, solté sus manos y quedé sentado en mis tobillos. Una voltereta cambió el ritmo de todo. No hubo pausas, no hubo tiempo de reaccionar. Su lengua se enroscó con la mía. Sus dientes se retrajeron para no golpear los míos. Las gotas de su saliva caían de su lengua a mi boca cuando terminó de succionar. Esa mueca que me decía una y otra vez "te falta por aprender. No tienes la fuerza para someter tu debilidad". El bombear de su centro contra mi cochera y ese constante golpeteo ponían mis ojos en blanco. Era un blanco que navegaba entre el placer y la duda.

En esta ocasión, la duda absorbió el placer y las nubes de la imaginación se cargaron de tormenta. No se desahogaba conmigo por completo. El vacío lo carcome, el éxito lo abruma, las expectativas de ser alguien digno lo fragmentan. ¿Cómo lo sé? Nadie en su juicio podría mantener un buen promedio sin que existiera presión adicional. Además, una de las partes que conformar su ser tenía que pagar un precio: estaba la escuela, su familia, amigos y yo. No podías ser aplicado para mantener la imagen del hijo perfecto al mismo tiempo que eres un novio ejemplar y un reventado con amigos. Uno jaló más porque la otra parte absorbió algo de sí.

Sé que voy a tener la oportunidad de persuadirlo a tomar un mejor camino.

22 de septiembre
8:38 pm

Fue mucho tiempo de no escribir. Tuve que poner mis ideas en orden por lo del puente. Tal vez José y yo podamos irnos más lejos en el futuro como visitar el castillo Himeji, Machu Pichu o el Partenón, pero el viaje a Acapulco se ejecutó por ser mi única alternativa.

El trayecto fue silencioso. En el aeropuerto su mirada se desvió a los anuncios de llegadas y salidas nacionales, a la entrega de su INE y a la primera inspección sin ni siquiera volverme a ver. Aún con los gritos de niños desesperados por llegar a la playa, la tos de los adultos mayores, las quejas de los pasajeros por el cambio de asientos, quedamos inmersos en una burbuja cancelada del mundo exterior. No fue que él no estuviera cómodo con la idea de estar juntos. Cuando le dije mi plan, me abrazó, me besó por la sorpresa y sin pensarlo hizo maletas en ese instante. Pero pareció tener algo atorado en su cabeza. Ojalá lo hubiera sabido antes de enterarme de la verdad más tarde.

Antes de llegar al departamento, hicimos el súper para unos días y no faltó la botella de vino y de tequila que tanto le gusta a José. Con un par de cervezas, palomitas, papas para botanear y el obligado jamón, queso, chiles, mostaza, mayonesa y pan para los sándwiches de emergencia, estuvimos preparados para relajarnos. ¿Qué puedes hacer con tu novio cuando no se siente en su centro? Simple: vaciar todo tu ser con el eclipse de un abrazo. Su fuerza y la mía en el arrebato de los besos y el deseo de saber que sólo estábamos él y yo en ese pequeño departamento. Su lengua no sólo me transmitió el sabor de sus endorfinas. En el tacto de los labios oleaban palabras en silencio. Pude sentirlas: la preocupación de no ser suficiente para mí, la culpa que produce el aliento fármaco por no estar despierto en todo momento y, sobre todo, las lágrimas que derramaba en cada una de mis caricias. No quise detenerme porque sería un insulto a su desahogo. No pude sintetizar la sensación de cómo mi pelvis se retraía con el impulso de su mástil a mi interior. Fue estimulante; sin embargo, el choque de la fuerza de hecatónqueros no fue más que un orgasmo vacío. Lo aseguro porque José se acostó sin limpiarse y no despertó hasta el siguiente día.

    La mañana siguiente fuimos a la misma playa que fuimos esa primera vez. Pagué el taxi para que nos dejara en el lugar. Trajimos una pequeña hielera con jugo de tomate con almeja y cervezas, papas y un cambio de ropa con nuestras respectivas toallas. Le dije que estaría bien si nadábamos juntos en la playa. El choque de las olas del mar y el cosquilleo de la arena entre los dedos de los pies marcó el ritmo de empuje para nadar en armonía. Hubo ocasiones en las que José casi se despegaba de mí para irse a mar adentro y perderse entre el oleaje y ser como un toro en sacrificio a Poseidón. Mantuve una sonrisa en todo momento aun cuando la situación no lo ameritaba. Cualquier cosa podría alterarlo, pero quise salir en la noche a pasear.

    Sobre la última, accedió sin dar mucho entusiasmo. Caminamos con la pequeña hilera por toda la avenida hasta llegar al punto exacto donde se encontraba ese bar del barco pirata. Su cara me reveló todo. Apretó la quijada, se le salían los ojos como si fuera a dejarlos en los cántaros de agua, respiró como bramido sin la intención de incendiar su ira, y casi estuvo a punto de irse de mi lado, pero fue cuando le agarré la mano. Le supliqué que no se fuera. Confesé todo lo que guardé desde ese instante. No es una réplica exacta de mi discurso original, aunque se le parece.

"Necesito moverme hacia delante. No soporto el silencio entre nosotros dos. No aguanto que te desaparezcas de mi lado. Necesito dejar el pasado atrás. Hoy sé que no fue lo correcto involucrarme en ese pasado, pero lo volvería a hacer si eso te ayuda a crecer."

No me respondió. No tanto porque no tuviera una respuesta. Más bien, tenía una que no era agradable para nadie. Me dio a entender que no quería lastimarme, que prefirió guardarse el grito de frases atoradas en su garganta, que únicamente empeoraría las cosas con su honestidad. No había nada peor que ser hecho a un lado o sentirse que eres un lindo trofeo para adornar un anaquel. Acabé por insistir hasta cansarlo y sin filtros ni tapujos, me confesó todo.

"Porque no merezco estar a tu lado, ¿de acuerdo? Te has esforzado por encontrar tu camino sin la ayuda de nadie. Fingir que puedo estar bien contigo me parece hipócrita. Yo soy un inútil que obedece a su padre sin pensar. Te pido perdón por todo, pero no me obligues entrar ahí."

Me detuve a decirle que lo entendía y que no debí empujarlo a esos extremos. Regresando al departamento, supe que no podía abandonarlo. Esa noche, los besos no se sintieron de ceniza o sabor hospital. Sólo el mero acto de chocar carne con carne, pero con la promesa de mejorar perfumó la habitación. Por ese breve instante, volví a sentirme como Psique espiando a Cupido.

Antes de dormir, le sugerí que invitara a sus padres a la celebración del día de las flores. Dudó al principio, pero cuando dije que no haríamos algo indebido, terminó por aceptar mi propuesta.

28 de septiembre
10:14pm

El viernes anterior fue todo un torbellino.

Me sudaron las manos al pensar en la visita de los padres de José a la universidad. Que ambos se dignaran a pasear entre mortales me espinaba la piel mientras cargaba con las cajas de ofrendas para nuestra recreación del dios de las flores.

No entendí cómo, pero, al salir a la explanada de la escuela para dar el aviso a la ceremonia a Xochipilli, la señora Hortensia Lunanueva llegó a mi escuela para preguntar por mí. ¿No entendió el mensaje que le di al abogado? Nos sentamos en una de las mesas de afuera de la cafetería mientras ella bebía un café caliente y yo la veía. Fui al grano para preguntar qué carajos quería conmigo. La encarnación de Escila no dejó de sonreír y, después de dejar el café, me contestó. No fue difícil reconstruir el monólogo de una bestia. Era mi deber sacarlo de mi cabeza.

"Antes de ti, teníamos una vida maravillosa, pero llegó la resbalosa de tu madre para joderlo todo. Te íbamos a dejar en un orfanato porque ella no pudo con la responsabilidad. Sólo te pongo sobre aviso que la casa ya fue vendida. El comprador es alguien a quien tú y tu vándalo noviecito conocen a la perfección: el señor Edmundo Valencia."

Puse los ojos en blanco. Trató de reprenderme sin éxito. ¡Pinche mujer patética! Quiso manipularme como siempre para que cediera. No valió la pena que interrumpiera. Dejé que se desahogara de su tortura reprimida por casi dos décadas.

"¿Tienes idea cuanto tuve que soportarte para complacer a tu padre y no caer de su gracia? Por supuesto que no. Todo se te dio en bandeja de plata por ser su hijo pródigo. Si no hubiera sido por su dinero me hubiera largado mucho antes. ¿Qué? No pongas esa cara. Tú te aprovechaste de tu padre como todos nosotros. Así que te daré un pequeño consejo, Esteban. No te sigas metiendo en mis asuntos o voy a encargarme personalmente que tu vida y la de tu novio ese se transforme en un infierno."

Quise frenar en seco a esa bestia marina. Me pasé de idiota al decir que tenía gente que me defendiera como el señor Valencia. Se sorprendió de que vendría, sonrió de forma altanera y dijo que le podrá fin al asunto. Siguió con su discurso en su afán de denigrarme.

"Más te vale que no estorbes y no sigas pidiendo el dinero de la venta. Los Valencia no son muy amigables con los de tu clase. No querrías que José pague por tu insolencia, ¿o sí?".

¿Tanto odio me tiene porque mi padre se enamoró de alguien más? ¿Me tiene resentimiento porque nunca pudo reclamarle nada sabiendo que podía perderlo todo? Sonrió con esos dientes de tiburón después de ver las siluetas de dos deidades.

Cuando vimos a los padres de José y ella los saludó, mi novio se quedó perplejo porque sean conocidos. La charla pequeña que se hace cuando los hijos y los padres se encuentra no duró mucho. Mi ex madre fue con el padre de José a que firmaran los documentos finales de compraventa de mi casa. Miré a José como nunca lo había visto antes. Le sujeté de la manga de su playera y le pedí que me acompañara. Le pregunté que si confiaba en mí. Asentó sin vacilar. Entrelacé mis manos contra las suyas, nos aproximamos al lugar donde nuestros padres harían la venta final y, aclarando mi garganta, alcé la voz al señor Edmundo. Me sinceré con el padre de José sobre la conversación que tuve con la señora Hortensia antes de que ellos llegaran, sobre mi sentir hacia la venta y de cómo no recibiría centavo alguno por no ser hijo legítimo.

No supe de dónde saqué la fuerza y elocuencia para hablarle así al padre de mi novio. Un hombre a quien sólo he tratado un par de ocasiones. Don Edmundo se levantó de la silla y estrechó su mano. Me comentó que no tenía de qué preocuparme. Me aseguró que el único motivo de la compra fue para asegurar la propiedad de su difunto colega y amigo y que no cayera en manos de Hortensia. Antes de que la viuda se levantara como una energúmena, el señor Edmundo le especificó que tuviera cuidado en amenazar si ella no deseaba que se conociera la verdad de su origen como una vedette. Ese relámpago casi fulminó a la criatura que alguna vez fue la señora de Trujillo.

Fue con una simple palabra que la vieja Escila se escabulló entre la multitud para perderse en el estacionamiento y no regresar. La marea de mi interior estaba en calma después de la derrota del monstruo con nombre de flor. Quedé boquiabierto por la reacción del señor Valencia. Cuando volteé a ver a José, no hubo un destello de sonrisa. Solamente hizo una inmuta mueca que arqueaba sus labios y la mirada perdida hacia el vacío. La madre de José apretó los labios mientras buscaba la mano de su hijo para estrecharla. Pensé que me libré de un problema gracias al chasquido del mismo rey del Olimpo. Pero sentí que fue demasiado rápido. Quizás la palabra correcta sería orquestada. ¿Cómo esa mujer supo dónde encontrarme y cómo don Edmundo intuyó que traería los documentos?

No tuvo sentido ni caso presionar en todo esto.

Todo ese festival fue presenciar el nacimiento de un jardín. Cada espectador se le dio una flor a elegir, que escribiera una frase y colocara la maceta alrededor de la estatua. Espié lo que apuntaron mis invitados. Resultó curioso lo que vi. La Afrodita y madre de José punzó la palabra protección; El Gran Padre Valencia anotó la frase "el ojo que todo lo ve"; mi novio puso "volar hacia el infinito". Todos éramos flores que brotaban de su capullo para limpiar las culpas, los momentos tristes, la agonía de la impotencia.

Al final del día, fue el presidente Mora, luciendo una gran trenza morada, Abejo, con un traje de sacerdote color arcoíris, y Nadia, vestida como la diosa del maíz, quienes dijeron palabras emotivas sobre la aceptación de diferencias, sobre el dejar que las flores de nuestro ser germinen en este bello jardín que hemos construido juntos y que, cuando tomamos la esencia de un ritual para transformarlo a nuestras circunstancias actuales, podemos crecer como seres humanos y aceptar que la diversidad hace que un jardín se vuelva más hermoso por la variedad de colores que tiñen los campos. "Un arcoíris es majestuoso por la combinación de sus colores y por el rompimiento de la luz. Así somos todos: un pedazo de luz que decide romperse en el prisma de la realidad", dijo Nadia para finalizar. Ella tuvo la elocuencia de expresar mi sentir: la liberación de que no tendría que preocuparme por problemas tan tontos y sin consecuencias.

Por primera vez, me sentí libre de ser quién era.

3 de octubre
6:34 pm

José me pidió que cenara con su familia ese viernes. No sabía que esperar de mi reunión con los padres de mi novio. Quise irme a la vanguardia dentro de mi estilo. Tenía una camisa verde con puntos negros y pequeños que formaban tréboles como estampado, unos pantalones azul marino, unos zapatos negros y un saco del mismo color que el pantalón. Me fui lo mejor peinado posible. No pude hacer milagros con mi cabello lacio. Peinarlo para atrás era un martirio porque uso mucho gel para dejarlo pegado.

    La casa era ya conocida para mí. Cuando crucé el marco de la puerta del comedor, vi a sus padres sentados. La madre y el padre de José lucían como un anuncio de revista de Palacio de Hierro. Se esforzaban por dar la impresión de estatus. No entendí su razón. Mi novio no se quedó atrás. Mi Cupido se recogió el cabello para hacerse un "man bun", llevaba un blazer café oscuro, camisa blanca, pantalón azul claro y unos botines de tacón bajo. Parecía un maniquí. Desfilaba las prendas en sincronía con Don Edmundo, quien daba la dirección de las posturas y la charla después de sentarnos a comer.

    José respondía con una elocuencia poco característica en él. Fue ver a un pájaro bebedor reclinarse al vaso: Si el padre opinaba sobre la situación de la economía nacional o sobre cómo podría haber una segunda devaluación del peso, José contestaba con la respuesta correcta de revisar los efectos de las tasas de referencia de Estados Unidos y México. Entre que me sudaron las manos y se me tapó la nariz por los nervios, exhalé mi falta de conocimiento del tema y dije que me resultaba interesante que tuvieran temas tan amplios de plática. El señor Edmundo dio una ligera carcajada para disculparse por seguir con esos argumentos. Y ahí fue que me preguntó cuáles eran mis aspiraciones de vida y carrera.

    No entendí la finalidad de mentirle a su padre con estudiar finanzas como carrera. José y su padre se quedaron asombrados por mi abrupta confesión. "Te vi como un sociólogo o escritor si te soy sincero", contestó el papá. También me vi así después del festival de las flores. Aunque, después de ver la angustia de la máscara de José quebrarse por su padre, deduje que no podía dejarlo solo. Le contesté al señor Edmundo que tal vez me decida a hacer dos carreras. Un aplauso bastó para que ese hombre me diera una palmada en el brazo y me dijo que podía mover influencias si necesitaba alguna revalidación. Le agradecí su disposición y le respondí que le tomaría la palabra en este problema.

    La cena fluyó de maravilla. La señora no aportó nada a la mesa salvo por el ocasional "¿quieren algo más que les sirva? O ¿alguien gusta un poco de café para terminar el día? Era una actitud de ama de casa. La escena fue tan familiar, tan acogedora, tan abrazadora. No quise importunar más a la familia Valencia para arrebatarle a mi novio y que hiciéramos más cosas. Me retiré después de comer la última rebanada del postre que traje como obsequio. Ante la despedida, José, aún en su máscara de niño perfecto, me dio un tierno beso en los labios y le prometí que le hablaría en cuanto llegara a casa.

9 de octubre
7:49 pm

    ¿Cuántas máscaras una persona puede usar en su vida? Creí conocer al José que es abierto, aliviando, el quien lleva su uniforme de chico malo. Me presentaron a un José recatado, obediente, serio, y que podría ser el mejor partido para cualquiera. También he intimado con el destructor, impulsivo, dominante cuando nuestros cuerpos se entrelazan en las sábanas de la cama. ¿Los tres eran uno? No puedo elegir a las mejores versiones de sí mismo e ignorar que él continúa sufriendo en soledad.

    Después de introducirlo al responsable de Orientación y Prevención, me hice a un lado. Las charlas, desahogos y rabietas que pueda llegar a tener en sus sesiones serán su responsabilidad. Yo hice lo mío y entré a la oficina de la terapeuta Lavanda como de costumbre. Volví a ese gran sillón para sumergirme en la espuma oscura que había quedado en el olvido.

    Le revelé a Lavanda el contenido de este diario y cómo lo he usado para cubrirme en una coraza para no enfrentarme conmigo. Dio ligeras vueltas de página y se detenía con el índice al encontrarse con un nombre. Me preguntó el origen de mencionar tanto a Emiliano. Sin rodeos, sin agujero al cual escapar, inhalé y le conté todo. Aún cuando le confesara mi pasado y quedara en la campana de protección de su oficina, me sugirió que escribiera esta sesión. Me dijo que el diario era la herramienta para atrapar esos pensamientos en el papel.

Ella dijo la verdad. Ya no tuve escapatoria. No podría liberarme si no escribía mi historia como la recordaba.

Necesito más tiempo para vaciarme.

11:54 pm

Muy bien, aquí va.

Durante los seis años de primaria fui el esclavo del imbécil regordete de Emiliano. Me quitó uno de los dibujos que hacía de príncipes y dragones, lo paseó por todo el salón para que mis compañeros vieran lo ridículo que era y se lo arrebaté no sin antes tackearlo. Se hizo un alboroto en el salón. Fue injusto que nadie dijo algo por defenderme. Dijeron que yo empecé a pegarle y que Emiliano sólo estaba bromeando conmigo. Estuvo a punto de acusarme con la maestra y, para no ser llamado a la Dirección, acepté ser su sirviente por el resto de mi estancia. Jugué como su escudo en quemados, le ayudé con las tareas, me dejé copiar en los exámenes, aguanté que me dijera marica, mariposo, por esos años. ¿En dónde chingados estuvo mi familia para defenderme? La estúpida de Hortensia se iba de compras a Houston con sus amigas, sus hijos se largaban de fines de semana a Cuerna o Querétaro y mi papá me compraba cualquier cosa para que olvidara el mal trago. Lo peor fue que él nunca me los entregaba en persona porque según estaba "ocupado en un viaje de negocios". Debí de darme cuenta desde antes que yo era un lastre para todos porque así era la cosa todos los días.

Los años de secundaria no fueron fáciles. Cambié mis dibujos por libros y me pasaba los recreos sentado en las jardineras para evitar a la gente. El bullying cesó, pero me convertí en el recha de la generación. Lo peor pasó cuando uno de esos populares me hizo creer que yo le gustaba.

Este güey se me acercó un día porque yo era bueno en historia. Se hizo mi amigo por ayudarle con las tareas. Me tragué cada elogio que él me hacía y que le gustaba que me sonrojaba cuando lo veía en clase de deportes. Para que no lo sacaran del equipo de fútbol, fui con su entrenador y le expliqué que yo era el tutor de su delantero estrella y que me aseguraría que él pasara el examen. El pendejo este tuvo el descaro de decirme que nadie lo había apoyado como yo y que se sintió escuchado por primera vez. ¡Cómo carajos no me di cuenta de sus intenciones! Después de su práctica, me dijo que tenía algo importante que decirme en las duchas. De imbécil fui sin sospechar. Al pararme en el centro, todo el equipo me bañó con miel y espolvoreó diamantina de colores por todos lados. Me gritaban "Reina del carnaval, marica superior, Esteban para reina gay". Al final, Emiliano me colgó un listón que decía "La Jota Suprema". Fue tan humillante. Me sentí entre cadenas como Ares mientras todo me señalaban. El tipo que me gustaba se la pasó riendo y recalcándome lo homosexual que era por caer en la trampa. Quise escapar, pero Emiliano sacó un megáfono para que toda la escuela se diera cuenta que parecía una loca de cabaret. Tuve que aguantar treinta minutos en el autobús de más burlas y apodos sin parar hasta llegar a mi casa. Las lágrimas se mezclaron con la miel y la diamantina, resultó inútil limpiarlas. Mi llanto se opacó por lo múltiples sobrenombres de todos. Ni siquiera los de recién ingreso se compadecieron de mí. Me echaron papeles de colores, chicles y cualquier cosa que me hiciera ver como una piñata mal hecha. Creo que desde ese momento odié verme exuberante. No fue hasta que salí con José que decidí hacer el esfuerzo por verme bien. Pero, en fin. ¿Qué hicieron los pendejos con los que vivía cuando me vieron llegar? Hortensia se aseguró de llamar a un cura para "limpiarme del pecado", sus hijos murmuraban cosas como "padre pagó su resbalón contigo" y papá me obsequiaban más y más cosas para no afrontar a su esposa e hijos por su trato conmigo. Siempre fui el bastardo ahora que lo pienso. Yo sólo no me quise dar cuenta porque pensé que así eran las cosas en cualquier familia.

  La preparatoria fue un adormecer de todo. No tuve interés en actividades que me obligara a convivir con la gente. Fue por insistencia de mi padre que hablara con una psicóloga y que le contara todo lo que estoy escribiendo en este momento. ¡Se tardó dieciséis años en sugerirlo! ¿Se hubiera esperado más tiempo hasta que las cosas no tuvieran remedio? ¡Puta madre, papá! En esos instantes fue cuando conocí a Isabel. Empezó lento al principio. Hablé sobre los pocos gustos que tenía con leer y aprender, pero que me desesperaba cómo los maestros explicaban y la estupidez de los compañeros por no tener iniciativa. Mi único refugio de todo fueron los libros, las aventuras de mundos inexistentes, las ideas inexploradas de mundos y culturas que quedaron en el olvido. Sentí algo familiar en Isabel cuando hablábamos por una hora cada semana. Cada vez que anotaba cosas en su block percibía unas lágrimas caer. Ella no podía ser mi verdadera madre. Quizás toda la historia de mi vida era complicada y se emocionaba por mí. Me hizo sentir cómodo en todas las sesiones.

¿Por qué te recuerdo cuando me siento herido, Isabel? No puedes ser mi mamá. Ésa debe de ser la única mentira de todo esto.

19 de octubre
8:52 pm

José me pidió que lo acompañara a misa. Era una parroquia a la que él y su familia iban, y donde hacían un convivio con los necesitados. Al principio pensé que era una fachada para encubrir algún acto por ser reemplazado, pero no encontré evidencia que me lo probara. José se divertía con los juegos, los niños y hablaba con los papás como si ser gay no fuera un problema.

Me puse a un lado de la mesa de tacos al pastor para ocultar mi rubor por la coquetería de mi novio guiñándome el ojo. El sacerdote notó mi aislamiento ante la fiesta y se sentó a mi lado. Inició la plática con la frase más extraña y directa. "Me alegra saber que José tenga a un novio tan encantador". Quise levantarme por sentirme tan expuesto, aunque era evidente mi cercanía con él. La manera que nos perdemos en la mirada del otro, al abrazarnos por más tiempo de lo que realmente dura un abrazo entre amigos, y los ligeros roces de dedos cuando nadie está viendo. El párroco detuvo mi escape para aclararme que estaba bien ser diferente. Me dejó sin palabras escucharlo decir que no quiera rechazar a nadie por no sentirse pertenecido. "Ese no es el mensaje que Cristo vino a traer sobre la Tierra. Todos somos La Iglesia y a través del ejemplo podremos encontrar la salvación", dijo el padre al final.

Se me salió sin querer el preguntarle si es que sabía de la situación de José y de su afinidad con las pastillas. Dijo que sí, pero sólo después de que yo lo confronté e intenté llevarlo con un psicólogo en la universidad. Me aseguró que ese empujón fue lo que necesitó para pedir ayuda. Tal vez yo no sea el indicado para liberarlo de esa carga, pero puedo guiarlo para que recuerde que tiene personas a su alrededor que lo aman, se compadecen de él y que están ahí para acompañarlo en lo que necesite. Me dio a entender que José me apreciaba y que lamentó haberme involucrado en una vida de libertinaje tras buscar un escape. Al sostener mis manos, me declaró que podía venir cuando quisiera aquí y que sus puertas estarían abiertas para lo que yo necesitara.

Comprendí la razón de nuestra cita. Lo cierto fue que, después de ese domingo tranquilo, descubrí una máscara que jamás pensé que vería de José. Era el suspiro de un hombre destruido por la soledad, al igual que yo.

27 de octubre
10:08 pm

Tenía mucho que no hablaba con Nadia. Después de terminar con los preparativos para el festival de Noche de Brujas de la universidad, nos quedamos de ver en una de sus cafeterías favoritas. El nombre era coqueto y representaba lo que decía: La olla de la abuela. Las mesas pintadas de negro y blanco, de hierro con colchones hechos a mano, un par de mesas en la parte de afuera y unos gabinetes como de cocina vieja con sus respectivas azucareras y cremeras, te hacían sentir que estaban en la casa de tu abuela.

Nos sentamos en uno de los sillones acojinados cerca de la chimenea humeante del lugar. Entre sorbos de café con chocolate y mordidas de bísquets, le pregunté algo ñoño, pero quería conocer su pasión. Para mi sorpresa, cuando me confesó que estudiaba Diseño Industrial por su cuenta, me quedé impactado. Ella siguió diciendo que su objetivo era tener su propio despacho de diseño: el proyecto lo hacía para entrar al programa de incubación y tener algo antes de graduarse.

Me preguntó cuánto avance tenía de la novela sobre la psique humana. Le contesté que seguía interesado en ver la evolución de los cambios en el comportamiento a través de ese mito. Mi respuesta hizo eco en la cabeza porque no pude olvidar la mentira de estudiar finanzas. Era inútil tratar de impresionar al padre de José. No. No fue por eso que lo dije. Quise que él supiera que estaría a lado de su hijo. Aun cuando tenga que estudiar dos carreras, deseaba hacerle saber que no se preocupara por nada. Estaría bien si sabía que él seguía con su trayecto de vida. Quizás estudiarla no sea una mala idea. ¿Pero de dónde sacaría dinero? El dinero de mi padre debía durarme para unos años antes de que entrara a trabajar.

Ese torbellino de pensamientos salió al comentar mi idea de tesis para el final de la carrera. Nadia me preguntó si podría leer algo del avance. Le compartí el inicio y las siguientes treinta páginas con mi celular. Nuestros dedos se rozaron y alcancé a escuchar una ligera risa de su parte. Me dio gusto que lo haya tomado de largo. Sacudió la cabeza y comenzó a leer. No pestañeó cuando deslizaba hacia abajo la pantalla. Mi amiga, después de regresarme el teléfono junto a una sonrisa solar, contestó esto: "¿Quién sabe? Hasta podrías venderla como un primer trabajo fuera de la escuela".

No tuve el valor de confesarle a Nadia sobre qué me inspiró a escribir este proyecto. José se convirtió en el punto de partida de todo lo que he alcanzado hasta ahora. Tal vez le pueda contar a él mis motivos e incluso que leyera algunos fragmentos. Quizás con eso baste para que comprenda que también hay personas que están interesadas en él. No debería enfrentar sus miedos solo.

5 de noviembre
11:49 pm

Fue el primer Halloween que José no hacía nada. Pareció ser otro hombre. Uno que le aterraba la represalia, el impulso, el exceso, fallar. Cuando estábamos juntos todo era perfecto hasta que recordaba que tenía que regresar a casa para cumplir con un favor solicitado por su padre. Mi Cupido renunciaba a su orgullo al cumplir con las obligaciones de niño perfecto, niño bien portado, hombre libre de toda expectativa, hombre que no se atrevería a cuestionar el régimen del pilar familiar. Lo invité a mi reunión con la asociación del grupo cultural para que no olvidara su gozo por esas fechas.

Mora fue amable en darle la oportunidad a José de estar un momento en la celebración de Halloween y Día de Muertos. Todos fueron disfrazados. Mora y Abejo revelaron lado "otaku". El presi fue un personaje llamado Ginko de una serie que se llama Mushishi, o algo por el estilo. Abejo se vistió de samurai de otra serie que le gustaba y se hizo llamar Kenshin. Nadia se veía radiante. Portó unas alas de mariposa, una pechera con calaveras, un penacho con algunas plumas y tiñó su cabello claro por carbón: ella encarnó a la diosa guerrera azteca Itzapapalotl. No pude dejar de verla por lo diferente que se veía. Me dio gusto que se atreviera a hacer algo así. Pareció evitarme la mirada cuando se daba cuenta de mi indiscreción. Era algo tímida con estas cosas, pero muchos de la asociación no la dejaban de ver. En verdad, se lució con su disfraz. Yo fui un poco más extremo esa vez. Me vestí de Jack Frost, de La Leyenda de los Guardianes, porque quise ser igual de atrevido y aliviado que él. Cuando le sugerí a José que se disfrazara de algo que lo representara, que lo hiciera sentirse libre, tuvo otra idea a la que yo esperaba.

Me dijo que le gustaba mucho el personaje del Castigador: llevó una playera con una calavera (el logo insignia), sus botas de combate que llevaba todo el tiempo, un cinturón de carpintero donde guardaba granadas hechas de unicel, y cargaba una pistola de juguete, pero eran de esas que se usaban hace tiempo. No se rapó porque dijo que no quería tener que volver a esperar para que le creciera. Se hizo un man bun. Con lo musculoso, alto y varonil que era, cualquiera que no haya visto el cómic diría que era una representación fiel. Le pregunté el motivo de su disfraz. Me sonrió y contestó que él sí sería capaz de tomar la justicia por sus propias manos. ¿Debería preocuparme? Digo, él ya no ha olido a farmacia con un aroma de licorería. Sé que ha ido a sus reuniones con el psicólogo, pero sólo porque me lo cruzo cuando voy a la asociación. Yo no me angustiaría. Confío en él.

Regresando a los disfraces, cada personaje nos conectaba con el deseo o huella más profunda que tememos enfrentar. Seguridad, justicia, y libertad, son algunos de los que yo detecté al estar en la fiesta. Obvio hubo fantasmas, vampiros, hombres lobo y una que otra criatura típica que ves en estas fechas. No es que les faltara originalidad. Quizás sea miedo de atreverse a mostrar lo que les gusta o las prisas del momento. El punto fue que todo resultó agradable. El discurso del presidente sobre la importancia de seguir con tradiciones y ser honestos con nuestras creencias le dio un lindo toque para que fuera amena la convivencia.

Le pedí a José que me regalara unos minutos antes de que nos fuéramos a casa. Lo llevé hasta las bodegas para que nadie nos molestara. Sin rodeos se lo pregunté. "¿En verdad estas feliz, José?" Había una posibilidad que él sintiera cómo mis lágrimas se estancaban en el esófago sin que pudiera derramarlas. También lo era el hecho de que se haya percatado de cómo lo apretaba fuerte cada vez que me saludaba o me despedía de él. Sin esperar algo de José, me agarró de los hombros y me besó. El punzar de carne y carne, el sello que los dos marcábamos para delimitar que nos pertenecíamos y el agua de mi lengua cruzando a la bahía de su boca, ratificaban mi amor por él.

Le rogué que pidiera permiso y que pasara una noche en mi casa. No soportaba que el hombre que me cautivó estuviera con grilletes en todo el cuerpo para cumplir con sus obligaciones. Lo siguiente que hizo fue sacar su celular, marcar a su padre y solicitarle permiso para quedarse conmigo. Para sorpresa mía, después de ver su sonrisa y su gentil abrazo supe que pasaríamos la noche entrelazados. Extrañaba el fluir de su cuerpo contra el mío. Deseaba llegar a casa, quitarnos todos los disfraces para vernos sin máscaras. Sólo su cuerpo fornido chocando contra la delgadez del mío. Anhelaba escuchar el suspiro de mariposas de José.

12 de noviembre
7:34 pm

He visto a José más en paz. Las veces que hemos coincidido al salir del edificio de Orientación pareciera estar más erguido y hasta con una sonrisa en el rostro. Sé que tomé la decisión correcta de seguir a mi novio para cuidarlo. La idea de estudiar lo mismo que él me llama la atención. Un poco de sufrimiento emocional para empujar mi temple debe de ser algo divertido. Tal vez y si organizo mis horarios del próximo semestre pueda meterme en una modalidad en línea y que sea barata de estudiar. Tal vez, con pagos pequeños pueda tener otra carrera y darle un giro a lo que quiero hacer a futuro. ¿Quién sabe? La vida da muchas vueltas y puede que pueda ser un escritor con un enfoque más emprendedor con todo esto. El camino de un artista nunca está tallado en piedra. ¿Sólo por escribir una protonovela ya me siento artista? Qué tonterías pienso.

La presencia de tener a José en mi vida incita que yo quiera ser mejor. Quiero disfrutar mi vida, pero tener la seriedad de ese enfoque. No sé si mi novio tenga otras aspiraciones en la suya. Pero no puedo evitar preocuparme por él porque no se le nota feliz cuando tiene que atender sus responsabilidades, aunque va por el buen camino al atenderse con un profesional.

Durante esos días pedí informes sobre la carrera de administración en esas escuelas con modalidad en línea. En mi universidad no pensaba gastar dinero en otra carrera y que los ahorros de mi padre se fueran a la mierda por un capricho. Ciento veintiséis mil pesos por estudiar finanzas. ¿Y si trabajo junto con José en dónde esté? Mato dos pájaros de un tiro. Con el dinero que reciba al mes pago la cuota y no tengo problemas con las demás cosas.

Me gusta contar con un novio que, sin decirme nada, me incentiva a que sea mejor cada día. Le pienso escribir mañana en la tarde para ver si nos vemos y así hablar de todo esto.

22 de noviembre
6:51 pm

Han pasado dos días desde que vi a José. Fue un sábado interesante. Antes de que lo viera para comer con él y sus papás, le conté sobre mi idea de trabajar con él. No pude notar si la sonrisa que me lanzó fue de felicidad y de que pasaríamos tiempo juntos o de condescendencia por darse cuenta de que no tenía idea de cómo funcionan las cosas en su negocio. Sacudiéndose mi comentario, me dijo que podía hablar con su padre y, en caso de aprobarlo, podría trabajar con él el próximo semestre. "Creo que sería bueno que tu padre viera como soy y que no vas mal. Y así podremos estar juntos más que en la escuela", le contesté. Suspiró y me respondió con un "ponte guapo para la cena".

La reunión fue igual de sencilla como en el cumpleaños de mi novio. Estábamos sus padres, José y yo. Dejé que la velada pasara y disfrutamos un buen corte de filete miñón con puré de papas y espárragos con una crema de espinaca de entrada y acompañado de un vino tinto para limpiar el paladar. Cada vez me acercaba más al mundo de José y pretendía quedarme ahí para acompañarlo. Al último bocado de carne, le di un gran trago a la copa, me armé de valor y me dirigí al señor Valencia para sentenciar mi intención de estudiar Administración.

Don Edmundo se me quedó viendo con esos ojos verde turquesa que taladraban las fuentes de mis ojos. No pude leer lo que quería buscar al mirarme así. Yo sabía que era una locura lo que proponía e iba a ser más descabellado el complemento. Expuse mi intención de poder estar más cerca de José en el trabajo donde se va a quedar. El señor Edmundo Valencia carcajeó por el comentario. No entendí si se burlaba de mí o de la situación en general. Se sentó una vez que recuperó el aliento. Se dirigió a mí y me respondió que su hijo trabajaría en una de sus empresas como asistente contable.

Me desanimé al saber que él iba a estar en una posición más ventajosa que yo. Era ridículo que pudiéramos vernos todo el tiempo. No tengo preparación administrativa. Ahí fue cuando retomé con mi intención. Evité que siguiera explicando cómo José estaría en otras esferas y que sería complicado que nos viéramos todo el tiempo y que quisiera desistirme de que no hay necesidad de complicarme la vida con eso. Tomé la palabra sin terminar de escuchar al padre de José y le respondí. Entre los hilos de una conversación que adulaba el trabajo de mi padre, las siguientes dos oraciones clarificaron mis intenciones:

"Quiero tener una perspectiva distinta de ver las cosas. Deme la oportunidad de demostrarle que va en serio mi decisión de seguirme formando".

El señor Valencia recargó en codo sobre la mesa y descansó su quijada con el puño. Se quedó absorto por mi comentario, pero no duró mucho. Bajó la mano, alzó la voz y declaró lo siguiente:

"Siempre necesitamos analistas de créditos en la operación. Tal vez puedas incorporarte si demuestras tener la capacidad en la escuela. ¿Estás dispuesto a trabajar para eso, chico?"

Exalté sin pensarlo. No me creía que todo esto haya sido tan sencillo. Incluso la cara de José me dejó boquiabierto. Estoy seguro de que casi se le desbordan las lágrimas. Desde mi emoción, no supe qué clase de sentimiento demostraba mi novio. Al verme, sonrió, aunque apenas levemente.

Terminamos la conversación con el señor Valencia preguntando cuándo tenía que hacer el primer pago de inscripción. Le dije que antes de terminar la primera semana de diciembre. Se levantó, me sirvió más vino y me dio una palmada en la espalda para luego rematar con el comentario de "dame los datos de pago y vemos el proceso". Obtuve algo que jamás pensé que obtendría. La oportunidad de seguir mejorando y aceptar que puedo cambiar mi futuro fue un obsequio que pienso atesorar por siempre. Lo mejor de la noche fue como obtuve una aprobación, el amor de mi novio y que podía superar los obstáculos.

27 de noviembre
7:49 pm

Todo iba viento en popa. Entregué el adelanto de mi proyecto integrador: el avance de la novela (la escaleta y el material bibliográfico requerido para hacer la disertación al final de la carrera). Mi nueva motivación para mi mejora continua ha tenido buenos resultados en todas partes. En las materias, he recibido felicitaciones de mis profesores por mi excelso trabajo y que siga mejorando. La charla con don Edmundo, los cambios en mi vida durante todo este año y mi nueva aventura me dieron la idea de hacer unas pruebas para que todos tengan una feliz Navidad.

6 de diciembre
9:47 pm

Me sorprendió recibir el pago completo en mi cuenta tal y como el señor Valencia me lo prometió. Sentí algo de culpa por recibir dinero del amigo de mi papá, pero, si lo pienso bien, el dinero que mi padre me dio me puede servir para solventar otros gastos. Tal vez pueda disponerlo para comenzar otros proyectos y convertirme en la persona proactiva que pensaba ser. No tengo límites que me impidan conseguirlo. En esas semanas, me preparé para la inscripción y el primer pago para estudiar lo mismo que mi novio. Fueron cuatro mil por enero y el resto de pago sería de mil doscientos al mes. Sin pensarlo más, hice la transferencia, saqué el recibo y se lo envié a mi nuevo benefactor. Quería dejar en claro que sería un préstamo; me contestó en ese mensaje que invertiría en mí porque valoraba el potencial en el futuro.

Se lo conté a José y creo que estuvo feliz por mí. Era difícil distinguir una sonrisa de alfileres a una genuina. Apenas nos dejáramos de ver, su sonrisa cosida se deshilaba y, en uno de esos descuidos, se convertía en una sonrisa de botica. Decía que era por su reflujo y que también le quería dar una migraña. Se fue a recostar esa vez cuando nos quedamos solos en mi habitación.

Me ardía el pecho verlo cada vez más y más apagado. Se sumergía cada vez más en un barril sin fondo mientras esperaba que alguien sellara la entrada de la barrica y que permaneciera adentro, sin hablar, sin escuchar, sin tener nada más. La verdad yo sabía que iba a sufrir por todos esos números, cálculos, entregas de reportes y demás, pero quería hablar el mismo idioma que José. Después de llenar los papeles y dejar todo listo, hablaré con él.

No vas a estar solo, mi lindo niño. Lo prometo.

10 de diciembre
1:54 am

Recibimos calificaciones finales y respuesta de nuestras entregas finales. Promedio global del semestre: 9.1. Estoy en una excelente racha y así la pienso mantener. José tuvo un promedio envidiable de 9.5. Le dije que pidiera permiso de quedarse hoy en mi casa. "Quiero hacerte algo especial", le dije después de darle un beso en la mejilla. Accedió sin refutar y me regreso el gesto con un sello de su amor en mis labios.

Sentí nervios cuando le dije que me esperara en la sala de la casa. Me sudaban las manos, los dedos de los pies se me entumían enroscándose al grado de no poder caminar, pero hoy quise darle un motivo de lo especial que mi novio era para mí. Bajé las escaleras, intenté no hacer ruido al bajar y que él solo me viera de frente, pero el taconeo contra la duela rebotaba en cada paso dado. Al tenerme enfrente, José no reaccionó a mi nuevo atuendo: el arete de imán de mi cumpleaños, el paliacate rojo que me quedé, los pantalones que usé en la primera fiesta de Halloween y las botas de agujeta que me regaló. Me le senté en las rodillas, me colgué de su cuello y le susurré al oído algo que siempre quise que él supiera de cómo me siento cuando lo veo vestido como yo: "soy todo un hombre para ti".

Su lengua intentó clavarse contra de la mía, succionaba mi boca para robarme el aliento y dejarme sin respirar, pero no lo dejaba. En ese abrazo lo prensé para que él no escapara de mi prisión. Dos hombres vestidos como gemelos contendían en una batalla para ver quién ganaba en el combate de la pasión. No paré en ningún momento o por lo menos no por voluntad propia. José me cargó y me llevó a la cama.

Me quitó todo y me ordenó dejarme las botas. Él hizo lo mismo. Como cangrejos en la búsqueda de su coraza, nosotros dos usamos el cuero en los pies para sentir la firmeza de que algo más nos hacía fuertes. Volví a sentir el torrente de su miel en mis entrañas. Estuve prensado a él. Recordé cual especial me hacía sentir su esencia como parte mía. No pude evitar darle un beso. Como si intentara romper el hechizo de una malvada bruja que lo tenía cautivo. Cuando vi sus ojos verdes ahogándose en los estanques de mis azules, me atreví a decir mi mayor sentimiento oculto. "No pienso dudar cuando se trate de ti, mi amor".

Me quedé recostado a su lado. Evité moverme para no romper el momento encantado. Esa tarde todavía pude escuchar a algunas tortolitas piando cerca de la ventana. Encapsulé mi amor para que siempre él recuerde ese cruce de besos, botas y miradas. Que todo lo que me enamoró de él esté latente en el recuerdo de lo que puede repetirse.

Dejé que me peinara con sus dedos tostados mis hilos de telarañas doradas. Me da gusto que no le diera asco pasar un momento íntimo después de algo tan desbordado por la costumbre. Me animé a romper ese silencio para decirle que si sentía que yo era un impedimento para que estuviera bien con su padre podía decírmelo. El masaje de sus dedos cesó y me miró sin cambiar el semblante de su cara. Me interrogó con la mirada para luego romper el pacto de silencio. "No tienes idea de lo que ese hombre es capaz de hacer, Esteban. En cuanto le dejes de ser útil, te va a desechar". No comprendía cómo eso pudiera ser verdad cuando fue su padre quien me defendió de la señora Hortensia, me pagó el semestre y me dejaba salir con su hijo sin prejuicios. No basto ni un minuto para que me contestara. "Puede resultar bueno y caritativo, pero mi padre espera cosas de la gente con la que me relaciono. Soy su negociador. Pero no pienso dejar que te meta en su turbiedad". Me dio un beso antes de ponerse sus audífonos para dormir. Alcancé a escuchar la canción de "Demons" aún con el volumen bajo. Cantaba entre dientes un verso con mayor intensidad: tus ojos brillan tan intensamente; quiero salvar esa luz. No debería de preocuparse por mí. Yo quiero ser absorbido por su oscuridad para que juntos podamos salir hacia un nuevo amanecer.

23 de diciembre
2:52 pm

Dos días antes de Navidad. Aunque ya estuve en una reunión como esas en casa de José, me sentía extraño ir otra vez a pasar una festividad el mero día. Sería la primera vez que no la paso en Puebla, aunque olvidarme de su existencia ha sido lo mejor que me ha pasado en mucho tiempo. En esa semana me encontré con Nadia.

Le conté todo a mi amiga: desde el rompimiento con mi familia hasta de mi afán de estudiar finanzas para apoyar a José. Asintió después de varias de mis declaraciones, pero me hizo una pregunta: ¿Quieres hacer esto por complacerlo o porque crees que te va a ayudar en el futuro? Nadia suspiró y me tomó de las manos. Me dijo que mi intención de cuidar a mi novio era noble, pero había cosas que no eran fáciles de procesar. Su comentario para mí fue que debía apoyarlo en todo momento y hacerle ver que debe buscar algo más que lo motive. "Esa es tu única responsabilidad como su novio", me dijo al final. Sé que él tiene que ayudarse solo a seguir adelante.

31 de diciembre
10:57 pm

Necesité unos días para procesar todo lo que pasó en Navidad.

El año pasado me pareció que la casa de los Valencia era como cuento de hadas, pero este año pude notar la falsedad del palacio encantado: las luces multicolor, las flores de Nochebuena, el cortejo de los invitados y la comida salida de una revista culinaria parecían un escenario de telenovela montado a las carreras. Todo giraba en torno a los caprichos de sus papás para cumplir con las formalidades de la época. Hablando de ellos, me recibieron con amabilidad, aunque Don Edmundo mantuvo sus reservas de cómo presentarme ante sus colegas y conocidos. "Es un gran amigo de Eduardo", dijo. Intentó suavizar las cosas cuando decía que yo estaba hoy ahí por lo ocurrido con mi papá. Cada saludo y presentación donde tenía que ser discreto por el bien de la velada me recordó a todas esas veces que la señora Hortensia me obligó a mentir sobre quién era en realidad. La sonrisa y apretón de hombro del padre de José y la mirada de zorra en cacería de la viuda desheredada fueron igual de paralizantes. Me escabullí entre la gente para buscar a mi novio. Aproveché el momento de raptarlo después de verlo responder con trabajos a los halagos de los colegas de su padre por culpa de su adormecedor de sentidos. Lo tomé de las manos para llevarlo al patio, donde alguna vez huimos del calor de la casa.

Le dije la verdad sobre mi intención de ser su apoyo. José no reaccionó tan bien como yo esperaba. Me dijo que no debía de lastimarme y complicarme la existencia. Y más molesto estuvo cuando finalmente lo confronté con su recaída a los tranquilizantes, que sé que toma cada vez que puede. El encanto de ese 24 se rompió cuando él aventó contra el piso una copa de champaña. "¡Tú no sabes lo que es morir en vida!", me dijo al final. Salí sin despedirme para evitar que las lágrimas se congelaran en esa ventisca de engaños. Odio estar peleado con José. Metí mi cuchara más al fondo pensando que él despertaría de la sombra que carga.

No he sabido de él desde esa noche.

Le mandé hace unos minutos un mensaje para desearle un Feliz año y que me disculpara por mi falta de tacto. Me respondió igual. Y agregó en otro que seguía en la terapia por si es que preguntaba. Esos cambios tan abruptos de humor se deben a la presión que carga. Pienso cenar mi pasta prehecha, beber un poco de vino de caja e irme a acostar temprano. Ya no sé qué más hacer. Este nuevo año que comienza voy a tener la energía para enfrentar todo lo que se cruce en mi camino.

Cuarto Semestre
2015
4 de enero
4:07 pm

    Fue un domingo relajado. Invité a Nadia a almorzar. Entre los sorbos de capuchino y las mordidas de mi panqué de mora azul, Nadia me preguntó cómo iba con la novela del proyecto integrador. La única ventaja que le veía a ese proyecto era que tenía dos años más para terminarla. Tenía la escaleta, la sinopsis, unos párrafos que he escrito en un cuaderno, y la introducción, que puse por aquí y parte del diagrama de personajes. Me insistió que en cuanto tuviera un avance se lo compartiera.
    Me resultó extraño esa insistencia de su parte. Ese sabor a chocolate y café con leche junto la suavidad de las moras y la acidez que provocan es la sensación de lo que estaría a punto de escribir: el punzar agridulce de una experiencia de vida. Por un lado, me resultaba agradable que estuviera tan interesada en saber más de mí; aunque, por el otro, me exponía a algo más allá de lo que yo puedo manejar. En esos intentos de escribir, regreso a José: su distanciamiento, su vaivén de emociones, su transformación de Apolo a Céfiro por su volatilidad de ir de lo cálido a lo invisible.
    Me atreví a redactar algo que quiero incluir en la novela. No tengo la bibliografía para justificar mi entrada, pero toda mi realidad me inspiró a crearla.

    La sonrisa de tu luna calienta mi sol. Rezo a las flores, al viento, a las estrellas y su polvo por saber en dónde estás. Te cubriste con tu manto invisible, pero percibía la cítara de tu voz cuando pronunciabas mi nombre. Sí recuerdas lo que te dije después, ¿verdad? "Es mejor vivir entre sueños cuando la realidad se convierte en una lejana utopía". Apostaste conmigo que, si en un año no encontraba el amor, yo debía de desistir con esa estúpida búsqueda. Lo acepté con la condición de que tú estuvieras conmigo en este mismo sauce para ver si alguien digno aparecía. Sin darnos cuenta encontramos el amor entre nosotros. Dijiste que querías soñar en un mundo entre dos eternidades. Hablas con sabiduría, pero todo de ti es un enigma. Desconozco tu rostro, si es que tiene alguna enfermedad o si temes que fuera un cazafortunas. Mira, no hay rencor por tus decisiones. Tu egoísmo lo perdono. Tu frialdad la comprendo. Es absurdo, pero mi sueño es verte despertar. Deseo creer que veo el crepúsculo en el recuerdo de tu corazón mural. Eres inmortal al igual que esta unión. Prometo hacerte feliz de la forma que mejor sé. Si casarse con un ser no existente es una blasfemia en contra de los dioses, entonces pienso pagar mi condena justo aquí. Que Helios sea mi testigo; la nube de Néfele, Las Hespérides; este árbol, el único capaz de sacramentar mi promesa. ¿Quién es el que vive un sueño? ¿Quién es el que sueña una realidad? Cualquiera que sea la verdad, esperaré, como siempre, a escuchar entre el viento, las flores y las aguas del sol, la velocidad en la que tenga que vivirte.

No sabía si lo que escribí será parte de la versión final. Yo era Psique: alejado de toda presencia real y viviendo protegido de la influencia exterior. En ocasiones, siento que mi vida se voltea en cada instante. Mi Cupido se volvió invisible y no estuve seguro de cómo revelar lo que era.

Usaría una cosa como último recurso: mañana estaré haciendo doble turno entre mi carrera de filosofía y la de administración. Tengo tantas ganas de contarle a José ese primer día. Va a estar tan feliz por mí. Es un hecho.

11 de enero
9:18 pm

Una semana sin escribir. Así se resume mi intensa carga de trabajo. La asociación cultural me hizo responsable por montar el festival que hice de forma oficial: el puesto de comida. El año pasado la cuestión de hacer un festival de verano al estilo japonés resultó todo un éxito y ahora tocaba decidir si seguimos con la misma dinámica o no. Todos querían volver a experimentar un festival lleno de colores, que pudiéramos usar algún tipo de ropa tradicional de ese lugar y que la comida sea lo que más resalte. Recordé la historia de verano de Nadia cuando fue con su familia al festival de la Guelaguetza. "Sé que es en verano y mucha gente ha ido, pero podríamos hacer el esfuerzo de recrearlo lo más fiel que se pueda", dije a todos como mi único argumento. Sus ojos destellaban asombro después de que compartí los recuerdos de vestidos de colores, de hombres en tambor y del ambiente de carnaval que ella dijo al grupo hace dos semestres. Me quedé de a cuatro por la reacción de Nadia. No había nada de extraño que un mejor amigo le preste atención a otro cuando es alguien especial.

En segundo lugar, con relación a mi primera semana en Administración, opté por tomar clases que fueran exclusivas de la carrera. Contabilidad, matemáticas para administración, microeconomía y macroeconomía fueron materias donde la confusión de los términos y que todo serían números me generaban un constante punzar en mi cabeza. Le escribiré a mi lindo José para pedir su ayuda. Sé que va a estar ocupado con estudiar y trabajar, pero eso es lo que necesita. Sentirse unido a mí. Y así va a pasar.

17 de enero
5:51 pm

José es como un géiser. Es todo un espectáculo cuando lo ves desde la lejanía, se impulsa con aire caliente para luego enfriarse por la caída y tranquilizarse. Esta en la primera etapa antes de la explosión. Todo es tranquilidad. No se emocionó cuando le dije que estudiaba lo mismo que él. Me regaló una de sus ya conocidas sonrisas de pegatina que se aplica en los labios para fingir ante alguien. Lo bueno es que sí me ayuda con mis quehaceres. Se mantiene ocupado, concentrado y, bajo mi percepción, en paz. Nada más me toca esperar la explosión. No me ha hablado sobre sus reuniones de terapia. No tiene la obligación de hacerlo. Sólo espero que por su bien sí vaya. Ya tiene suficiente conmigo y mis locuras como para que se sienta que no puede con todo. Quiero hacer algo por él. Pretendo provocar una erupción de ese chorro de agua. Después de que pasen los primeros exámenes del periodo me lo llevaré de viaje. Todo será sorpresa.

23 de enero
6:12 pm

Le creí a mi suegro de que podría ir a su casa sin problemas. Después de atravesar el campo minado de los recuerdos lujosos, toqué la puerta de un despacho que podría describir como si combinaras al *Lobo de Wall Street* con *Indiana Jones*: pantallas de las bolsas más importantes y un sinfín de repisas con libros de cuero con lámina de oro. El padre de José me observó entrar mientras atendía una llamada con uno de sus agentes. Me invitó a sentarme en el sillón cerca de la chimenea. No pasó mucho antes de que me sentara para que don Edmundo me saludara y preguntara que podía hacer por mí.

Le conté sobre cómo estoy haciendo esto para pasar más tiempo con José y conocer un poco más de este mundo. Saqué uno de mis cuadernos para hacerle preguntas sobre el balance general y el proceso de identificar los activos. No paró de hablar en los cuarenta minutos que estuve con él. En verdad, me esforcé por comprender el proceso contable de las cuentas por pagar y por cobrar. Antes de irme a buscar a José, mi suegro me dio una palmada en el hombro y me dijo que le agradaba mucho pasar su conocimiento y que podría venir cuando yo quisiera. Di una reverencia al salir del despacho y corrí hacia la habitación de mi Cupido.

Él no había llegado a su cuarto porque alcancé a escuchar que hablaba con su madre. Volví a su habitación para ver todo estampado de negro: los posters de música *hardrock* opacaban el mural de los pensamientos. Noté que había puesto todos en una carpeta que sobresalía de la explosión de papel en su tocador. Los libros de arte, de filosofía, historia que decoraban sus repisas encontraron un nuevo hogar en unas cajas de cartón a punto de romperse. ¿Por qué guardaría todo lo que lo hace especial? Ni tengo derecho a recriminarlo. Aprendí más de él porque estaba a la vista de todos. Lo he visto como un pedazo de carne, un potro que tiene una sola función: preñar a la yegua.

Antes de que llegara, vi entre esas cajas una libreta con un dragón en la portada. Si estaba ahí, sería para donarlo a la caridad. Necesitaba conservar algo de él. No pienso leerlo, pero guardarlo para cuando lo requiera será mi misión. Lo vi entrar con un rostro abundante en ojeras. El trabajo y la escuela lo debían de absorber por completo, o eso creí. Sólo pude besarlo para decirle que ansío pasar más tiempo con él. Su sonrisa de alfiler contestó que me llevaría a casa para descansar.

Quizás presioné de más al ir sin avisar. ¿Por qué creí que sorprenderlo así lo haría sentir feliz?

29 de enero
8:31 pm

Le conté a Lavanda lo ocurrido en este primer semestre en nuestra sesión de terapia. ¿Por qué no hice caso de mi intuición? Los primeros exámenes diagnóstico de Administración apenas los he pasado. Microeconomía con 6.5, Macro con 6.2, Contabilidad con 6 cerrado y Administración con 7. Me cuestionó mi decisión de seguir a José para estar cerca de él. Expuse mi punto con la única respuesta que tenía en ese momento: "He sido el único que habla de sus inquietudes de la escuela y de mejorarse".

La cosa no terminó ahí. Ventilé la intimidad de mi Cupido con un extraño. La última vez que tuvimos relaciones fue un momento donde decidí vaciarme por completo. Dejar que yo fuera él y él me escuchara. Siento que cambiamos cuerpos de alguna forma. No sé si ha sido por mis encuentros con mi novio o por perder poco a poco ese miedo a partir carne. Lo cierto es que el niño delicado como figura de *Lladró* embarnecía y hasta crecío una ligera parada de puntas: Todo antes de cumplir veinte. Creo que es porque las personas me empiezan a ver cómo soy. Eso me ha soltado para que pueda expresarme mejor.

En cambio, José, desde el incidente con mi ex familia, su nuevo rol como auxiliar contable, la uni y las conversaciones con su papá, se apartaba cada vez más y más de mí. En los momentos que tuve libre vi que entró a la oficina del director de orientación y prevención, pero cada vez que sus ojos verdes me miraban, parecían dos pantanos llenos de lirios que infestan su visión sobre lo que hay por debajo. Su sonrisa se sostenía como hilos de marioneta que sólo esperaban a que alguien le diera la orden de hacer el gesto de felicidad.

Lavanda me aseguró que debía tener paciencia con él, darle su espacio para que se desarrolle y tener consciencia de las decisiones que él toma y cómo me afectan. Espero que para San Valentín la cosa cambie. No pienso ni darme pistas de lo que es porque quiero que incluso para mí su regalo sea algo espontáneo.

3 de febrero
4:03pm

Poema para novela- ¿Prototipo para José?

Mariposa arrumbada sin piedad.
Déjame ser parte de la diadema de tu cabeza
No soy rosa en su melódica tonada
Ni clavel entre los susurros de canciones
Girasol, crisantemo o petunia
Todas se abren
Hasta que las abejas o las ninfas.
Les quiten su esencia
Esperan su muerte para resurgir.
¿Renaceré en otra cosa para ser amado por ti?

11 de febrero
10:21 pm

Para sorpresa de nadie, volví a pasar mis materias de Filosofía con más de 9. Reporté mis calificaciones al papá de José y se exaltó cuando le mencioné la noticia. "Eso es lo que yo llamo buena entrega de resultado, muchacho. Sabes lo que quieres y luchas por ello". Me respondió por teléfono con esa voz ronca y exaltada. No perdió el tiempo en preguntar por las otras. Contesté con la verdad. Fue un error. Me aseguró que no tenía importancia, pero que debía de ser exigente con lo otro también si en verdad anhelaba ser digno de estar como soporte de su hijo.

Me dio pena preguntarle cómo estaba José. Levantaría la sospecha de que algo no estaba bien. No quiero hacerle pasar a mi novio un mal trago por culpa mía. Me aguanté la curiosidad, me despedí y me dispuse a continuar escribiendo esa entrega de novela. Esto de tener soporte histórico y filosófico para disertar mi proyecto final me ha traído problemas.

18 de febrero
11:34 pm

Llevé a mi novio a patinar. Merecía un descanso de sus obligaciones. Resultó toda una travesía ir desde Satélite hasta plaza Fórum: de una combi al Tren Suburbano y de ahí al Metrobus. Quise tomar la iniciativa y sorprender a mi novio para hacer algo distinto en San Valentín. Quise dejar que las agujas tocaran el hielo y desgarraran todo a su paso. Sentí que fue una cita sostenida por algo. No sé cómo explicarlo. Ese catorce de febrero lo pasé persiguiendo a mi Cupido que volaba lejos de mí. En esos momentos de separación, la distancia se incrementaba. Cuando lo alcanzaba, José tensaba los brazos y las piernas. Cuando jugábamos carreras, él parecía nadar como orca en pleno ártico. Le gustaba el juego, el estirar y aflojar, el ver hasta donde uno puede. No sería extraño si alguien lo ve de fuera, pero esa carrera fue más bien su intento de mantenerme al margen.

Después de eso, fuimos a tomar un refresco en la zona de comida rápida para reponer energías. Le dio tres grandes tragos a su vaso de limonada, se aclaró la garganta y me confesó que iba reprobando las materias de ecuaciones diferenciales y estadística. Me contó que apenas lleva el promedio en esas dos materias y que podrían sacarlo de la escuela si no las pasaba con 8.5. ¿Cómo era posible, si sacó 9.5 el semestre pasado? No entendí la razón de su mentira si es que lo fue. Poco a poco, la luz que existía dentro de sus pupilas se esfumaba. Veía a mi José y sólo estaba un pedazo de carne envuelto en cuero negro, pantalón entubado y botas de motocicleta aplastado sobre una silla sin mirar su alrededor. Fue ver a una polilla a la que le arrancaron las alas.

Ese no fue el colmo. Recibí una llamada a mi celular de mi suegro para externarme su preocupación por su hijo y sus bajos resultados. Hasta ahí los dos estábamos en sintonía, pero escuché su extraño comentario, mismo que se me ha quedado tatuado en la memoria. Imaginé que estaba parado cuando habló conmigo, pero de seguro se sentó con la espalda erguida y manteniendo una posición de majestad:

"Escucha, muchacho. Tú sabes que la razón por la que Eduardo estudia finanzas es que busco un reemplazo para manejar ciertas áreas del negocio. Y reconozco que eres su principal motivador. Sin embargo, no me gustaría tener que recurrir a medidas extremas para recordártelo. Por el bien de ustedes dos, espero que esta mala racha de los primeros parciales pase."

24 de febrero
6:49 pm

No puedo más con todo esto. Voy en la mitad del segundo parcial y me abruma pensar en todo lo que va a pasar de aquí al cumpleaños de mi novio. Primero que nada, la novela filosófica no le encuentro unión con el resto de las demás materias. Sigo atorado con este fragmento de diálogo de Psique:

Un sueño en sí mismo no es sino una sombra. Es ver a Eros al borde del crepúsculo. Una mentira sin brújula o mapa. Dejarme llevar por los caminos inciertos de mi mente. ¿Para qué? Sé que nada aquí es real. Nada de lo que percibo me da la certeza de encontrar lo inalcanzable: el amor.

Ya no sé si esta frase funciona con lo que tengo o si debiera corregir la intención de Psique cuando se refiere a Cupido como un sueño.

La otra es que estoy al borde del colapso por las expectativas que el grupo cultural tiene por el éxito de los festivales. Hacer la recreación de la Guelaguetza en junio no es lo ideal. Tengo menos de dos meses para enviar las invitaciones con los expertos y coordinar los ensayos de las danzas, comprar las decoraciones y montarlas por todo el campus y tener listo todo para antes de que termine el semestre. Y falta el visto bueno de las autoridades de la escuela. Tendré que hacer tiempo para todo, supongo.

Me aferro tanto a lo único que puedo controlar. Nadia ha sido una buena compañera y se ha preocupado por todo. Me confirma que mis entradas de la novela son buenas y que sólo me falta pulir la intención para continuar. Con el festival, ella se ha dividido la tarea de ir con algunos de los especialistas mientras yo reviso qué comprar antes de hacer presupuesto. Me resultó curioso cómo la gente viene a tu auxilio cuando menos te lo esperas. Y José se desvaneció a la nada. ¿En qué momento él se volvió Hades y yo, Perséfone? Quizás siempre lo fue. Toda su figura fue ese escape que necesitaba para regresar al mundo real y afrontarlo. Él sigue en su Inframundo, cae al precipicio del Tártaro y se calcina en el tormento eterno de no ser un iluminado.

José no quiere hablarme. Parece que huye de algo o alguien. Bueno, no es el único que se esconde de las cosas. He huido de pensar en Isabel por cuatro meses. Me desconcierta que apenas traiga el tema. Tal vez, el saber que José no enfrenta las cosas es un reflejo de lo que yo hago. LO QUE SIEMPRE HAGO.

La respuesta resulta un enigma, una tortura, una plegaria de la que no quiero conocer respuesta.

3 de marzo
7:38 pm

Agradezco que Nadia me sacó de la escuela después de la clase de filosofía contemporánea. Leer y analizar a los existencialistas me deprimió. ¿Y si nada de lo que he hecho tiene sentido? Es ridículo que me esfuerce por hacer que mi chico vea lo mucho que significa para mí. Quiero entrar en el mundo de José porque sé que puedo nutrirlo. Aún con mis errores, mis miedos, mi falta de confrontación a las cosas, soy capaz de superar los obstáculos. O eso es lo que me digo a mí mismo, cuando veo como José se convierte en una sombra y el hecho de que, al verme, se le apaga la mirada y finge una sonrisa.

Estaba un poco alejado del campus, pero creo que necesitaba estar lejos de todo. Una cafetería francesa es tan típico de Nadia. Recuerdo la vez que propuso que hiciéramos una fiesta de disfraces al estilo Versalles y todo el mundo lo rechazó por lo complejo, lo incómodo y lo poco funcional de hacerlo en la explanada o que nos prestaran el auditorio para hacerlo.

Creo que también yo necesitaba sentirme como en la realeza o en esta sensación de estar en un lugar exótico y lejano para olvidarme de mis problemas. Al ver cómo Nadia sorbía su chocolate caliente mientras esperaba sus crepas de plátano con cajeta no pude quitarme de la cabeza la idea de que no la conozco en realidad. Digo, sé que puede ser excéntrica con sus gustos, pero nada más. No sé de su familia, o dónde vive o qué hace después de la escuela. Me quita el sabor de mi café con vainilla el egoísmo de mi amistad. En lugar de centrarme en el abismo de mi relación con José, le pregunté a Nadia sobre sus proyectos. Fue bonito verla con otro tipo de semblante en la cara cuando no estábamos hablando de mis problemas. Fue de esos martes donde yo no tenía ganas de estar encerrado en mi casa, donde nadie me espera, donde el eco del blanco de las paredes retumba, donde me envuelvo en el capullo de mis sábanas color perla y la cobija de león para no pasar frío.

Nadia es increíble. Está estudiando Economía como una carrera de soporte económico. Por las tardes, toma clases de diseño, aprende de programación porque quiere ser ilustradora y asociarse con varios artistas y crear una compañía. Su entusiasmo contagia. El calor de la masa de la crepa, el café y la sonrisa de Nadia junto con el resplandor de su cabello contra el sol del atardecer me calentaron la tarde. Aún si me llegara a arropar en la noche, la calma del día me mantendría abrigado.

18 de marzo
8:55 pm

Hoy no fue mi día. Aprendí de mi error de ocultarle a José si es que iría a su casa y aprovechar para ver a su padre. Le dije que estaría solamente una hora y podríamos pasar tiempo los dos. Sin cambiar el tono de su voz, me respondió que me vería después de las siete en su cuarto. El camino hacia el despacho de mi suegro fue menos pesado que la primera vez que pisé las duelas de madera. Enfrenté a mi benefactor con los deplorables avances en mis calificaciones. Se detuvo a respirar hondo y revisar en dónde me equivocaba. Hizo hincapié en mis fallas para entender el balance comercial, el ajuste de cuentas y el cuadro de los estados financieros. Todo se resumía al balance. A Sociología le di más peso por sentirme más completo. A la asociación le he dado más importancia que a pasar tiempo con mi novio: la primera me deja más. Todo en la vida era un espejo. Antes de retirarme, don Edmundo me dijo que no importaba si reprobara las materias porque el verdadero objetivo era mantener a José enfocado en sus verdaderas prioridades. "Si tienes que estar en medio para que sepa lo que su madre y yo hemos invertido en él, que así sea", dijo mi suegro antes de despedirse de mí y que yo fuera a encontrarme con mi novio.

Llegando al cuarto, las cosas no mejoraron.

José estaba de piernas cruzadas al borde de la cama. Intenté besarlo, pero escapó de mis labios. Quise romper el hielo preguntándole cómo estuvo su día. Al no obtener respuesta, insistí con el tema de la terapia. Explotó. Me advirtió que no la hiciera de policía. "¿Lo quieres saber para reportarme con mi padre?", —dijo—, "Mis problemas son míos, Esteban. Estos no los puedes resolver tú". Lo confronté con el hecho de que él se metió en mi problema con la persona a quien pensé que era mi madre. Respondió que eso era algo que impedía que estuviéramos juntos y por eso me ayudó, pero que su vida él la puede manejar, que no es débil y que ha estado solo toda su vida y él debe aprender a pelear sus batallas. ¿Y las pastillas ayudan? ¿Qué el tarado de Pablo se le vuelva a acercar y le sonsaque a salir a tomar en mitad de la semana? ¡Maldito imbécil! ¿Por qué le gusta hacerme sufrir?

25 de marzo
6:39 pm

Los resultados de los exámenes de segundo periodo se entregaron y el tercero es el más corto. 9.2 de promedio general. No estuvo mal, pero en Administración y Finanzas la cosa sigue sin mejorar. Tengo 6.5 de promedio y no logro elevarlo. No debería de compararme con las calificaciones. Pero en este caso sí reflejan el cambio que la carrera y encontrarle una pasión y propósito adicional tiene en mí. Una es el encaminamiento de una vida próspera y dentro de mi control; la otra, la excusa para acercarme a quien me repele como el polo de un imán. Para Semana Santa tengo que trabajar en la propuesta del festival y en los trabajos finales de todas mis materias. ¿Qué podría decir sobre la América anglo francesa, el pensamiento metafísico, las cuestiones de la estética y el pensamiento hispánico que como pueblo heredamos por producto de un mestizaje?

9:21 pm

José me abandona más y más. Ya no sé si es por la escuela, su estadía como auxiliar o… por las estúpidas pastillas. Presiento que nuestras miradas son dardos que buscan la diana. Ya no era Cupido en búsqueda de un blanco a enamorar, sino Artemisa quien perseguía a su próxima caza. Sé que el camino que José toma lo va a destruir. Quiero salvarlo. No quiero ser el Caronte que lo lleva al Inframundo. Que salte ese paso para llegar a la llanura de mi bienestar, libre de todo pecado y maldad. Eso voy a hacer.

Debo organizar un pequeño viaje de integración con los miembros que no vayan a viajar con familia por Semana Santa. Nadia sugirió que, si son pocos, podríamos ir a mi departamento en Acapulco. Tengo mucho que organizar. El presidente me aseguró que él cubriría los gastos del hospedaje. Gracias al trabajo que hemos hecho con los festivales, el presupuesto ha aumentado en estos dos años. Supongo que quieren ver más y más. Me asusta la idea de quedarme sin temas a proponer de semestre a semestre. ¿Qué tal y si nadie viene?

¿Y si mi suerte se acaba? Me da miedo compartir esto con alguien más, pero todo lo que tengo ha sido gracias a que alguien se apiadó de mí. Primero fue mi padre, quien me mantuvo al margen toda su vida para luego compensarlo con una pensión. Luego, está José, quien me enseñó un nuevo mundo donde yo puedo ser el *boceteador* de mi propia vida. Y al final, está don Edmundo, quien me ofreció sustento económico sin que yo se lo pidiera, pero a cambio de ser el niñero de su hijo. Y al final, está…Isabel. ¿Será que todo mundo me abandona? Me aterra pensar que no soportaré vivir en soledad.

No sé por cuanto vaya a aguantar.

7 de abril
10:49 pm

Regresé de toda esa semana más cansado que cuando me fui. Antes de irme quise estar preparado para que todo el grupo pasara una buena estancia en Acapulco. Llamé al abogado para cerciorarme de que mi ex familia no quisiera intervenir con alguna demanda o reclamo. Me había enfocado tanto en José, que fue momento de tomar acción en lo que era mío. Al parecer nadie ha hecho el intento de ir y quedarse. Fue un alivio, aunque me inquietó ese periodo de paz y que algo me atacara sin previo aviso. Pregunté si hubo novedades con ellos. Lo único que el abogado me dijo fue que mi hermano Rigoberto se divorció. Finalmente, mi cuñada luchó por su tranquilidad y la obtuvo. Con eso en mente y de que estarían entretenidos con otro drama familiar, dirigí mi energía en el convivio.

La intención del viaje era hacer una integración que se quería lograr independiente a la participación en los festivales. Hubo caras nuevas que estuvieron gustosos de pasar una semana fuera y lejos de sus familias. Escuché historias de todo tipo de los motivos por estar aquí. Algunos fueron porque necesitaban un respiro de toda la presión escolar que sus padres les imponían para ser alguien en la vida. Otros lo hicieron porque quería algo que no les implicara un reto tan grande y que se viera bien en las aplicaciones para hacer estudios en el extranjero. Muy pocos lo hacían por la pasión de contribuir a la cultura. Me daba miedo verbalizarles que los eventos de la vida humana eran de mi interés por ser sociólogo (o, más bien, estudiante de la carrera). Esa inclinación a saber por qué hacía las cosas, era una mentira sostenida desde que era niño. Al ver a mi papá tan seguro de tener tantos negocios, dinero y la cuenta llena, me daba esta sensación de plenitud. Era como si no existiera la escasez en mi casa ni en mi vida. Sólo que mi padre pudo sostener esa mentira hasta que todo le estalló en la cara. Jamás imaginé que Isabel sería mi verdadera madre y que todo fue un montaje para mantener las apariencias.

Hice el esfuerzo de mantener las ganas, pero me inquietaba que algo malo pasara sin que yo estuviera alerta. José podría estar en problemas sin que yo pudiera ir al rescate. ¡Qué pendejo fui al pensar eso! Cuando el presidente Mora no tenía actividades de integración o se revisaban los pendientes con proveedores para los adornos y cualquier cosa que podríamos conseguir en nuestro descanso, le escribía a José para preguntarle cómo estaba y que lo extrañaba. Me dejaba en visto cada vez que volvía a ver mi celular. ¿Qué había hecho mal? Era la primera vez que José y yo estábamos separados. De seguro se estaba divirtiendo de lo lindo con sus otros amigos que no eran una buena influencia. Revisé sus historias en Instagram y todas eran de cómo se embriagaba y ligaba con otros cuates a diestra y siniestra. Lo más doloroso fue ver otra vez al tarado de Pablo abrazado de mi novio. Lo sujetaba de la misma forma que lo llegó a hacer conmigo. Me guardé las lágrimas en todo el viaje. Llegábamos de la playa por una actividad de construir castillos de arena o de jugar voleibol playero o de comer en la calle para estacionarnos en las butacas de ese departamento estancado en los años setenta. Me ahogaba entre las sábanas y la almohada para que mi llanto no rebotara entre las paredes de la habitación. Para peor, no dejaba de pensar en la decisión de mi ex cuñada de abandonar el cobijo de esa familia y de ser valiente al decidir por ella misma. Sus palabras seguían frescas en mi cabeza: "Él me da lo que necesito. Tu hermano pagará con sus hijos. Serán su responsabilidad. Yo sé cuándo será el momento de mi salida de esta familia. Mi rol en esta historia terminará más pronto de lo que piensas, Esteban".

Me agobió reconocer que yo era tanto el carcelero como el convicto de mi relación. Me sentí como náufrago en una isla donde me dejaron a la deriva. Era Circe o Calisto: un ser que comenzaba a descubrir su poder, pero la soledad les hizo reconocerse como seres despreciados y marginados. No era como José. No pude seguirle el ritmo y entendí que jamás podremos acoplarnos en nuestras vidas.

Si José se siente entre grilletes y todo lo hace para aliviarse, no puedo ayudarlo. Ya lo intenté con que fuera a terapia, pero me ignoró. No puedo cuidarlo a cada instante. Si el decide destruir su vida, él tendrá que tocar fondo para liberarse. Tengo miedo de lo que debo hacer, pero no veo otra alternativa.

12 de abril
9:32 pm

Invité a José al Diamante Negro para hablar. No tenía el mismo semblante que de costumbre. Ya no era el mismo guerrero envuelto en cuero de cabello castaño, ojos esmeralda y fornido que conocí ese primer día de clases. Todo su ser parecía estar envuelto en una sombra. Sus ojos, su cabello, su vestimenta —tan gris y opaca—, no me dejaron disfrutarlo como el novio que alguna vez estuvo disfrutando a mi lado. Los ratos de compartir canciones y lecturas se esfumaban como la espuma de malta de su tarro. Antes de que terminara su primera cerveza, le dije que quería terminar. Sin rodeos, sin gritar, sin insultarlo de cómo me había abandonado en todos estos meses. No me reprochó. Me dijo que estaba bien y que sentía que las cosas tuvieran que llegar a esto para darnos cuenta de que tan diferentes éramos. Le dije que lo vería en la escuela y que me gustaría estar en contacto. Sin verme a la cara, nos despedimos. El dolor que había guardado desde las vacaciones de Semana Santa no salió en ese momento. Partimos camino sin saber si uno o el otro lloraría por la ruptura. Llegué a la casa y me aventé a cama para olvidarme del día. Me quedé dormido y el olor a cigarro me recordó a José. Vi su silueta esfumarse de la cabeza cuando intenté perseguirlo para agarrar su mano. Abrí los ojos y agarré el celular de inmediato. No había bloqueado el contacto de... mi... ex (¡DEMONIOS!) Deseé arrepentirme de cortarlo. Me tembló el pulgar al tener su número al alcance y deshacer todo. No pude hacerlo. No quise rogarle a que regresáramos, que intentáramos de nuevo las cosas, que ambos pondríamos de nuestra parte para sobrellevar esta relación.

Esa misma tarde, el padre de José me marcó. Se limitó a decir, con una voz fría y amenazante, que lamentaba que las cosas entre su hijo y yo no funcionaran, pero que tendría que retirar el pago por mis estudios de finanzas. Mi orgullo salió en mi defensa para responderle que le repondría el dinero invertido en mí. Me aseguró que no hacía falta y que revisara el balance de los dividendos que recibía de mi padre cada mes. Dijo una cosa más antes de colgar. "Fuiste un desperdicio, tal como el inútil de mi hijo". Entendí la advertencia de su apoyo.

No puedo llorar. Siento como si un basilisco intentara arrancarme el corazón, destrozarme las costillas y beberse mi sangre como sacrificio humano. No había dolor por la muerte de un amor que sólo duro un año y medio. Pensé que José y yo seríamos tan majestuosos como la Atlántida, sin imaginar que compartiríamos el mismo destino de hundirnos entre las aguas.

21 de abril
11:01 pm

Mi vida se reinició después de mi cumpleaños. Le había dicho a Nadia que terminé con José. Insistió que todos los de la asociación fuéramos a "Johnny Rockets" a festejarme. Una salida simple con música de los sesenta, unas hamburguesas, malteadas y papas fritas aliviaban el peso de pasarla en soledad. De verdad, moría de hambre. Vi la "Elvis" en el menú: la hamburguesa con queso derretido, decorada con champiñones, cebolla caramelizada, jitomate y lechuga, en una cama que invitaba el apetito. Ahora que lo pienso, ni mis poros o mis ojos se contrajeron al ver escurrir el jugo de la carne o el cátsup en las papas. Al darle el primer bocado, me supo a la cenizas y alcohol de los besos de José. Todos los colores y texturas de ese lugar se apagaron. Lo decoración de rojos, blancos y azules se desdibujaba con el pasar de las meseras y los recuerdos que tenía con José en mis salidas. La música hizo corto en mis oídos y sólo escuchaba los bajos. No pude contener algunas lágrimas caprichosas que se me escapaban a las mejillas.

Nadia hizo todo lo posible por evitar que esto se convirtiera en una intervención de consuelo amoroso. Para que nadie tocara canciones románticas, mi amiga se acaparó la rocola y ordenó únicamente canciones que fuera sobre cualquier otro tema. Por fortuna, como estaba de fondo, apenas y pude distinguir alguna que otra melodía. Supongo que tampoco hizo falta que las canciones hablaran de amor. El impulso por bailar me recordaba mis ganas de sentir el cuero de la chamara de José, escuchar las pisadas de sus botas y sentir el olor de su hombría emanando de su piel mientras me sujetaba con fuerza. La tarde se resumió a hablar de cómo haríamos el anuncio del festival de verano, la aprobación de los posters y la colocación de los mismos para empezar con los preparativos. Estábamos a unas semanas de acabar clases y el evento se daría a mediados de junio.

Supongo que eso es lo mejor. Debo pensar en qué hacer con la asociación y no tener en mi cabeza cómo mi relación se fue al carajo.

11:42 pm

¡No puedo creer que no recordé que hoy fue el aniversario luctuoso de papá! No era mi intención opacar su momento o que recibiera el mismo trato frio que recibí por vengarme de él. Aunque dudo que lo sepa si ya está muerto. Bueno, en fin. La muerte de papá también es un recuerdo de José. Desperdició su último aliento para dedicarle unas palabras a un hombre que ya no estaba en mi vida. ¡Qué pendejada! Al final me quedé solo, arrumbado y olvidado por todos.

No tiene caso que me esfuerce en las amistades si las personas te desechan tan fácil como cera sucia de veladora. Mejor apago ese faro antes de que otro barco vuelva a encallar.

Basta por hoy.

28 de abril
6:51 pm

Martes cualquiera. Entregué trabajos finales. Vi al grupo para revisar pendientes de los posters. Todo en orden. Nadia insiste en que salgamos al café del otro día. Le digo que tengo que estudiar para los finales. Nada más que reportar.

7 de mayo
4:17 pm

Jueves en la noche. Necesito pasar la mayoría de mis exámenes con cuatro puntos de cien para aprobar la materia. Los tratados de historia y metafísica me ayudan a plantear mejor el trabajo final de carrera. Es absurdo que lo haga, pero me mantiene ocupado ver la parte de cómo es el amor cuando uno lo pierde. Nadia me preguntó si la quería acompañar a comprar algunos adornos de flores que faltaron para armarlos en la semana. De nuevo, le dije que no, que estaba cansado y que mejor la veía mañana.

12 de mayo
6:03 pm

Llegó un correo de aviso del colegio en línea. "No hemos recibido su pago para reinscripción. Por favor, póngase en contacto con el área de tesorería para poder atender su caso". Qué sentido tiene estudiar lo mismo que José cuando ya no tengo motivos para hacerlo. Fue un desperdicio de dinero. Lo pagó su padre después de todo. No fue correcto aprovecharme de él, pero, si me pongo a pensar, me pareció justo porque eso fue parte del trato. Revisé el estado de cuenta de los depósitos de mi padre. Don Edmundo cumplió su sentencia. Sólo tenía cuatro mil de los quince que me daban al mes. Pobre hombre rico. Tan abundante y tan vacío al mismo tiempo. ¿De qué me burlo? Entre mis cuatro paredes de esta pequeña casa no tengo a nadie. Todo me recuerda a él. El sillón donde me besó por primera vez, las múltiples tazas de café que tocaron sus labios, la cama donde perdí mi virginidad tenía marcada su esencia. No importaba cuántas veces lavara las sábanas, desinfectara el sillón o remojara las tazas, su sello seguía ahí. El mero recuerdo de que pisó esta casa me invade, me inmoviliza, me atan a ella como si fuera lo único que me quedara de él.

20 de mayo
8:41 pm

Recibí calificaciones de todos lados. De mi carrera de filosofía obtuve un 9.1. De la pendeja excusa para estar con José, 5.9. Envié un correo para darme de baja. Dije que pagaría lo que debo a la brevedad. Tengo el dinero, pero me enferma tener que pagar por mi impulso y estupidez. Veré qué hago después para reponer esa deuda.

30 de mayo
10:10 pm

Vacaciones escolares. Nadia me invitó al cine antes de que empezáramos con el trabajo de preparativos finales para el festival. Le mentí con la excusa de un dolor de migraña. Le aseguré que la veía el lunes sin falta y que podríamos hablar al respecto. Sé que ella está para mí, pero no entiende el arrepentimiento ni el pesar de dejar atrás algo que me dio tanto, y que murió sin que pudiera hacer algo. Siento que mi vida fue una mentira con él. Agarré la libreta de dragón de José que tomé de su cuarto. Hojeé un par de esas páginas: sólo había notas de lugares, pensamientos, fragmentos de poemas. Me detuve en una hoja que proyectó mi sensación después de romper con José.

"Penumbra de verdad y lucidez de mentira
Crisálida que busca emerger
Vacuidad de amor"

Quise negarme ante las hojas, pero no pude. ¿Cómo puede ser una mentira las caricias, los besos, las palabras de apoyo, la valentía que me hizo sentir cuando confronté a la señora Hortensia? Me niego a aceptarlo. ¡José me amó! ¡José fue mi primer amor! ¡Y lo dejé sin entender todavía la causa! No puedo salir de mi jaula ni tampoco quedarme. Él sigue aquí. ¡No puedo escapar!

5 de junio
7:47 pm

Promesas son promesas. Nadia me interceptó sin previo aviso y me reclamó las múltiples veces que la rechacé por mis "justificantes". No pude evitar ser Ariadna abandonada por Teseo. Todo mi cuerpo se entumecía. Mis manos, piernas y el vientre se contrajeron al punto de quedarme sin aire. Cuando Nadia me preguntó si estaba bien, me derrumbé como el Coloso de Rodas. Lloré todo lo que había guardado desde mi cumpleaños. No había forma de ponerle un alto a la lluvia torrencial de mi tristeza. Me sostuvo entre su pecho para apaciguar mis sollozos, sobó mi cabeza, me mecía para calmarme y con el susurro de decir "aquí estoy contigo, flaco. Nada te va a pasar" me arrulló hasta que su plácida voz calló todo rastro de dolor.

Le confesé que todo me daba miedo. El salir era un pesar porque mi vida en la universidad la empecé con él. El ir al departamento en Acapulco imprimió la imagen de la vez que ella, su amiga y él fueron a pasar ese descanso. El sentimiento de sus abrazos y sus besos me envenenaron, me hicieron dependiente de su narcótica esencia y la idea de mi separación aumentaba día a día. Le confesé que tenía tiempo de escribir en una libreta personal (¡MI LIBRETA PERSONAL!). Todo se volvía una tarea, incluso hablar con ella, escribir en el diario, comer, dormir.

No comprendí el motivo, pero le confesé ese pasado oscuro. Le hablé sobre mi padre, sobre Hortensia y sus hijos, sobre Isabel y de cómo utilizo este diario para desahogarme. Todos mis recuerdos del pasado nublaban mis ojos en forma de lágrimas y sollozos. Nadia se limitó a ser mi pañuelo, un hombro en el cual deposité todo el sufrimiento que he cargado desde hace tiempo. Me disculpaba una y otra vez entre suspiros de dolor que no quería ser una carga por mis problemas. Fue cuando me sujetó de las mejillas, indagó entre mis pupilas y me dijo: "No eres un estorbo. Todo lo que has hecho en los festivales ha sido gracias a ti. Estoy tan agradecida de haberte conocido. Saber que existe un hombre sensible, dispuesto y alentador con los demás. Y no me digas que no lo eres porque sabes que es cierto. De acuerdo, tuviste un tropiezo en el pasado, pero mira cuánto has mejorado. Tu presencia vale y mucho, Esteban. No lo olvides". Después de eso, mi amiga me besó la mejilla con tal fuerza y dulzura, que casi logró suavizar mi dolor.

8 de junio
9:09 pm

Como parte de mi compromiso conmigo, decidí ir a la última sesión de terapia del semestre. Las palabras de Nadia, el incidente con José y la facilidad con la que su padre me quitó el apoyo por no tener a su hijo a raya, me hicieron volver a recordar el origen de todas las cosas. La carta que todavía conservo de Isabel seguía presente. Ella fue quien se confesó de toda la verdad. Fui yo quien no se quiso dar cuenta de todo lo que yo era y de cómo la gente me ha tratado.

Estallé ese día con la pobre colega de Isabel. Mientras Lavanda seguía con el discurso de cómo los cambios que he enfrentado me han ayudado a crecer como persona, pude pronunciar una simple pregunta. "¿Dime por qué mi madre biológica me dio este diario para hablar con ella y me pidió buscarte?" La terapeuta no supo hacia dónde mirar. Pudo percibir cómo mis ojos ardían con fuego azul. Eran dos quemadores de incienso listos para recibir el sacrificio a los dioses. Ella hundió su cara, dejó a un lado su papel y pluma y me confesó todo.

En su discurso, insistió que no tuvo opción. "Tu madre lo hizo por amor, Esteban. Te lo juro. Fue lo único que pude hacer por mi amiga. Te ruego que me perdones por la mentira". Los sollozos de Lavanda me dejaron mudo. Todo quedaba más claro. Las reacciones que ella tuvo sobre lo ocurrido con la señora Hortensia, el acoso y las burlas y el abandono de mi papá eran un espejo de cómo Isabel se guardaba su angustia por mí desde el principio de las sesiones. Me declaró que Isabel y ella fueron amigas en la universidad. Tras contarme de cómo sus compañeros y algunos maestros la señalaron por quedar embarazada, me trajo a la mente el mismo martirio que viví por ser diferente. Quedó claro que Lavanda fue la única persona dentro de su círculo que la apoyó. Ella no paró de llorar desde que le exigí una respuesta. Me hubiera gustado tener una amiga como Lavanda en esos instantes. No había nada qué perdonar. Le agradecí por la sinceridad y que entendía lo difícil de guardar un secreto ajeno.

Algo en esa tarde despertó mi necesidad de ir con Isabel y aclarar el caos de mi pasado.

14 de junio
4:56 pm

Hace cuatro días fue el cumpleaños de José. Pensé en hablarle, desearle lo mejor y que podía contar conmigo, pero me contuve. Volví a ahogarme entre lágrimas y un litro de helado de vainilla con chocolate, un poco de palomitas y ver la película de Nemo en el país del sueño. Es más fácil ver cómo un niño se enfrenta a la encarnación de las pesadillas que yo hacer lo mismo con las mías. Fue un domingo más. Comer, dormir y ver la tele. En un bucle. Hasta que llegue la noche.

17 de junio
5:24 pm

Me urgía quitarme de la cabeza la cara de José cada vez que cerraba los ojos. Ya no era mi responsabilidad; quizás nunca la fue. Lo único sin resolver era si debía de ir a Puebla a buscar a Isabel. Arreglé vasijas llenas de flores, alisté los trajes típicos y probaba las bocinas con la música para el desfile que culminaría en el auditorio en una exposición de arte. Eso contuvo mi ansiedad y evité pensar en mis problemas. La exhibición se decidió de último minuto por parte del presidente y su afán de unir cosas para crear más tráfico, pero esta vez tenía sentido. Los alumnos de prepa todavía no terminaban clases. Parte del proyecto de arte era que expusieran algo relacionado con las raíces mexicanas. Ellos obtenían su calificación final y nosotros, audiencia. Situación ganar-ganar.

Tal vez esto sea igual que con Isabel. No tengo su dirección, aunque todavía recuerdo dónde tomaba la terapia. En el centro de Puebla, donde todo el mundo observaba, juzgaba y esperaba que fueras parte del grupo selecto de afortunados que tuviese la vida resuelta. Quizá Isabel me ayude a responder tantas preguntas. Ya no tengo fuerzas para volver a viajar al pasado, salir lastimado por los errores de los demás y sus expectativas y creer por un breve instante que el amor puede florecer en mi vida. Ya no tengo ataduras con nadie. Ambos somos libres de vivir una vida plena.

29 de junio
11:22 pm

El viernes pasado fue mágico. Nunca he viajado a Oaxaca a presenciar la verdadera Guelaguetza, pero hicimos el esfuerzo de dar esa sensación de magia y color en la calzada de flores que creamos, entre los holanes de los vestidos que las chicas usaron, el sonido de la música que se desbordaba en las bocinas para culminar en la explanada del auditorio. Sentí que recibía algo a cambio por ofrecer algo de mi esencia: un intercambio equivalente.

La verdad no sé qué fue, de todo, lo que me ayudó a tomar una decisión. Si el hecho de saber que la celebración está hecha para dar una conmemoración a la Virgen María o que es una fiesta de cosecha de regresar las cosas a su respectivo origen... no tengo idea. La única cosa que unía esas dos motivaciones fue que uno recibe lo que otorga y se lo da a la madre tierra, a la que genera vida, a la que fecunda y te permite existir. No había forma de olvidar a José. Cómo me gustaría que supiera que debo de ver a mi madre y que me acompañara, pero esto no se hubiera dado si no hubiera terminado con él. Después de ver el gozo de todos por la multitud de colores, aromas y sonidos, cristalicé mi dolor en un llanto que se dejaba ver en la ventana de mis ojos. No me importó que me vieran llorar. Que la gente creyera que fue por el esfuerzo. Ese día supe que debí de armarme de valor para dejar que las cosas pasaran. A partir de julio, buscaré a mi única madre y obtendré mis respuestas sin importar lo que pase.

Verano
25 de julio

Respiré después de mucho tiempo. Me cubrí por tantos años que al fin descansé de todo lo que había cargado. Decidí salir de una coraza que armé durante años y ésta se desvaneció como espuma de mar entre las manos. Después de este verano, me puse a pensar que tal vez necesitaba darme una pausa cada mes para reflexionar y vivir la vida, cómo debí hacerlo desde hace mucho. Tomé la decisión más impulsiva en estos últimos meses. Bueno, sin contar estudiar una carrera sólo por estar con un chico y dejar tuerto a otro porque me molestaba, esto ha sido fuera de lo común para mí: el primer fin de semana de julio monté un autobús a las 7 de la mañana hacia Puebla.

Esa mañana de verano fue la más fría de la temporada. Intenté conservar el calor de mi cuerpo mientras me envolvía en mi crisálida hecha de mi chamarra y dos cobijas entretejidas. Aún entre cerdas de algodón, me sentí como la estatua de Laocoonte: sobreexpuesto, con la expectativa de ser visto y siendo castigado por las serpientes de mis miedos y errores. Era algo hermoso, pero que albergaba el recuerdo de una muerte sentenciada por los dioses. Esas tres largas horas de la Ciudad de México hasta Puebla invocaron todo lo que viví en el condominio de Puerto Paraíso: ser mordido por las ratas disfrazadas de Pomeranians esperando pasarme la rabia.

Después de bajar en la central, pedir un taxi que me dejara en un City Express del centro de la ciudad, hacer el "check in" y botar mi equipaje en la habitación, me dispuse a buscar el dichoso edificio en donde Isabel trabajaba. Lo único que sabía era que su oficina estaba en Avenida 9 Poniente y que estaba como a cinco kilómetros del centro. Pedí apoyo en recepción para transportarme hasta ese lugar. Durante los quince minutos que estuve parado en el tráfico, tuve que aguantarme las ganas de vomitar por el olor a iglesia de las tiendas de veladoras y artículos religiosos. Eso invocaba al demonio de Hortensia en mi cabeza. El olor a sudor estancado del auto apagó la imagen de la exesposa de papá. Después de ver a la gente esperar sus paradas de camión bajo el sol de verano, yo no tenía idea si vería a Isabel, si me atendería o incluso si seguía trabajando en el mismo local.

Llegué a la una y me senté enfrente de una notaría pública. En una banca esperé a que algún coche pasara. La gasolina de los autos ayudó a dejar escapar la putrefacción de la flor envenenada de Hortensia. No entendí mi inútil decisión de no tocar el timbre. El ver a Isabel como mi mamá era una experiencia que no estaba seguro de cómo enfrentar. Ni siquiera supe cómo iba a presentarme. Pensaba decir "Hola, Isabel. Ha pasado tanto. Oye, acabo de darme cuenta de que en verdad eres mi madre después de la muerte de papá y quiero saber si estás dispuesta a hablar sobre esto". ¡En verdad, estaba pendejo en pensar que eso resultaría!

Quise disipar el torbellino en mi cabeza. Me metí a un restaurante de comida corrida que había visto de reojo cuando el taxi me dejó. No tenía energía de pedir carne para almorzar. Casi un año de esfuerzo se fue al demonio por venir a este pinche estado de mierda para terminar con el asunto de Isabel. Entre saborear una sopa de pollo con arroz y fideos, me quedé pensando si es que Isabel sabría de la muerte de papá. Todo fue muy discreto. La nota no estuvo en la primera plana. Digo, era mi padre de quién hablaba. Solo pude encontrar un titular en la sección de sociales: "La señora Hortensia Lunanueva Castrejón lamentó la pérdida de su marido en su lucha contra el cáncer de estómago. El señor Trujillo, empresario multimillonario, emprendedor por excelencia y asesor financiero de alto nivel, murió rodeado de sus seres queridos y despedido con los mayores honores". Fue el último intento de mi ma..., (¡Carajo! Deja de llamarla así), por hacer aspaviento y generar lástima en la gente (en especial, de funcionarios públicos y personas de élite). Resultó inútil porque no recibiría nada de la herencia de mi padre. Todo fue una pantalla: su matrimonio, su vida pública, su familia. Eso fue una mentira y a unos pasos yacía la verdad oculta por todos. Al darle un sorbo a mi taza de té me dispuse a regresar, tocar el timbre y preguntar por ella.

Lo hice y... fue distinto a todo lo que imaginé.

Cuando abrieron la puerta, me recibió un cuate un poco más grande que yo. Me preguntó a quién buscaba y le confirmé mi intención de ver a la señora Isabel: la especialista en trauma y terapia familiar. Me aseguró que no estaba porque salió a comer, pero que podía pasar si gustaba. Entre mi respiración entrecortada, mis pasos de gelatina y la mirada fija en los huecos de los espacios, entré a la pequeña casa adaptada a ser consultorio completo. La planta baja tenía cubículos de dentista, los cuartos laterales eran de diagnóstico general y la planta alta eran los especialistas. Una nutrióloga, un quiropráctico e Isabel. La combinación más inusual que puedas encontrarte en una ciudad como Puebla. Fueron muchas las cosas extrañas en ese lugar.

El cuate me preguntó que si no quería algo de tomar. Le dije agua porque necesitaba algo fresco para combatir el calor. El asistente, o eso pude deducir por su vestimenta correcta, se me quedó observando. Parecía buscar algo en mi cara de inseguridad. Temblé al preguntarle que si tenía algo en mi rostro o entre los dientes. Respondió que le sorprendía el parecido de mi semblante con el de su jefa. Supuse que mantener la relación en secreto fue mejor que explicarles a todos la verdad.

Le pedí al asistente que me dejara estar dentro de la oficina. Le aseguré que era un viejo paciente y...alguien que necesitaba hablar con su terapeuta. Me afirmó que podía pasar, pero que él tendría que acompañarme para que no se interpretara mal con el resto de los colegas del consultorio. La espera no fue tan larga. No dio tiempo porque Isabel entró después de tirar su bolsa de mano al verme a los ojos. Le pidió a su asistente que cancelara sus citas de hoy y las pasara para mañana. Estas fueron sus palabras exactas: "Este paciente tiene tiempo de no ser tratado y necesita un diagnóstico profundo".

No hubo sorpresa por parte mía al verla. No había cambiado: el mismo cabello rubio oscuro en chongo, los mismos ojos azules que los míos, la misma blusa de color vibrante (en este caso era lila), su tez tan pálida como la mía, sus facciones finas, delicadas como las de una muñeca de porcelana de *Sanborns*. Isabel tendría unos 38 años y parecía más mi hermana que mi madre. Antes de que yo pudiera musitar palabra, me abrazó, sollozaba mientras sus brazos me apretujaron en un cálido gesto que no pude evitar devolver. No supe si pasaron segundos o minutos desde ese abrazo, pero fue como si la verdad que yo conocía y la que ella tuvo que ocultar, se hubieran disuelto como la arena seca que toca el mar.

No nos quedamos mucho tiempo en el consultorio. Me sentí extraño volver a sentarme sobre el sillón reclinable y que ella me viera como el paciente que fui hace un par de años. Me preguntó si tenía donde quedarme y le aseguré que sí. Me dijo que terminando el trabajo podíamos ir al hotel a cerrar la cuenta por una noche y que me quedara con ella en su casa. "No es bueno que un joven de tu edad se quede solo. La ciudad no es segura para que salgas. No es prudente que te expongas de esa manera". Lo curioso fue que lo dijo en tono de madre que parecía un hechizo que ni siquiera Hortensia pudo replicar conmigo. Ni pasó una hora y la acompañé a dar la vuelta hasta su casa, que sacara su coche, me metiera en él, fuéramos al hotel y que ella misma pagara la estancia de la habitación.

Cuando regresamos y vi la casa por segunda vez, me recordó a la mía. El mismo diseño, la misma reja, pintada del mismo color blanco cenizo. Una casa demasiado grande para una persona. Era un lujo para uno. ¿Qué significaba todo eso? No sólo fue el exterior. La cocina estaba en la misma posición, la sala, el patio de atrás, el comedor, la única escalera que llevaba a las tres habitaciones de la casa. La residencia de la calle 29 Sur 915 era una copia calca de la mía en la Ciudad de México.

Me sirvió una taza de café caliente con leche y azúcar. Agradecí que los muebles fuera de mejor gusto en su casa que los que yo tenía en la mía. Los gustos más minimalistas, pero con clase, se reflejan en los adornos. Hay más cuadros, figurillas y marcos de fotos que otra cosa en las paredes y repisas de la primera planta. Sorbí el café para abrigarme de tanta impresión y calmar mi impulso de preguntarle todo. Terminé la bebida y alegué que estaba cansado por todo lo de hoy. Me subí a la misma habitación donde estaba el cuarto que yo ocupaba en México como estudio. Me acosté en la cama. Jörmungandr cascabeleó para advertirme que vendría por mí esa noche. El siseo sofocaba mi súplica de soñar en paz. Respiré hondo para evadir el eco de aquellas voces. Primero, fue contar hasta veinte; luego, hasta quince; al final, no llegué al cuatro cuando me quedé dormido. Tendría el tiempo suficiente para aclarar mis preguntas.

Pasaron algunos días antes de que pudiera hablar con Isabel de todo. Le conté sobre mi decisión de estudiar filosofía, sobre mi pasión por la mitología grecolatina (obvio que lo sabía, pero no dejaba pasar la oportunidad de platicar de eso), sobre cómo voy a justificar mi tesis con una novela al estilo de "El mundo de Sofía", de que mis ideas en la asociación cultural han tenido un éxito inesperado y le he encontrado algo de sentido a mi vida universitaria. Los ojos azules de Isabel resplandecían como el reflejo del agua cuando rebota la luz del sol cuando me escuchaba con atención. En esos descuidos, confesé que usaba el diario que me regaló y se sorprendió que todavía lo tuviera.

Me preguntó si había encontrado algún compañero. El silencio se hizo eminente. No pude evitar la visión del rostro de José cuando me lo preguntó. Todo sobre él me traía un sabor agridulce como el de una granada. Los recuerdos de mi primer amor se transformaron en el Hades que ataba a la Perséfone de mi libertad en ese inframundo. Su aroma a cuero, a cigarro, a cerveza, a su loción de ébano y limón me embriagaron al punto de hacerme llorar. Isabel intentó consolarme sin que haya musitado palabra alguna, ni siquiera su nombre. Lo único que pude decir fue: "Él me dio la libertad para después esclavizarme a su recuerdo".

Pregunté una y otra vez si era normal amar así a alguien que sabes que te dio el empujón de alcanzar nuevos horizontes. Tal vez no con esas palabras tan elegantes, pero sí con esa intención. Isabel me abrazó, deslizó sus dedos como peinetas y me cepillaba en un intento de consuelo. Me envolvió con la anécdota de lo que sintió al conocer a mi padre. Intenté recordar las palabras que dijo, pero entre mis sollozos y la suavidad de su voz me dificultó hacerlo. Entendí la mayor parte de su discurso.

"Al igual que tú, me enamoré de la persona equivocaba. Sabía que tu padre era un hombre inalcanzable. Yo tenía diecisiete años. Perdí muchas cosas por él. Mi virginidad, mi trabajo, mi posición con mi familia. Cargarte durante nueve meses fue lo que necesité para darme cuenta de que podía hacerlo sin problemas. Fue una jugada cruel del destino que yo me haya convertido en tu terapeuta, Van. No pude rechazarte. Me sorprendió que tu padre no haya puesto resistencia en que nos viéramos. Tal vez fue su manera de disculparse conmigo. Ese año que me regalaste fue lo mejor que pude tener como madre. Durante estos veinte años me he lamentado el no luchar por ti. A todo esto, quiero decir que los amores no convenientes siempre llegan con sorpresas inesperadas. Hay dolores que pueden durar la vida entera, pero piensa que lo que te otorgaron, fue algo más valioso. Te obsequiaron la fortaleza de conseguir tus metas".

Me agradeció el haberle hecho caso con el diario. Cuando le dije que me costó trabajo creerle la verdad, me aseguró que lo entendió. El pasado se quedó ahí y ahora nos tocaba construir un presente con cimientos fuertes. Durante las mañanas que pasamos juntos, al beber té de menta con limón y acompañado de pan tostado con miel y mantequilla, Isabel me deleitaba con fragmentos de su historia. El crujir del pan despertaron en su mente las noches en vela que pasaba estudiando para terminar la carrera. Los platos que usábamos para las comidas fueron el único regalo que recibió de una de sus tías, quien no la desterró por haber cometido adulterio. Su tía y sus primos le regalaron cuanto pudieron para que saliera adelante. Incluso, una rosa de plástico que decoraba como centro de mesa resultó el último regalo que recibió de mi padre. Al menos, ella tendría un recuerdo que jamás se marchitaría como lo hizo él. Isabel me contó que, antes de morir, mi papá la visitó. Me dijo que estaban sentados como ella y yo cada mañana. Recordaba que mi padre apenas probó el café. Se dedicó a mirarse en el reflejo de su brebaje. Con la cara baja, mi padre le pidió perdón por todo: por dejarla a su suerte, por no ser valiente y escapar juntos, por no luchar por darle su lugar, pero, sobre todo, por despojarla de mí.

A medida que pasaron los días, descubrí cosas de mis padres que me hicieron más y más difícil permanecer enojado o en duda. Después de su muerte, comprendí que papá pasó su vida con la señora Hortensia por conservar su buena posición social ante el mundo que lo rodeaba. Todo su futuro lo decidieron los demás. Él vivió una vida muy infeliz manteniendo a tres hijos que no lo apreciaban, y mi cara fue el recuerdo de lo que pudo tener. Su distanciamiento conmigo fue por la apariencia de Isabel en mi cara y mi mirada. Rectificar esa separación durante veinte años me hizo llorar una vez más su pérdida.

En estos momentos de confesiones, hubo una duda que permanecía en mi mente después de todo lo que viví en estos dos años. ¿Por qué Isabel se mantuvo al margen después de la muerte de mi papá? Enuncié esa pregunta y casi obligó a Isabel a tirar la taza por la sorpresa. No era mi intención hacerle recordar un trago amargo de su vida. Cuando limpió el charco que hizo el derrame del té, sus manos temblaban y parecían contraerse de la tensión. Le pedí disculpas por mi comentario. Le conté que quería saberlo por el temor de que alguien la estuviera acosando por algún motivo. Le dije sobre el apoyo que había recibido de su amiga psicóloga. Eso hizo que se tranquilizara un poco y que sonriera. Se me salió decirle sobre otras personas que retiraron su apoyo por ser una carga, como fue el caso de Edmundo Valencia. Isabel tiró el plato con pan untado al realizar la limpieza de la mesa. Quedó helada después de que yo pronunciara ese nombre. Fui con ella para saber cómo podía ayudar. Cuando le pedí que me viera a los ojos, Isabel me dijo que ya no tenía caso ocultarme más la verdad. Ella me confesó sobre el acercamiento del señor Valencia con mi papá.

"Ese hombre supo de nosotros. Se enteró de nuestra relación y sacó provecho del asunto.", dijo Isabel viéndome a los ojos.

Intenté digerir toda la conversación. Confesó que papá tuvo tratos con él por imposición de su familia. El señor Valencia lo tuvo bajo su yugo. Le prometió que mantendría el secreto a salvo a cambio de unos favores para lavar dinero de sus otros negocios. Amenazó con ir tras nosotros, si decía algo. La señora Hortensia influyó en mi separación de ella, pero fue planeada, según sus palabras, por ese engendro del averno.

"¿Quién podría creerle a una joven de 18 años, que fue extorsionada para no hablar de negocios turbios? Aún sin tu padre, ese hombre sabía dónde encontrarnos. Fue por eso que después de lo que pasó contigo en tu graduación, todo se dio perfecto para que escaparas", exclamó al final.

Seguía sin comprender el alcance de todo. ¿Cuál era el plan del señor Valencia? ¿Acaso quería moverme como un peón en un tablero de ajedrez para sus negocios? ¿Fue por eso que me recibió con tanta cortesía esa primera vez en su casa? ¿Mi encuentro con José no fue obra del destino? Me negué a creer que el chico del cual me enamoré hubiera formado parte de algo tan macabro.

Hablé con Isabel de que era necesario salir un poco, para calmarnos. El estar afuera nos haría bien para despejarnos y cambiar de ambiente. Ella me sonrió y dijo que deberíamos planear lo que quisiéramos hacer. Recorrí Puebla durante ese verano. La parte fácil fue encontrar a mi verdadera madre. El resto se complicó por una visita en particular.

La primera parada fue en Angelópolis. Isabel me dijo que estaría conmigo en todo momento. Agregó que debía de volver a ser dueño de los espacios que los miedos me quitaron. Me paralicé justo en la zona de comida rápida mientras volteaba a mi alrededor. La infinidad de escaleras eléctricas, los aparadores de las tiendas portando prendas de marcas de lujo y las múltiples risas de cuates de mi edad con toda la pinta de un típico Emiliano transformaron ese lugar en el laberinto del minotauro. La diferencia estaba en que supe que había un basilisco al final de ese lugar. Los cascabeles resonaron en los tímpanos. Cada pisada que daba me hundía en la duela que se sentía como arena movediza. El veneno de ese reptil titánico comenzó a surtir efecto antes de que me mordiera o devorara. Las voces de mi interior hicieron de las suyas. ¿Y si me encuentro con mi vieja familia? No quiero ver a esa señora. Me le iría encima. ¿Y si también Emiliano está aquí? Él solía venir mucho con sus cuates. No. Tranquilo, Esteban. Recuerda lo que ya sabes hacer: inhala, aguanta y exhala; inhala, aguanta y exhala. Isabel tomó mi mano y me llevó a una mesa vacía. Me dijo que me concentrara en su voz e ignorara el resto del mundo. Me pidió una hamburguesa con papas y refresco. Les puso cátsup a los dos alimentos. El escurrir de ese rojo casi me obligó a aventar el plato y huir de ese lugar. Pude comerme una en mi cumpleaños, pero me venía a la mente el ojo de Emiliano clavado en el cuchillo. Algo dentro de mí me detuvo. Ya no quería dejar a nadie que me ganara. No estaba dispuesto a encerrar mi mundo por culpa de otros. ¡Yo no hice nada malo! Mordí la hamburguesa, pasé una papa por mi boca y mastiqué. Ignoraba si se me escurría la grasa o el exceso de condimento rojo. Trituré cada bocado lo más pronto posible. Tuve la mirada tensa hacia Isabel en todo ese rato, como si yo fuera un cazador disfrutando de su premio. Al darle un último trago a mi bocado, las lágrimas se me salieron sin control. Esa mujer a la que ahora podía llamar mamá sostuvo mi mano todo ese tiempo. Ya no había culpas en mi interior.

Terminamos de comer. Quedé satisfecho de mi victoria. Isabel me arrastró hasta una de esas tiendas de la gente que aborrecía. Me dio ánimos de que eligiera algo diferente y atrevido. "Toma esta oportunidad para sacar lo mucho que has crecido, Van", me dijo. Pensé en cómo podría demostrar mi sentir. Vi una camisa guinda y un pantalón negro. Seguía de luto por José, pero no iba a permitir que el resto de mis miedos dominaran mi vida. Me sentí un lienzo en blanco y llené la bolsa de una gama de colores diferentes: camello, rojo, azul claro y rosa pastel. Sentí que me habían crecido mis alas. Emergí de la crisálida que me atrapó por años. Ya era una mariposa lista para emprender vuelo y ser libre.

Hubo una doble intención con esa pequeña parada al centro comercial. Isabel tenía un primo que vive en el fraccionamiento Residencial Zerezotla. Me dijo que él y su familia nos habían invitado a comer y quería que yo estuviera cómodo con lo que usara. Cuando conocí al tío Guillermo fue ver a un típico cuate italiano (calvo, alto y con una panza por el buen comer que se los caracteriza), pero con el carisma mexicano que nos ubica. Sin siquiera conocerme, me dio un abrazo y me hizo pasar a la gran sala de su casa. Había un piano de un cuarto de cola, muebles tallados a mano de ébano y colchones en color blanco aperlado, su mesa de centro con una gran maceta de mármol repleta de rosas y lirios blancos y hasta el final se alojaba una chimenea que hacía contraste con los ventanales del lugar. Me sentí como en un palacio. Era parecido a la casa donde yo viví durante dieciocho años, pero aquí había calidez. La esposa de mi tío me saludó de beso en la mejilla y mis primos de mi edad saludaron en un gesto de cortesía. Pude notar que querían contener cualquier efusividad, porque apretaban los puños y miraban a sus padres para ver su podíamos hacer algo más.

Cené esa noche en su casa, platillos de banquete: ravioles, lasaña, pasta y pizza. Fueron cosas que yo había preparado y comido en el pasado, pero hubo uno que destacó del resto. Era una cacerola con risotto a la parmesana que nadie había tocado. Mis primos me ayudaron a servirme un poco de todo y fueron ellos quienes insistieron en que probara ese platillo de arroz y queso derretido. Di un bocado y de inmediato regresé a mis seis años, cuando mi vieja familia discutía sobre dónde salir de vacaciones mientras yo me quedaba encerrado en el cuarto, para no contagiar a nadie de mi gripa. Recuerdo que fue papá quien me llevó un plato de risotto a mi cuarto. Quizás fue su intento de que yo me conectara con Isabel. ¿Cómo pude olvidar algo así? Sentí el abrazo de mis padres en el calor del platillo. Al tragarlo, comencé a llorar. No fue de tristeza. Me di cuenta de que papá e Isabel estuvieron a mi lado desde siempre en esos pequeños detalles.

"Tu mamá nos dijo que te gustaba este platillo, mijo. Bienvenido de vuelta a la familia", dijo mi tío después de darme una palmada en la espalda. Aligeró el momento tenso al servirnos un *Lambrusco* en copas de cristal que parecían más artesanías venecianas que copas. Uno de mis primos tocó una pieza de Rachmaninoff. Su interpretación del Concierto de Piano número dos fue un desborde de emociones: un torrente en verano. Con la rapidez de alcanzar los agudos en la danza ágil de sus dedos en un trote de pantera, mi primo deslizó las notas en el suave momento entre la exaltación de conocer a alguien nuevo y la traducción de la incertidumbre del mañana. Esa pieza retumbó en mi cabeza aún después de la cena. ¿Cómo fue posible que esa familia de cuatro comprendiera el géiser de emociones que hervía en mi interior? Esa cena marcó el inicio de unas vacaciones agradables.

Me llevaron al Santuario de Nuestra Señora de los Remedios para pedir por mi causa. Entramos en las pirámides de Cholula y al museo de antropología. Durante las mañanas fuimos una familia típica pasando un buen rato y por las noches, o por lo menos las noches de viernes, mis primos me invitaron a ir de antro con sus amigos. No fue descontrol de alcohol u otra cosa. Quisieron conocerme mejor en un ambiente donde pudiera ser yo. Me inquietó un poco su curiosidad de conocerme. Mis hermanastros jamás tuvieron interés de preguntarme sobre lo que leía o lo que me pasaba. Aquí, dos extraños tenían la disposición de que les contara mi vida. ¿Qué era yo? ¿Un cuate de veinte años, abandonado por su padre, su novio y dejado a la suerte para reescribir su destino? Ya no era eso. Perdí todo en dos años, pero gané algo que más imaginé obtener. Esas semanas fueron el descanso que necesité. Ya lloré lo que tuve que llorar; en especial por José. Me desgastaba pensar en mis errores y mis insistencias. También, pienso en el coraje que me produce volver a vivir sonrisas fingidas. Ya no más.

Me dio gusto saber que tengo más familia de la que creía. Que la espera y ser esclavo de una familia postiza valió la pena y que podría volver a recorrer Puebla con la cabeza en alto. Todo lo que me ataba al pasado era inexistente. El escudo de mi familia me protegería de las garras tanto de la señora Hortensia como del tarado a quien dejé tuerto. Espero no tener que cruzarme otra vez con ninguno de ellos. Puebla ya no era la prisión de Alcatraz que me mantenía encadenado. Siempre podría volver a esa villa italiana a la cual podía llamar hogar.

Convivir con Isabel por cuatro semanas fue una experiencia maravillosa. No quise ser egoísta en que ella dejara todo por mí y supe que tampoco me iba a pedir que hiciera lo mismo. Más aún por las circunstancias en las que me encontraba. Me dio su celular. Le prometí que siempre estaría en comunicación con ella y que la visitaría en cuando sean vacaciones para pasar Navidad y Año Nuevo con ellos. El hueco que dejó José se rellenó con la búsqueda de mi madre y darme cuenta de que nunca me encontré realmente solo.

Quinto Semestre
Agosto

    Cumplí con mi palabra de sólo escribir una vez al mes y tratar de ser más concreto con todos los eventos de aquí en adelante. No he tenido la urgencia de volver a este diario, pero la costumbre se volvió tan fuerte que fue un deber a mí mismo anotar todo.

    Las vacaciones de verano me ayudaron a poner las cosas en perspectiva sobre cómo tomo decisiones. Antes de entrar a clases, Nadia me invitó a desayunar para hablar sobre los cambios que íbamos a enfrentar. Mora y Abejo se graduarían en dos semestres, debíamos planear el evento para diciembre y necesitábamos reclutar más gente. Supe que debíamos de examinar todas las opciones. No me preocupó eso. Cuando nos trajeron nuestras órdenes y vi las crepas de mandarina con kiwi de Nadia, no pude evitar imaginarme lo predecible que se veían mis crepas con plátano y chocolate. El juicio de mis actos eran sencillos de adivinar. Anduve con José porque era algo de esperarse de mí. Estudio Filosofía por ser la carrera más adecuada, aun cuando no estuviera seguro de querer aprender. Tal vez haya caído en lugares comunes, pero también he actuado fuera de lo que se espera. Rompí con mi ex porque merecía algo más. Fui a buscar a mi mamá porque necesitaba respuestas. Me encargué de los festivales de los siguientes semestres porque propuse algo diferente. No iba a permitir que una simple crepa me recordara qué tan sencillo soy al decidirme. Le pedí a Nadia que me convidara de su crepa y yo le daba la mitad de la mía. Sonrió sin vacilar e intercambiamos nuestros pedazos. La electrizante acidez de la crepa de mi amiga me levantó el ánimo.

    Emprendí un nuevo camino lleno de cambios. Me hubiese gustado que las cosas se quedaran como estaban, pero todo ese semestre resultó en más ajustes. El que nos competía a Nadia y a mí, fue prepararnos tanto para la exposición cultural de este semestre como la eminente partida de Abejo y Mora. No quise más responsabilidades que atender, aunque tener más quehaceres me quitaba a José de la cabeza.

Ese domingo me volví a sentir yo mismo. Me alimentaba de otro tipo de flores: otras nuevas experiencias. Me cubrían los pétalos de esa crepería y su néctar me llenó de energía para continuar.

Pero esa fragancia no bastó para contener lo que ocurrió después.

Distinguí entre mis compañeros la silueta de mi acosador. No fue como en los primeros semestres donde lo veía cuando la Gran Serpiente del Mundo me envenenaba. Ese cíclope me seguía: su cabello lacio, su corpulencia y el parche en su ojo izquierdo mientras que su único ojo de mantícora me vio en esa clase de Filosofía del Arte. Su mirada fría y distante me siguió por todos lados. No hubo escondite donde yo fuera libre. Me sentí como Sísifo. Intenté escapar de esa muerte, me escondí de ese castigo de no ser encontrado, y ahora debía pagar empujando mi piedra de errores mientras él siguiera aquí.

Lo sentí como mi sombra. Me siguió a la cafetería, a la biblioteca e incluso hasta el apartado de la asociación cultural. Se quedó toda la sesión sin hacer ruidos. Discutimos cuál debería de ser el gran evento para este semestre. Probablemente, por los constantes murmullos de decir Sísifo entre dientes, alguien me escuchó y se les ocurrió que hiciéramos obras del teatro griego, pero adaptadas a la vida moderna. Ya no podía con que mi vida fuera una tragedia. Entre estar de acuerdo con el tema, Nadia se percató de mi acosador y le preguntó si es que estaba interesado en participar. Asintió, le pidieron sus datos de estudiante como su carrera y semestre. Lo vi de cerca y corroboré mi miedo después de cruzar miradas de su ojo gris a mis azules. Ese Emiliano era el verdadero.

No fue lo peor de esa semana. Por causalidad, vi de reojo a José con el cabello hasta los hombros y estaba a un lado de su amigo Pablo. Se veían muy cercanos. Los vi agarrados de la mano y Pablo dándole besos en la mejilla. Una víbora clavó sus dientes en mi cabeza y las palabras venenosas me intoxicaron. ¿Por qué con Pablo? Él no lo ama. Sólo está obsesionado con él. Lo usa como juguete. No le va a importar si José se rompe o se quiebra. No estará dispuesto a recoger los pedazos. Me frustraba pensar que la señora Quirón dejaba que su hijo fuese arrastrado por un íncubo al infierno. Y tampoco entendía los motivos de don Edmundo en permitirlo.

Respiré hondo, compré mi sándwich y lo pedí para llevar. Al alejarme de esos dos, me recordé a mí mismo, que eso ya no era mi problema.

Hablé con la terapeuta sobre este caso. Me sinceré con Lavanda sobre todo lo ocurrido en mi verano y los sucesos de la primera semana. Por un lado, le dio gusto saber que el reencuentro con Isabel fue fructífero, pero le inquietó la llegada de Emiliano al grupo estudiantil. Me sugirió que mantuviera distancia con él y que le hablara a Mora en caso de que se complicara la cosa. Le dije que estaba cansado de excusas y que me gustaría que entre los tres buscáramos una solución. Las palabras después de esa sesión me dejaron marcado. "Has crecido, Esteban. Vas por un buen camino". Lo cierto era que no sabía si hablar con la verdad iba a resultar. ¿Y si buscaba vengarse de mí por dejarlo tuerto? ¿Acaso él y su familia querían exhibirme por lo que pasó hace casi tres años? Temblaba cada vez que lo veía entrar al sótano de los grupos estudiantiles. Tras cuatro noches en vela, mis ojos parecían dos dunas de arena negra por la preocupación de que él hablara y que yo quedara en ridículo. De seguro, verme sin energía era lo que él buscaba, pero no le daría el gusto.

Decidí que ya no quería que nadie más decidiera por mí. Invité a Nadia, a Mora y a Abejo a mi casa. Les dije que podíamos ver algunas películas y comer pizza. Necesité una excusa para hablar con la verdad. No le quise quitarles mucho tiempo. Después de dos rebanadas de peperoni, una de cuatro quesos y tres grandes tragos a una cerveza oscura, declamé mi mayor miedo ante el único santuario que en verdad he tenido. Fue algo rápido. Recreé la escena de la graduación una vez más: mi papá me había regalado una grabadora como obsequio. Tal vez fue mi masoquismo que pregunté a todo el mundo qué pensaban de mí antes de que nos fuéramos a la universidad. Todo fue lo mismo. Recalcaron que ya debía salir del closet y que era un ridículo por ocultar lo evidente y que les haría un favor si desaparecía para dejar de malgastar el aire. El colmo de todo fue cuando Emiliano grabó su respuesta, se robó el micrófono conectado a la tornamesa y replicó cada comentario para que todos escucharan. Las risas y los gestos de ese maldito gordo de ojos bestiales retumbaban en la cabeza cuando le contaba a Nadia y los demás. Lo último que recordaba del incidente fue la sensación de sangre en mi ropa después de clavarle un cuchillo en el ojo de Emiliano que me dejó sin respiración.

Intenté aguantar las lágrimas. Ya no quería excusas. Debí confrontar mi delito con la gente que me ha apoyado y esperar lo que fuera. Nadia me observó, Abejo no dejaba de parpadear y Mora se aproximó en su intento de darme un abrazo. El susurro de su voz me desarmó. "Tuviste que soportarlo solo, ¿verdad? Ya estoy aquí". En un bucle, repitió "ya estoy aquí" como si intentara obligarme a llorar. Lo logró. Ni siquiera por la muerte de mi padre lloré así. Ni siquiera reencontrarme con Isabel fue tan desgarrador. Abejo y Nadia se nos unieron en el abrazo. Contaba con más de uno para contener mi dolor y ayudarme a filtrar todo lo que se ha oxidado en mi alma. No fue una absolución completa, pero ayudó a que la carga fuera menos pesada. El presi Mora dijo que esperemos una semana después de los exámenes de primer parcial. "Cuando todo esté listo, iremos con Emiliano para encaminarlo con tu terapeuta y darle fin a todo esto", dijo Mora asegurándose de que yo estuviera tranquilo.

Hablar con mi grupo y prepararme para las entregas y proyectos del primer parcial me ayudó a distraerme de la situación con Emiliano. Proyecto de filosofía del arte: entregar un avance de mi novela adicionalmente con un ensayo justificando del porqué mi obra es una pieza artística y estética; estadística 3: dar los avances de una investigación social relevante y yo elegí el impacto de la lectura en el país; filosofía del lenguaje: impacto de la nueva literatura en la creación de la diégesis; sociología histórica: creación e impacto de las instituciones culturales en la propagación del conocimiento. Todo lo que he hecho ha sido para rectificarme mi deseo de escribir. Fue hasta el último día de agosto que vi este diario. Eso me ratificó lo que quería para mí.

Me volví una mariposa que anhelaba ser libre en cada uno de sus espacios. Por fin encontré un sueño y no quiero que nadie me lo robe. No pensaba volver a someterme ante Emiliano. Desconocía si yo actuaría con violencia, pero algo tenía seguro: yo me sentía en mi centro y pensaba defenderme de lo que me lastime.

Septiembre

El mes patrio resultó más de acción que de palabras. Terminé la primera semana con una larga conversación con el presidente y la terapeuta. Ambos me dijeron que no tenía que enfrentar una situación así solo. Quise que se convocara una reunión de emergencia para revisar los permisos en el auditorio para montar la obra de teatro con Emiliano como encargado. Necesitaba hablar con él. Ya no podía seguir huyendo de mi pasado, de mis errores, de mi abandono, de mi soledad. Con tal de que el presidente o Nadia o cualquiera de los responsables que quisieran actuar estuvieran ahí. Rezaba a que no hiciera algo que me comprometiera o que exigiera retribución. Deseaba ser absuelto de mis faltas y había trabajado en ello.

Me dejó inquieto las palabras de la terapeuta. "Ten en cuenta que él también sigue en una crisis. Buscarte puede implicar que quiera resolver su conflicto contigo." ¿Cómo podía perdonar a un cuate que durante doce años me hizo la vida imposible? Pero, si lo pensaba mejor, yo le quité la vista en mi ira. No tenía nada que perder.

No todo fue estrés. Recibí respuesta de mis entregas. Promedio de 9.3 en el primer parcial. Esta racha de excelencia me recordaba que sólo necesitaba una motivación más grande para hacer las cosas. Los comentarios de los profesores fueron positivos. "Buen trabajo, propuesta interesante, espero leer tu trabajo final, ojalá tus compañeros tuvieran tu motivación". La escuela era el bastión que debía proteger a toda costa. Ésta resguardaba el sueño de mi vida que jamás creí encontrar. La novela era mi viaje, mi pase directo a los Campos Elíseos, mi eternidad.

Con toda esa fuerza que venía cargando desde agosto, pude ver a Emiliano en los ensayos para la obra de teatro que montaríamos por las festividades de este semestre. Él sugirió que comenzáramos con Edipo Rey. Mis compañeros comentaron que él podría representar el papel por su parche y darle un "look" más de majestad en decadencia. Me pidieron que adaptara la obra para que fuera entendible para todos. No me entusiasmó hacer algo por mi ex acosador. Lo peor fue que cada vez que me observaba durante la reunión del martes y jueves de esa semana sentía una mirada vacía. Me pareció que buscaba algo cuando me perforaba con su ojo: no era odio; tampoco, rencor. Sentí como si él fuera Ulises pidiendo a Céfiro soplar el viento a su favor para regresar a casa. ¿Cómo podría guiar a alguien o incluso expiar a otro, cuando apenas y podía conmigo?

Esa fuerza que cargué para darle avance a todo se fue por el drenaje cuando me esguincé la pierna en uno de los ensayos.

No hubo culpables, pero Emiliano estaba cerca de mí cuando estaba revisando la lectura de lo que escribí para todos. Lo cierto fue que no vi cuando caminaba por el escenario. Me quise dar la vuelta cuando tropecé contra Emiliano y caí en blando. Por fortuna, no fue tan serio el esguince. Tendré que usar muletas por dos semanas. Cuando Nadia se ofreció a llevarme al hospital más cercano para sacar la radiografía y hacer todo el trámite, vi la cara de Emiliano. Fue un gesto de desagrado, pavor y gozo mezclados en uno. Comenté a Nadia lo sucedido y a ella le pareció extraño que Emiliano no haya hecho algo para evitarlo aun cuando los dos estaban cerca. "Lo hablaremos con Mora cuando te repongas", me dijo después de sonreír como si ella tuviera la respuesta a todos mis problemas.

Esa misma noche, hablé con Isabel sobre este asunto. Una videollamada no era lo mismo que estar cerca de ella, pero supuse que era mejor que nada. No quería ocultarle las cosas que me molestaban. Le di los detalles más generales de la llegada de Emiliano y mi accidente. Pensé que ella apretaría los dientes, respiraría más entrecortada y mantendría una postura rígida al confesarle todo, pero no. Sólo dijo que comprendía el enojo de volverlo a ver, pero que esta podría ser mi oportunidad de aliviar el dolor que él infligió en mí y yo en él. "Si las cosas con este chico se tornan difíciles, voy de inmediato para allá", dijo Isabel antes de que colgara.

Y una vez más se acercaron las fechas de parciales. Tuve la fortuna de que mi deseo de alcanzar los Campos Elíseos con mi novela me mantuvo a flote. Todo estaba en su lugar. El análisis cuantitativo del proyecto de estadística se alineaba con lo de historia y con filosofía del arte. Son tres proyectos unidos en uno. Todo se acomodó a mi favor por lo menos en un rubro de mi vida. Pero eso no fue lo que me dejó sin pensamientos. El jueves en la reunión general de la asociación cultural Emiliano me pidió que me quedara un momento a solas. Nadia vio el gesto y estuvo a punto de llamar al presidente, pero le dije que sólo se quedara cerca en caso de necesitar algo. Le sonreí con la intención de decirle que todo saldría bien. Puso una cara que describiría como una máscara de tragedia griega, se le quedó observando a Emiliano y salió de la habitación.

    Estaba exhausto por todo: cumplir con los ensayos de la obra, el no poder dormir por culpa del yeso en la pierna, el tener que aguantar a Emiliano espiarme dos veces por semana como si intentara hechizarme con su ojo de tormenta y, sobre todo, el vaivén de ideas de qué hacer si mi acosador me acorralaba. Era absurdo que gritara si es que me tocaba. Darle la vuelta no estuvo en mis planes. Me encontraba en el mismo cuarto que él y si todo terminaba en golpes, sería lo mejor para acabar con esta agonía.

    Emiliano se me acercó, pero lo paré en seco. "¿Qué quieres de mí? ¡Párteme la madre si es lo que buscas!", dije sin darle oportunidad de que replicara. Emiliano se quedó mudo ante a efervescencia de mi voz. Dio un paso al frente. Quiso agarrarme del hombro, pero, aún con muletas, hice el intento de ponerme en posición de guardiamarinas para pelear. Emiliano respiró hondo, agachó la mirada y dijo cuatro palabras que me dejaron helado. "Quiero disculparme por todo". Casi perdí el equilibrio con su confesión. Le tembló el párpado después de decírmelo. Fue como si quisiera contener una presa en su lagrimal. Me le acerqué con la cautela de no ser atacado si bajaba la guardia. Vi su ojo por primera vez: era una niebla, pero de esas que se ven en el amanecer. Era un manto gris que transmitía calma a la espera de los rayos del Sol. Al verlo, no detecté la esencia de una bestia herida. Fue más bien ver a un niño buscando consuelo después de ser regañado.

    La manticora en mi cabeza y el Emiliano que vi en ese momento no eran lo mismo. Tal vez nunca existió tal monstruo. Tuve la oportunidad de responder, pero las palabras no salían de mi boca. Me quedé inmóvil para ver si pasaba algo más. Emiliano decidió romper el silencio. Me dijo que si podíamos ir a algún otro lugar para hablar. Le sugerí el Diamante Negro. Me inquietó mi sugerencia porque ese lugar era el espacio que compartía con José. El impulso del momento fue por no dejarlo esperando. En el trayecto de deslizar mis pies hacia el bar, dejar nuestras cosas y pedir dos tarros de cerveza oscura, me sentí atrapado en una burbuja, donde ni las Furias podrían azotarnos.

Me sorprendió tanto el impulso de Emiliano que esa conversación quedó tatuada en mi memoria.

"Pasé ese verano entrando al hospital para luego terminar en terapia. Estuve tan furioso contigo por años, Esteban. Entender el daño que te hice me costó un ojo de la cara. Literalmente."

Señaló su parche e hizo un gesto que no supe si fue una sonrisa. Tal vez quiso bromear conmigo o confrontarme. Lo único que hice fue dejarlo hablar. Le dio un trago a su cerveza, se aclaró la garganta y continuó.

"Siempre fuiste tan libre. Me tomó tiempo el darme cuenta del porqué te molestaba. Fue gracias al apoyo de…"

Hizo una pausa como si esperara que le respondiera. Respiró profundo y lo soltó.

"Soy gay, Esteban."

No se me ocurrió algo en particular. Fue demasiado que digerir en un solo instante. Descubrí que mi acosador era como yo y que se estaba disculpando por el daño que ocasionó. Esos dos factores casi hicieron estallar mi cabeza de la impresión. Al no obtener respuesta de mi parte, Emiliano siguió con la plática.

"Nunca te importó lo que yo o cualquiera de la escuela te dijera. Me daba envidia que tú dibujabas sin prejuicios. Llegabas con una actitud tan deslumbrante que me dieron ganas de quitártela como lo hicieron conmigo".

Procesé todo lo que me contó de su vida. Jamás me imaginé que tuviera un primo ilustrador, que iba a tener un futuro prometedor fuera del país y que se iría con su novio para alejarse del mundo conservador de Puebla. Menos pude saber que quería irse con él porque tenía el mismo sueño. Pasó lo mismo que en muchas historias de este tipo. El tío de Emiliano reprendió a su primo, lo desapareció y lo puso como ejemplo. Le temblaba la voz al villano que yo creí tener enfrente de mí. Jugaba con sus manos, parpadeó tan rápido como el aleteo de un colibrí y le dio más tragos a su tarro para no quedarse sin saliva. Al dejar su cerveza sobre la mesa, dijo esto antes de terminar.

"Yo tenía ocho cuando eso pasó. Mis padres me advirtieron que jamás me junte con personas como mi primo porque sólo traen desgracia por donde pisan."

Permaneció en silencio por más de treinta segundos. Sentí como si lo que me fuera a decir fuese un punto de quiebre para él. No había prisa en que hablara y yo estaba atento a su monólogo que me incitó la curiosidad de saber cómo terminaría su relato. Inhaló y prosiguió. Argumentó que le urgía un cambio después de pasar por la terapia. Salió del closet con sus padres y, como es típico en ese tipo de familias, le retiraron el apoyo, lo corrieron de la casa y ese mismo día se dio de baja de Derecho. De verdad, se lo admiro. Me alegró saber que no siguió con la tradición de abogacía de su familia. No quiso alargarse con su historia de vida. Contó que pasó una temporada con unos amigos en un departamento, encontró trabajo en una oficina de telemarketing y ahí fue donde conoció a su novio actual. No lo dijo como tal, pero quiso transmitir que esa libertad que yo expresaba lo hizo venir a la Ciudad de México a estudiar animación. Me tomó de la mano antes de terminar todo su cuento y me confesó el propósito de esta charla.

"El punto de todo esto es que te quiero dar las gracias. Si no hubiera sido por ti, jamás me hubiera percatado de lo que soy y lo que quiero."

No supe porque me compadecí de él. Seguía sin creer que Emiliano era como yo y que quería ser un artista. ¡Todo cobró sentido! Sus burlas hacia mis formas, por ser un sabelotodo y el recalcarme mis gustos por los hombres fueron una manifestación del miedo de sus padres porque su hijo siguiera los pasos de un pariente homosexual. Me hubiera dado una patada a mí mismo si hubiera podido. Isabel tenía razón. Emiliano tenía sueños, aspiraciones y metas que yo interrumpí por culpa de mi ira. Me disculpé sin poderlo ver a la cara. No tenía derecho de ver esa brisa de bosque arropada en sus ojos después de su confesión. Le dije que me arrepentía de no haber pensado mejor las cosas y que debí haber hablado hace años para solucionarlas. Emiliano se me acercó y me dio una palmada en la espalda. Me dijo que lo podíamos intentar y que tenía la intención en dejar el pasado ahí para avanzar.

A partir de ese mes, la Gran Serpiente del Mundo no hizo nido en mi cabeza.

Octubre

Después de una semana, quise sacarme de algunas dudas que me venían persiguiendo desde hace dos años. Cité a Emiliano en la cafetería, fui al grano y le pregunté si estuvo desde el primer semestre de la universidad. Me aseguró con su único ojo gris que pidió la transferencia este semestre porque no supo hacia dónde me fui. También se tardó en hacerlo por el temor a mi reacción si nos encontrábamos. A decir verdad, no estábamos en la mejor de las condiciones para solucionar todo, dado que uno tenía sed de venganza y el otro era un cobarde. Agradecí que todo se dio en su debido tiempo para cauterizar nuestro dolor y que todo fue producto de un veneno de ansiedad.

Todo ese mes fue producto de esclarecer dudas y también del surgimiento de otras más.

Empecé a recibir detalles particulares antes de entrar a junta con la asociación: una caja de chocolates con menta (mis favoritos), flores de heliotropos con una nota que decía "Mejórate pronto" y un latte con mi nombre, una cara feliz y el mensaje de "vas a estar bien". Todo en diferentes días durante una semana completa. Había notado cómo José me desviaba la mirada al verlo en la cafetería o al caminar por el pasillo de la escuela. No me quise hacer de ilusiones de que él se había percatado de mi lesión y fue él quien me envió todos esos detalles. También pudo ser Nadia por consuelo y preocupación, pero en realidad se burlaba de mí al decir que mi nuevo admirador, refiriéndose a Emiliano, quería declarar su amor por mí. Cuando le regresé el chiste diciendo que de seguro ella hizo esto, Nadia se puso colorada y me contestó con un rotundo no. "Ya en serio, quizás Emiliano trata de limar asperezas entre ustedes. Si lo que dijiste fue cierto, busca tu perdón y que las cosas van en serio", me dijo. Quise creerle a mi amiga, pero mi ex acosador no tendría motivos y más cuando apenas hablé con él.

No me concentré del todo, aun cuando mi promedio seguía constante. Llegaba a las reuniones de todos los martes y jueves y aparecía un nuevo regalo en mi lugar: Más chocolates, más flores y más notas de "cuídate mucho". Pregunté a lo de grado más bajos si vieron a alguien entrar. De seguro estaban entretenidos viendo videos en *Vine,* que ni notaron quién entraba o salía de la sala.

Cuando empezaba a olvidarme de José, me hice las mismas preguntas. ¿Por qué me sigue hostigando? Si es que él seguía enamorado de mí, ¿por qué era tan cruel con su indiferencia?

La mayor parte de octubre pusimos los ensayos para la obra. Propiamente la teníamos completa. Fue agradable ver cómo todo poco a poco comenzaba a armarse. Emiliano como Edipo; Nadia como Yocasta; yo como Creonte; Mora como Tiserias y los demás chicos como parte del coro y otros papeles menores. Los nervios de actuar se fueron. Bueno, si se puede llamar "actuar" a ser el asistente para todos. En realidad, nunca busqué el protagónico. Leí la obra clásica para tomarla como referencia y le agregué algo de la personalidad de todos para que fuera sencillo de interpretar. Estuvimos todas las tardes en el auditorio ensayando. Aunque, al terminar cada día, llegaron más regalos a la sala de la asociación. Se propagaron más flores de heliotropos, más chocolates y una carta en medio de todo. La leí para mí y supuse de quién era. La forma de decirme Van sólo la decía Isabel y…José. Mora y Abejo sugirieron tirar todo a la basura. Fue un gesto bueno para darme mi lugar, pero les dije que podíamos usar todas las flores como adornos para la obra. Aunque se sequen, le da esa cuestión de penumbra que la obra necesitaba. Supongo que eso fue lo mejor.

Para el final del mes celebramos Halloween. Estaríamos disfrazados para la obra y decidimos ponernos trajes de criaturas mitológicas. Nadia agarró un vestido viejo, unas sandalias para la obra y encontró un casco que lo decoró con mangueras viejas y se transformó en Medusa; Mora la quiso hacer de un sátiro y Abejo, de ninfa; Emiliano se disfrazó de guerrero caído; y yo, por mi imagen de que no rompo un plato, me vistieron de Cupido. Ese día la hice de mensajero para vender los respectivos dulces y recaudar fondos. Me la pasé de un lado al otro del campus con entregas. Llevaba una máscara de teatro que me cubría el rostro. Hice la doble labor de entregar dulces y promocionar el festival cultural antes de terminar exámenes.

Lo peor de ese día vino justo después de las 2:00 pm.

Pablo, la pinche jota malcogida y arrastrada..., vino al puesto y preguntó si podrían enviar una caja de chocolates para su pareja que estaba en los últimos edificios antes de llegar a la biblioteca. Acepté ser el responsable del encargo. Quise ponerle fin a toda esa oleada de obsequios. Cargué un peluche gigante junto con tres cajas de trufas de chocolate. Me planté al piso una vez más porque lo vi de camino a la biblioteca. Las raíces de mis pies encarnaron a las ninfas asesinas de Orfeo cuando Dionisio las convirtió en árboles. Solo el soplo del viento me animó a ir tras él. No me importó si me reconocía, aunque ya no era el mismo de antes, por mi ligero cambio de estatura. Haría mi trabajó para no preocupar a nadie.

Le entregué los chocolates a mi ex. Sólo han sido unos meses sin verlo. Ese halo de bribón perdió el hechizo de la primera vez cuando lo observé. Tenía ojeras; el cabello, desarreglado. Sus ojos ya no destellaban como antes. Lucía como una fotografía antigua intentando evocar los recuerdos. Sus piernas le temblaban por la ansiedad. ¿Qué le había hecho Pablo al príncipe que conocí ese primer día en la universidad? No me reconoció. Estuvo tan inmerso en sus pensamientos que apenas se dio cuenta de los chocolates. Hice la rutina de encargo. "Oh, humano enamorado. Cupido vino de visita para otorgarte un poco de amor a tu vida.

El presente de un amor a otro es la prueba de que es real." Con todo y risitas incómodas, me dispuse a irme cuando me agarró del brazo preguntándome si yo estaba bien y si era feliz. Seguí con mi juego de ser Cupido. "El amor encarnado siempre es feliz, humano. Espero que tú también lo seas", le dije para largarme de ahí. Sentí el vibrar del celular y no quise ver el mensaje. Fue hasta en la noche cuando estaba solo que lo pude ver. Después de mi partida, José me escribió. "Siempre te quedo ser un ángel, Esteban. Perdóname por no decirte que te necesito, que mi padre es un imbécil por meterse contigo y que haré lo que sea para recuperarte. Sin importar cuánto pase, lucharé por ti".

¡Estúpido cobarde! ¿Por qué ahora? José perdió el derecho a todo cuando se distanció. No quise pensar más en eso. El día fue largo y pensar que no era feliz con su amigo Pablo me dio un rayo de esperanza por estar con él, pero entendí que era imposible: yo no era el indicado para sanar sus heridas.

Noviembre

Ya pasó más de un año desde la muerte de mi papá. Nunca entendí la tradición de hacer un altar de muertos porque jamás tuve la necesidad. El año pasado hice algo rudimentario y dejé una cruz con flores de cempasúchil y una foto de él. Tal vez el estar con Isabel me dejó en claro de dónde venía y en qué me había convertido. Puse la única foto que encontré de él sonriendo: me cargaba de bebé mientras él estaba sentado en una banca de parque. Confié que en ese momento él fue realmente feliz.

No pasó nada relevante durante el mes. Después del puente por el 18, el día de la obra llegó.

La puesta en escena resultó increíble. Había casa llena y yo no tuve idea de cómo cabrían trescientas personas en un foro reducido. Se me entrecortó la respiración cuando veía a alumnos, profesores e invitados de afuera sentarse. Fue curioso que Nadia y Emiliano, en sus respectivos papeles de Yocasta y Edipo, me dijeron que dejara que la obra fluyera, que todo es parte de ese viaje. Me gustó más eso, a que me dijeran "rómpete una pierna" o "mucha mierda", como se dice en el teatro moderno.

Dije las líneas como las sentí. Apreté los dientes y, me dispuse a mentir de la mejor manera posible. Pude escuchar los murmullos que me criticaban por verme más como príncipe bueno que como el usurpador, pero lancé una mirada al intérprete de Edipo que heló a los que estaban al frente. Fue como si mis ojos adquirieran la magia de Medusa al petrificar por todo el coraje contenido en mi vida. Mi discurso de la arrogancia hacia Edipo por abandonar a su pueblo, por no conocerse a sí mismo y por dejar que la pobre de Yocasta sufriera por su culpa, cargó con los años de abuso, las lágrimas secas que dejé en Puebla y los miedos de que mi pasado se revelara. Fue una cruel ironía: el acosado se vuelve inquisidor y el acosador, víctima de su propio destino. Creo que a eso lo puedo llamar justicia poética de alguna forma.

Terminamos de ordenar todo antes de irnos a casa y más cartas de amor de José se acomodaron en mi lugar. Me invadió una sola pregunta después de leer brevemente un par de ellas. ¿Por qué insistía en volver conmigo cuando él ya andaba con Pablo?

Diciembre

Después de un semestre largo, por fin puedo respirar. Terminé con promedio de 9.3 y me permití disfrutar el momento de tanto esfuerzo. Durante la última sesión con Lavanda, para darle aviso de todo lo que hemos hecho, me dijo que nos veríamos durante unas cuantas sesiones más. Quería seguir viendo mi progreso con la cuestión de la ansiedad al cortar carne. Sentí que flotaba después de saber que todo lo ocurrido con Emiliano resultó mejor de lo esperado. En esa última reunión de la asociación, José me buscó por enésima vez, o eso me enteré cuando bajé a las oficinas. Me dejó una carta como excusa para que le hablara. Sigo con los pedazos de ese rollo. Tuve que releer varias veces para entender. La última frase me dejó helado. Petrificado, sin alma.

"Me sumerjo en un abismo. La oscuridad asienta la senda a seguir. Fuiste un faro. Sé mi vela. Me enredo en algo que no soy yo. En lo que fui y dejé, pero no dejan que muera. Ayúdame a aniquilarme. Despedázame sin piedad."

Caminé sin rumbo al buscar una respuesta de esa nota. Mis pasos me llevaron a la parroquia donde hicieron una kermés: la misma a la que José me invitó a pasar el día. ¿Qué razón habría de entrar a ese lugar? Era obvio que José no estaba rezando en alguno de los confesionarios o ayudando a cargar biblias o acomodar los lugares. Ni siquiera yo entendí por qué llegué hasta aquí, si ni siquiera tenía fe en el Dios que predicaban. Me dispuse a irme hasta que vi salir a la señora Quirón junto con el sacerdote. Podría jurar que la madre de José me evitó porque corrió hasta su coche sin detenerse. El párroco me reconoció y me invitó a pasar a su oficina. Tal vez pudo ver entre las grietas de mi máscara la preocupación y la impotencia. El cura habló sin rodeos conmigo. "José tiene tiempo de no venir aquí. Los niños lo extrañan y han preguntado por él. Incluso su madre no sabe dónde está." Pensé que esa Afrodita abandonaría a su hijo por tomar el mal camino, pero me reconfortó saber que ella seguía luchando. Devolví el gesto de sinceridad diciendo que había terminado mi relación con José. Le dije al cura que me daba gusto que siguieran al pendiente de él y su madre, y que ojalá encuentre la paz que tanto anhela. Ese hombre vestido de sotana me afirmó que José extravió su camino, pero confiaba que será guiado a la luz por la gracia de un ángel como San Rafael encaminó a Tobías a encontrar esposa.

    La forma en que lo dijo me hizo pensar que él creía que yo podría devolverlo a casa. Mi tiempo con José había llegado a su fin. Ser su novio no cambió el dolor que lo ha afligido por años. Podría ser un compañero, un consejero o un amigo, si es que llegara a algo más. El límite sería no dejar que ese Cupido negro me arrastrara al Tártaro.

    Un par de días más tarde, Mora invitó a todos del grupo a comer en *Johnny Rockets* como premio por nuestro desempeño por la obra. Nos tuvimos que dividir para que toda la asociación entrara. Nos sentamos en una mesa de ocho y dos gabinetes de cuatro personas. Estuve con Nadia, Abejo y Emiliano. Los últimos dos fueron de sobra y no tuvieron oportunidad de cambiar.

    Nadia permaneció a mi lado todo el tiempo. Me sonreía después de decir que se enorgullecía por mi desempeño, mi actuación y por superar todas las pruebas. Con lo último fue un guiño, señalando a mi ex acosador con la mirada. Me dio gusto que mi amiga siguiera apoyándome como siempre. Como celebración, cada uno de nosotros eligió una canción de la rocola para que se escuchara.

Algunos pidieron canciones de los Beatles; otros, de los Hollies; unos cuantos, de Onda Vaselina. Yo puse la canción del final de la película porque era como yo me sentí cuando terminamos todo. Se había generado mucha unidad en nuestro grupo, y quería que permaneciera así. Cuando fue el turno de Nadia, la cosa cambió para siempre entre los dos.

La voz de Olivia Newton-John resonando en las bocinas cuando cantaba "Hopelessly devoted to you", me hizo percatarme de los sentimientos de Nadia. Se volvieron más evidentes al momento que apretó mi mano y en un discreto movimiento de labios me dijo "Me encantas. Sal conmigo". No dije nada porque el presidente interrumpió para dar un discurso sobre la unidad y de lo orgulloso que se sentía de que fuéramos parte de esta asociación que ha cosechado éxitos. No entendí cómo no me di cuenta. Lo que cambió fue que yo no me sentí alivianado cuando estuvimos juntos.

Salimos de la plaza y me dispuse a pedir un taxi cuando Nadia me abrazó, me pidió perdón por ser tan indiscreta y que no tenía que darle respuesta. Comencé mi viaje de regreso. No podía hacer nada en ese momento.

A mediados de diciembre, viajé a Puebla como se lo prometí a Isabel. Ella me estuvo esperando en la parada de autobuses. Me dio gusto de que me abrazara. Sólo he estado al pendiente del celular cuando me envía mensajes de buenos días. No la he querido preocupar porque no supe cómo reaccionaría con todo esto. Como terapeuta era profesional, calmada y veía la salida y alternativas a todo, pero no la conocía como mamá. Sé cómo reaccionaría mi ma... la señora Hortensia, si le dijera cómo me va. "Sólo para jotear saliste bueno. ¿Por qué Dios me castiga con un hijo así? ¡No te das cuenta de cómo dañas a la familia y a los demás con tus actitudes desviadas!" Me alegró tener el permiso y la excusa de odiarla. Fueron diecinueve años de abusos de su parte y ella mereció ahora estar fuera del Olimpo de los poblanos. Perdió su poder. ¿Qué podría hacer esa mujer?

Me dio gusto que pasé las siguientes dos semanas con mi verdadera familia. Isabel tendría pacientes por atender hasta Nochebuena y mis tíos estaban terminando el cierre del año. Podía pasar mis tardes con mis primos sin problemas. Isabel me dijo que podría estar con ellos y salir a Angelópolis u otra plaza o al Videobar.

Mis primos me pusieron al tanto de todo en la última salida que tuvimos. Me contaron entre cervezas que vivieron durante una temporada en Tehuacán con unos familiares de su madre. Pasaban mucho tiempo en Cholula y a mis tíos no les gustaba que se revolvieran con la gente hueca de la capital. Tuvieron suerte de crecer un poco más protegidos que yo. No pude evitar la pregunta incómoda, pero obligada, de sus intenciones conmigo. "Queríamos conocerte, primo. Habíamos visto cuando mi tía sufrió por causa de tu padre y su familia. Te vimos un par de veces por el centro de la ciudad y siempre andabas con la cara decaída. No nos atrevimos a embestirte. Esperábamos cuidarte guardando distancia." Fue la misma excusa que Isabel me dio en su carta. Nunca imaginé cuánta influencia tenía mi antigua madre para que ellos no entablaran conversación conmigo. Conociendo cómo era mi familia, de seguro, cuando intentaron acercarse, uno de los guardaespaldas que estaba cerca de mí los amenazó, la señora Hortensia los dejó ir, no sin antes darles una pequeña advertencia de lo que podía pasar si me decían algo.

Regresé al clon de casa donde encontré a Isabel terminando de preparar la cena para Año Nuevo. Me dieron ganas de abrazarla y de agradecerle por todos los planes que tenía para mí.

Ese momento mágico se rompió cuando recibí una llamada de José veinte minutos antes de iniciar mi celebración con la familia.

Tenía meses que no me contactaba. ¿Por qué me habló en su borrachera? Era obvio que estaba ebrio, porque sobrio, sólo pudo enviar un mensaje con una disculpa vacía. No había nada que solucionar o regresar. Me estresó que me hablara bajo, como si intentara que nadie se enterara de lo que hacía. Imaginé de quién se escondía: o de Pablo o de Don Edmundo.

Quisiera recordar toda la conversación con José. Me encantaría escribir palabra por palabra todo lo que me declamó entre llantos. Era un canto de sirena que me suplicaba, pero ya no me hechizaba. Recitó entre líneas un "rescátame de mi isla", mientras el sonido de la mezcladora, los gritos de ebrios y los truenos de cohetes se sobreponían a la confesión. Fue una ola desde la distancia. Un choque de espuma de mar con la esperanza de que naciera algo desde una concha.

Podría jurar que en mi cabeza la intención de José era como una canción con notas altas que explotaba el sentimiento de abandono y de dolor. Quizás deseaba imitar esas melodías que empezaban con un *hola* y reiteraban el arrepentimiento por despedazar el corazón del amado. Al final, se quedó dormido cuando seguía disculpándose por hablarme ebrio y lamentaba no ser la persona que yo merecía y que debí de apartarme de él desde el principio.

Escuché *Hello* después de cortar la llamada con José. Quedaron algunos minutos antes de la media noche. Una vez me bastó para derramar una cascada de dolor.

¿Por qué me aflige tanto su disculpa cuando por fin me estoy dando el lugar que merezco?

Sexto Semestre
2016
Enero

    Este nuevo inicio de año me dio la oportunidad de planear mejor mis respuestas: mis avances con el trabajo final, mis sentimientos hacia José y, quizás la más importante, mi respuesta a Nadia. Con la primera, usé mis materias para seguir justificando mis obsesiones. Con la segunda, pensé cómo me hizo sentir después de su llamada en Año Nuevo, en sus mensajes y regalos y, a pesar de que me seguía importando, él se convirtió en un recuerdo más. Como su paliacate rojo, él quedó olvidado en el bolsillo trasero del pantalón. Con la última, seguí sin procesarlo por completo.
    Tuve la primera sesión de Teoría crítica y fue densa. Me quedaban tres semestres más para terminar la carrera y ya empezaba lo más duro. He estado atorado durante algunos meses por el avance de la novela; más por la literatura referencial para exponer mi caso. ¿Y si no pasa? No. No podía pensar así después de haber trabajado en ella por casi dos años enteros. Este fragmento resultó un fastidio de escribir porque resumió mi lucha interior.

    Psique vivió en la plenitud dentro de los jardines del palacio del príncipe Témeno. Rodeada de servidumbre, vestida con destellos de oro y plata, la princesa menor de Anatolia suspiraba cada vez que veía al risco. Los ecos de Eros resonaron en su mente después de esa pesadilla. Un ser alado envuelto en tinieblas mientras las Furias destazaban cada miembro por incumplir con su deber. En las celebraciones a Demeter y Perséfone, la princesa recordó cómo el mismo viento la alzó para no morir entre las rocas. Fue prisionera de un ser invisible; ahora, de un heredero al trono de Argos. ¿Qué tenía que temer?, pensó Psique mientras degustaba de los dátiles y miel sobre una hogaza de pan. Mientras observaba la celebración de la vida, muerte y renacimiento de la cosecha, ella no impidió que un torrente de pensamientos la ahogaran en la duda. "Soy feliz con Témeno. Me da lo que necesito. Tengo lo que busqué. Un hombre que me ama por lo que soy. Eros me evadió por culpa de su madre. No debo llorar por él. No puedo sufrir por él. No quiero..." Agua de diamantes se desbordaron en los ríos de las mejillas de la princesa. El príncipe de Argos notó cómo su invitada cubría su rostro por un dolor desconocido. La llevó a sus aposentos, la sentó al borde de la cama, le dio de beber y le preguntó si realmente era feliz a su lado.

La sinceridad de Témero abrió una catarata de estrellas de agua descarrilada de los ojos de Psique. Entre sollozos, la princesa sólo pudo articular unas palabras. "Eros sufre por mí... no quiero... lo traicioné porque... yo soy feliz... no puedo más...".

¿Por qué seguía llorando por él en este momento? ¡Maldita sea, José! ¿Por qué me torturo por ti?

En esas primeras semanas, le mandé a Isabel el fragmento que escribí en el diario. Me dijo que debía continuar con esa línea. Debía de explorar los sentimientos de Psique a Eros y que ella misma se libere de las prisiones que se han formado por su intento de encajar. No comprendía el rechazo de Psique ante la presencia de un hombre bueno y caritativo. Ahondar en esto no tenía sentido.

Tomé un descanso de escribir para ver otra cosa que no fueran libros. No había mucho que ver en Netflix. Estuve en la página de inicio por más de una hora. Dejé que el cursor de la tele volara sobre la bandada de títulos interminables. Me detuve en una serie con un nombre familiar: Promesas de verano. Nadia se imprimió en mis pensamientos después de ver la adaptación de la primera historia que ella me compartió cuando la conocí. Alguna vez me dijo que la viéramos juntos si es que salía al aire. No supe qué hacer con todo esto. No podía quitarme de la cabeza la idea de su declaración de amor. Ella sabía que yo era gay y de mi relación con José. Me rehusé a creer que su acercamiento conmigo a través de las historietas, comidas y opiniones fueron mentiras. Evité la idea de confrontarla y de perder algo que me costó trabajo de construir. Sabía que no era algo que podía hacer por siempre.

Tomé el celular y le llamé a Isabel para que me orientara. Me dejó pensando su respuesta. "Ella se armó de valor para confesar sus sentimientos. Esta chica confía en ti porque sabes cómo puedes recibirlos. Si no te pidió una respuesta es porque sólo quiere ser honesta consigo misma. Si estuvieras en su lugar, ¿qué te gustaría que ella hiciera?", dijo Isabel al cerrar la charla.

Me odiaría a mí mismo si es que Nadia se transformara en una Medea al dejarla sola en la isla del romance no correspondido. Pero, lo único que yo deseaba era que siguiéramos tan cercanos como siempre. Al final, decidí confiar en mis instintos.

Le hice caso a Isabel. Nadia era mi amiga, ante todo. La cité en su lugar favorito: en el café Creperie de la Paix. Nos vimos para recordar todo lo bonito que habíamos construido durante estos años. Mientras disfrutábamos de una taza de café negro acompañado con crepas de chocolate con plátano, manzanas y fresas, hablamos de cualquier tema. Le conté sobre mis primeras impresiones de *Promesas de Verano*. Nadia radiaba cada vez que me decía qué le había gustado de la adaptación, lo que omitieron y lo que tuvieron que agregar para que tuviera sentido ciertas secuencias. Entre las risas, el aroma a vainilla proveniente de las velas de la mesa y la comodidad de los cojines de terciopelo de las sillas, comprendí que esos instantes de relajación con mi amiga me ayudaron a confrontar mis batallas. La tomé de la mano y le agradecí por todo: por sacarme de la oscuridad después de mi ruptura con José y por darme a entender que tenía más gente que me valoraba.

Ojalá esas sonrisas hubiesen durado más tiempo. El sonido de mensaje recibido me desconectó del instante de felicidad con Nadia.

Ella notó cómo mi cara cambió de una sonrisa a una mueca de inquietud a la velocidad que el chocolate de las crepas se deslizaba sobre mi plato. Era de José diciendo que me extrañaba, que quería verme y que ya no podía soportar nuestra separación. Nadia me preguntó si todo estaba bien con Isabel o si había recibido alguna otra noticia por parte de Hortensia. Contuve el impulso de decirle la verdad y opté por responder con un "No es nada". Por inercia, mi amiga tomó el celular y leyó el mensaje. Dijo que me ayudaría a bloquearlo de mis contactos para dejar de recibir este tipo de amenazas sin sentido. Se lo arrebaté sin pensarlo. Le dije que, al igual que ella, José también fue una persona que me mostró la libertad, que me dio el valor de enfrentar mis inseguridades y de continuar con mi camino. Cerré los ojos, apreté el celular con fuerza acercándomelo al pecho y le dije mis sentimientos al respecto.

"No puedo abandonarlo ahora. Yo sé que no puedo... y no deseo volver a ser su novio, pero quiero que sepa que siempre hay luz aún en el abismo."

Nadia se quedó perpleja ante mi confesión. Le dio un trago a su café negro y me dijo algo que sigo sin procesar por completo.

"Tú no eres su psicólogo, Esteban. No eres responsable de lo que él decida hacer con su vida. ¿Por qué no quieres ver cómo ese estúpido te lastima?"

Estuvo a punto de gritar. Su cara se puso rosada por el coraje contenido. Se sujetó ambas manos para calmarse y terminar de tajo la plática.

"No pienso detenerte en esa persecución por recuperar...lo que quieras tener con él. Pero te advierto esto: lo que buscas hacer con José sólo te va a destruir, y no pienso ser testigo".

Dejó el plato a medio terminar, puso un billete de doscientos sobre la mesa y se marchó sin decir más. Me quedé observando cómo su taza de café dejaba de humear, el olor dulce de las crepas se impregnaba por la frialdad del ambiente, cómo pasaba un mesero para preguntarme si ya había terminado. La respuesta era sencilla: sí. Todo había terminado. Mi desayuno con Nadia, mi relación con ella y lo que pude hacer por José.

Desde esa semana, Nadia comenzó a evitarme. Se sentaba del otro lado en las reuniones de los martes. Cuando yo hacía preguntas o sugerencias sobre los avances y puntos a mejorar, ella me interrumpía para agregar cosas en la minuta. Mora y el Abejo debieron darse cuenta de esto. Ambos se me acercaron para preguntarme qué había pasado entre los dos. Pude haber desviado el tema, decir que sólo fue una riña entre amigos y que luego se le debe de pasar, pero me cansé de huir de mis problemas. Con decirle que todo era por José, ambos cayeron en la cuenta de lo sucedido. Temí preguntarles cómo lo veían o si seguían en contacto con él. Con un gesto en sus caras que asemejaba más a una máscara de tragedia griega que de tristeza normal, ambos suspiraban después de confesarme que tienen tiempo de no verlo. Desde mi ruptura con él, también ellos se distanciaron. Me contaron que han visto como el imbécil de Pablo se lleva a José a los cuartos oscuros afuera del campus, donde uno va a drogarse pagando una cuota por uso.

    Tuve tantas dudas durante todo ese tiempo. No quise dejar de ir a las juntas sólo por mi pelea con Nadia. Por otro, deseaba aprovechar esa libertad para ver cómo estaba José. "Como amigo y nada más", me tuve que repetir eso cuando mi impulso de buscarlo emergía. Tenía una deuda conmigo mismo de no regresar con él, pero eso no significaba que me dejara de importar. Siguió manteniendo la imagen de chico rudo al verlo desde la distancia, pero antes era una máscara. Ahora, el disfraz parecía un pellejo de alguna celebridad porque los pliegues se notaban. Los huecos donde José era José se percibían entre esas grietas.

    Entre los ecos de mi novela y el preámbulo de investigación escuchaba un grito de auxilio por parte de la persona que me liberó. Quizá mi idea de integrar todo no haya sido la mejor decisión. Maldigo mi clase de Psicoanálisis y Sociedad. Desde que entré al nuevo semestre, los mensajes de José, la ruptura con Nadia y el proyecto me atraparon en un laberinto mientras esperaba al minotauro.

    Decidí aclarar todo y tuve una charla larga y tendida con Isabel. Me puso las cosas claras. Lo que pasó con Nadia fue algo inevitable y que tarde o temprano iba a estallar, aunque me señaló que la preocupación de mi amiga tenía fundamento. "No eres responsable de lo que él decida hacer, Van. No eres el héroe que necesita. Lo mejor en esas circunstancias es que dejes que su familia resuelva el problema", dijo Isabel. Tal vez esa haya sido una afirmación tibia proveniente de una terapeuta. ¿Cómo me pudo decir que espere a ver si mejora? Odiaba verlo lastimarse mientras yo permanecía al margen. Fue la primera vez que le grité a Isabel. "¡No todos podemos dejar a las personas con alguien más! Tú sabrás algo de eso", le contesté. Por dos horas, Isabel insistió en que su circunstancia y la de José son completamente diferentes, que ella no tuvo elección y que, a pesar de que la familia de mi ex tenía su complejidad, ellos eran los únicos responsables por el bienestar de su hijo. Me parecían pretextos para justificar todo. Su voz pasó de pronunciar palabras a zumbidos. Sentí el crujir de mis dientes en mi intento de no gritarle a... mi mamá. Colgué el teléfono sin despedirme. Corrí a mi cuarto, agarré una de las almohadas para descargar mi frustración y me quedé dormido ahogándome en mis lágrimas.

Para terminar lo último de enero y aumentar la angustia, me encontré con Pablo Espinosa en el baño cerca de la biblioteca.

Con su típica pose de flamenco en celo, extendió los brazos para advertirme que no vuelva a tener contacto con mi antiguo novio. "Por fin es mío, pinche gatito. Pienso exprimir a Pepe como debí de hacerlo desde un principio. Aléjate de nuestras vidas".

Ese tarado no merecía que lo confrontara, pero me di cuenta de que vio el paliacate rojo que sobresalía de mi pantalón. Cuando me lo quiso quitar, lo empujé para alejarlo. Eso fue suficiente para iniciar la pelea. Pablo se quitó las plumas de pavo real para revelar el ave de rapiña que llevaba dentro. Me regresó el empujón. Choqué contra el lavamanos. Me observó sin pestañear en la espera de mi ataque. No iba a permitir que alguien como él se salga con la suya. Le embestí. Quise sacarle el aire con la fuerza que mis brazos podían dar. Jalándome del cabello, atorando su pierna contra la mía y haciendo rebotar la espalda contra el piso, Pablo intentó ahorcarme. Al no tener éxito por mis evasivas, sólo consiguió golpearme cuando me descuidaba. Entre gañidos, picotazos y aleteo de nuestros brazos, no fue hasta que un profesor entró, nos vio y nos separó. Mi atacante quiso recoger su dignidad cuando intentó arrebatarme el paliacate. El profesor se interpuso y lo forzó a retirarse.

Aquel maestro me llevó hasta la enfermería, que quedaba en la misma planta baja donde están los grupos estudiantiles, para que descansara y atendieran mis rasguños y moretones. Le envié un mensaje al presidente Mora para explicarle que tendría un retraso por estar en la enfermería. Llegó tan rápido como las palomitas de mi mensaje del *WhatsApp* al tornarse azules. Entró, observó cómo mi ojo se hinchaba hasta que se quedara como una bola de billar negra y le habló a Abejo para que viniera de inmediato. Supe, aún con mi vista nublada por el ojo morado, que le hablarían a José para reclamarle del abuso que recibí; me paré y los detuve. Dije que no valía la pena hacer escándalo por algo tan trivial, que no quería que José cargara con más sentimientos de culpa, que podremos hablar con él en cuanto todo regrese a la calma. Ambos se miraron y me dijeron que podía descansar en la enfermería y que me fuera directo a casa a reposar. Eso hice. Tengo poco de haberme levantado porque quería ir al baño y mi ojo sigue hinchado. Pero no me detuvo para escribir un poco de lo que siento.

Revisé los mensajes del grupo esa misma noche. Se optó por hacer una feria renacentista. Supuse que fue por algo poético de la situación. Los mayores se gradúan este semestre y las cosas van a cambiar para que se renazcan en algo diferente. Tal vez sólo haya sido porque les gustó la idea de vestirse en mallas y vestidos y jugar a los caballeros y damiselas en apuros.

Me preguntaba qué debía de renacer. ¿Mi acercamiento con José, mi amistad con Nadia o mi relación con ~~Isabel~~ mi mamá?

Febrero

El moretón del ojo ya no era tan visible. Opté por seguir en el club aun cuando mi amiga me diera la ley de hielo. Traía un parche y parecía un pirata o algo así me dijeron. Incluso Emiliano me hizo burla porque ahora éramos hermanos de la misma causa. Sentí la cara de Nadia volteándome a ver. Supe que quería preguntarme qué fue lo que me pasó, pero su orgullo pudo más que su preocupación. Se mantuvo callada en toda la reunión. Mora y Abejo notaron esa actitud y ellos actuaron por su cuenta para mantener la paz dentro del grupo.

Con la intención de entregar el puesto a Nadia y a mí, Mora y Abejo nos separaron. Mientras que ella se quedaba con Abejo encargarse de los presupuestos y revisar permisos, yo acompañé a Mora en todas las reuniones con los responsables para dar visto bueno de proveedores y eventos escolares. Mora presumía con los directivos de mi capacidad de organización, de la creatividad de los eventos y que ha sido gracias a mí que la asociación adquirió el estatus que tiene hoy en día. No sólo fui yo el responsable de todo. En verdad, me halagó que mis superiores reconocieran mi trabajo. No me darían la responsabilidad de la presidencia si no creyeran en mis capacidades.

Las entradas y salidas con el personal docente me mantuvieron ocupado de mi soledad. El tiempo que estuve sin mis pilares me hizo ver que podía existir sin ellos, pero no lo hizo menos doloroso. Se me oprimía el pecho cada vez que me acordaba de las palabras de Nadia, de los gritos de auxilio de José y la advertencia de Isabel. Fue un torneo de gladiadores donde solamente uno saldría victorioso.

Me sentí atrapado entre cumplir con la asociación, estar en el último tramo de mi carrera y un sueño que se fue desarrollando por su cuenta con la novela. Tuve que ser sincero conmigo mismo y me planteé esta oración una y otra vez: ¿Quiero investigar sobre la vida social, o es mi excusa de que ahora tengo material para sumergirme en mis fantasías? Mi fortaleza siempre estuvo presente desde niño, pero mis miedos me la ocultaron. Quería ser escritor. Deseaba externar mi imaginación. Me di cuenta de que mi sueño no estaría completo si la gente que me ha ayudado no estuviera en mi vida.

Pasaron veinte días desde ese momento. Puse mi plan en acción para recuperar a mis personas importantes. No pude seguir conteniendo el impulso de hablar con ella. Le llamé para disculparme por mi falta de sensibilidad. No quise desquitar mi frustración de estar al margen de la vida de José con ella. Entendí que lo único que ~~Isabel~~ mi mamá quería era que no saliera lastimado por culpa de alguien más. Ella dijo que lamentaba no tenerme la confianza y reconocer que yo era capaz de mantener mis límites con José. Ambos comprendimos que nos hicimos daño por nuestras posturas. Le prometí que sería más claro con lo que le diga para no provocar una pelea entre nosotros. También le dije que me gustaría celebrar mi cumpleaños con mis tíos, primos y ella, pero no quise ir a

Puebla. Me aseguró que haríamos algo diferente y que teníamos dos meses para planear bien las cosas.

Con Nadia, fue un reto acercarme. No tanto porque hubiera resistencia de su parte. Más bien, me sentía con los ojos llorosos cada vez que intentaba hacerlo y el bombardeo de su frase invadía mi cabeza. Jörmungandr intentó paralizarme, pero moví cada músculo del cuerpo para esquivar su mordida y llegar con mi amiga. Fui directamente con ella en una sesión y hablé de todo. Estuve tentado de decirle "Soy gay. ¿Por qué te enojas conmigo por eso?", pero no me pareció adecuado romper el hielo de esa manera. Me atreví a decirle que no podía corresponder a sus sentimientos y que mi acercamiento con ella fue por amistad. Al final, le dije que dejaría de buscarla para que pudiera encontrar la felicidad. Antes de que me fuera, Nadia suspiró, me vio a los ojos y contestó.

"No entendiste lo que te dije en la crepería, ¿cierto?"

Le pregunté a qué se refería. Negó con la cabeza, juntó las manos como en señal de plegaria y me dijo que su enojo conmigo no era por no amarla de la misma manera. Sus palabras seguían rebotando en mi interior.

"Es cierto que te amo, Esteban, pero sé que no eres para mí. Y lo único que quiero es que estés bien. No tolero que te hagas daño por culpa de alguien más".

Su última frase me dejó atónito. Me molesté conmigo mismo por no darme cuenta de lo que hubo detrás de Nadia. Ella era como yo. Siempre estuvo dispuesta a ver por mi bienestar sin esperar algo a cambio. Era lo mismo que yo estaba haciendo con José. Petrificado por lo que me dijo, mi impulso por actuar fue llorar. Me sentí como Pompeya durante la erupción del Vesubio. Pedí perdón una y otra vez a mi mejor amiga por ser arrogante, obstinado y egoísta. Me consoló con un abrazo. Mientras me apapachaba, seguí con mi intento de articular palabras, que siempre necesité de su ayuda y que extrañé su compañía. Nadia dijo que haría un esfuerzo en escucharme sin juzgar y darme el beneficio de la duda ante las crisis.

Una vez más en calma, le conté de mi plan con José. Le dije que entendía si no contaba con su ayuda, pero haría esto con José una sola vez. Inhaló profundo, sacó el aire de un jalón y me dijo que cómo me podía asistir.

Para mi plan con José, Nadia fue mi mensajera. Me ayudó a averiguar dónde tomaba clases para que le diera un mensaje. Le pedí que pusiera una canción y que leyera una tarjeta hecha por mí. La canción fue "Demons", de Imagine Dragons. Practiqué la carta con ella para que sólo él pudiera entender.

Para Pepe, esta canción inició nuestra historia. Aún en las tinieblas, no escondas tus demonios. Puedes contar con mi apoyo.
Van

No esperé nada a cambio por parte de José si es que escuchaba la canción y leía mi carta. Ésta sería la única vez que me acercaría. Cuando Nadia regresó, me aseguró que José agonizó en llanto. Le creí porque su reacción fue sincera. Ella me sonrió, me tomó del hombro y dijo que yo había hecho lo que debía. No supe si todos mis pilares estaban restaurados, pero ese Cupido no tenía que volverse Atlas y cargar el cielo en sus hombros. No era una opción regresar con él. Sólo quise que volviera en sí.

Marzo

Los preparativos para el festival renacentista comenzaron. Entre descansos, los miembros de la asociación estuvimos entrenando para las competencias de duelo de espadas y arquería en el campo de futbol americano. Como no vamos a hacer una recreación fiel, cualquier persona puede participar y no sólo hombres. En realidad, me he divertido mucho. Nadie en el grupo era atleta de alto rendimiento y nadie pretendió serlo. Nos pellizcamos con la cuerda del arco, teníamos moretones en piernas y brazos y en la práctica de salto de bolsa de papas acabamos enlodados.

Faltaban algunas cosas para terminar de montar. Hablé con Nadia durante la primera semana para ir al Centro y comprar lo faltante. Resultó entretenido ir de tienda en tienda y conseguir lo esencial: coronas de juguete, espadas, adornos y baratijas, que nos pudieran servir para dar una interpretación adecuada a una feria medieval. Para terminar nuestro recorrido, entramos a una tienda de antigüedades donde vendían artefactos, para el puesto de la fortuna. A pesar de estar inmerso en tantas joyas de fantasía, esferas de cristal, telas de colores y adornos en forma de hadas y duendes, no pude esquivar la hermosa réplica de Eros y Psique. Pareció telepatía, pero Nadia me preguntó si sabía algo de José. Sin reaccionar o hacer aspaviento de la adivinación de mi amiga le comenté que no he recibido correo, llamada o mensaje por parte de él. "Se lo tragó la tierra", le dije después de agarrar una baraja de cartas de Tarot para el puesto. Agarró las cartas y me dijo que me haría una lectura en mi casa.

Cuando llegamos, barajeó las cartas, me pidió que hiciera una oración y que la repitiera tres veces diciendo "mi verdad, mi reflejo, mi futuro". Sacó tres cartas que eran las principales en la adivinación de mi futuro con José porque esa fue mi intención de la lectura. Sacó el arcano de los amantes, la muerte y la luna, pero en posición invertida. Mi amiga respiró hondo y me dijo su predicción. "Tendrás un amor fructífero que va a presentar un cambio en esencia, pero existirá inestabilidad y descontrol por un evento fuerte".

Tuve miedo de cuál podría ser el suceso. No tuve que esperar mucho para descubrir esa realidad. José fue expulsado.

En realidad, era algo inevitable. Yo diría que obvio si conocían cuánto se dopaba. Los rumores zumbaron por el pasillo entre clases y en la explanada central. "Las pruebas de antidoping dieron positivas. Lo van a suspender por drogo. Ya era hora. Ese cabrón se la vivía pasado desde que entró". Una gota de veneno invadió mi pensamiento. ¿Por qué al infeliz de Pablo no le hicieron lo mismo? Él salió libre de toda culpa cuando él era más adicto de los dos. Sólo pude rectificar todo cuando vi desde lejos a los padres de José ir a las oficinas del director. Don Edmundo podía matar a cualquiera con su semblante. La señora Quirón esquivaba la mirada de los pasantes cubriéndose la cara con las manos. Evité la confrontación de ambos con una serie de interrogantes. ¿Por qué hasta ahora? ¿Cómo es que su mamá no hizo nada para cuidar de su hijo al verlo tan mal? Siendo tan cariñosa y comprensiva, no entendí la razón de ese abandono. ¿Qué tan desgraciado debía de ser el señor Valencia para dejar caer a su hijo en las adicciones? ¿Quería tener a José a su completa merced para luego rescatarlo?

No pude disfrutar de mi Semana Santa por esa noticia. O por lo menos eso fue al principio. Le dije a ~~Isabel~~ mamá todo lo que pasó y de la histeria que me provocó por su silencio. Evité buscar a José en su casa por temor de encontrarme con su padre. Fui a todos los lugares que habíamos ido: Al Parque México, al Diamante Negro, incluso me atreví a ir a la Parroquia de San Cristóbal donde iba su familia los domingos, pero no hubo suerte. Tenía el presentimiento de que Pablo lo secuestró en contra de su voluntad, considerando lo controlador que su padre puede llegar a ser. Mamá me calmó y me dijo que no resolvería nada con eso. Aun cuando dije que no deseaba ir a Puebla a pasar la semana, tal vez eso fue mi mejor opción para descansar con mi familia.

Lo bueno de esa semana fue que mis tíos decidieron alquilar una cabaña en Villa Bonanza. Estar alejado de la civilización por un rato me ayudaría a despejar mis miedos y continuar con lo que dejé pendiente. No fue una mala idea tener la vista de un lago, nadar en una alberca y convivir con mis primos en las vacaciones. Tuve el momento de preguntarles sobre mis inquietudes con la novela. La justificación la vería después en el próximo semestre, pero debía tener un borrador listo antes de terminar el periodo. Ya contaba con la opinión de mamá al respecto, pero era algo nuevo que alguien más leyera mi trabajo. No les leí todo el texto. Con un breve resumen y unos fragmentos de la obra, mi familia dijo que era una historia trágica cargada de mucho dolor y que debería de ver si realmente Psique va a conseguir su final feliz como lo hace en el mito original. Las olas de ese lago y el chapoteo de la alberca se disipaban como lo efímero de mi argumento. No podía imaginar un *felices para siempre* cuando el propio Cupido se encontraba en el Tártaro y yo sin dinero para pagarle al barquero.

Me perdí entre los colores del atardecer, las fogatas al aire libre, las risas y burlas de mi familia, para atenuar mi frustración de quedarme en el mundo de los vivos.

Abril

Con dos parciales aprobados sin complicaciones, entregué mi avance de novela. Una revisión más y podría enfocarme en el desarrollo de la tesis. Eso solucionaba un problema.

Con tanto quehacer, se me olvidó celebrar mi cumpleaños. Apenas y podía creer que ya tenía veintiuno. Mamá fue la primera en felicitarme. Me preguntó si es que quería algo de regalo. Le contesté que la salida de Semana Santa fue más que suficiente. Tal vez la hice llorar. Su voz entrecortada la delató. Me dijo que no se me olvidara que siempre podía contar con ella para lo que fuera. Los chicos de la asociación me cantaron las mañanitas, partimos un pastel de tres leches y Nadia me hizo a un lado para regalarme un marco con fotos de todos los eventos donde yo participé. "Para que siempre tengas algo para recordar tus logros", dijo mi amiga después de darme un abrazo. Era verdad. He podido aportar más en estos casi tres años que en toda mi vida. Sin darme cuenta, había dejado mi huella. Tal vez no canten odas por mis logros, pero el trabajo en equipo se ha reflejado en cada evento. Y todo gracias a que enfrenté mi pánico de expresar mis pensamientos.

Mora y Abejo quisieron festejarme con el grupo en el Diamante Negro y aprovechar la ocasión como premio por trabajar duro y para calmar los nervios por el festival. La mesa estuvo repleta de botanas, alitas, papas y dos grandes jarras de cerveza. Entre burlas y risas, fue agradable pasar una tarde amena libre de estrés. Los chicos de la asociación hicieron chistes sobre mí y Emiliano diciendo que ya debería de darle una oportunidad al nuevo integrante. "Es buena bestia", dijo un chico de semestre más abajo. "Como buen cíclope, por supuesto que lo soy", respondió Emiliano con una sonrisa. Nadia hizo hincapié que él ya tenía novio. Los demás siguieron con el juego al decir que uno más no pasaba nada. Al ver al grupo compartiendo un rato agradable, me ayudó a olvidar por un instante de lo que venía cargando por meses.

Mora y Abejo aprovecharon un momento de distracción del grupo para tener un momento privado conmigo y platicar. Seguían preocupados por lo ocurrido con Pablo, y estarían al pendiente de él mientras estuvieran en la escuela. Cambié el tema al preguntarles si estaban al tanto de la situación con José. Pude notar en sus ojos algo de preocupación, pero Mora me aseguró que todo estaba bajo control. "No te angusties por él. Escuché a mí mamá hablando con la de Pepe que él no ha salido de casa desde hace dos semanas. No me encanta que lo encierren, pero es mejor que esté así que con Pablo". Intenté creerles a sus amigos. Fui su novio y yo debería de conocerlo mejor que nadie, pero siempre fue un experto en desaparecer para que nadie supiera de sus traumas, miedos o inseguridades.

Les avisé que tendría que ir a Puebla por un asunto familiar. Les aseguré que todos los preparativos del festival quedaron en orden y que podían hablarme si es que se complicaba algo. Me aseguraron que debía de disfrutar este proceso, de la cerveza y de que éramos un equipo. Un problema a la vez. Lo de la feria estaba resuelto. Sólo faltó mi regreso al cementerio.

Le pedí a mamá que me acompañara a ir al panteón por el aniversario luctuoso de mi padre. Me dijo que estaría ahí para mí en lo que necesite. En el mausoleo de la familia Trujillo, estaban enterrados mis abuelos, tíos, primos y familiares con quienes no tuvo contacto por años. Era el monumento al recuerdo dentro de una orilla de la urbe. Dejé un ramo de alcatraces que eran sus flores favoritas. Quise iluminarle el recinto con algo de la vida del exterior. Por desgracia, la vida se acabó cuando llegaron otras visitas.

Tuve la incómoda sorpresa de ver a la señora Hortensia con sus tres hijos. Sentí como sus miradas eran gorgonas que me paralizaban, pero MI MAMÁ fue el escudo que reflejaba todo ataque en mi contra. Con el insulto de "zorra de sociedad" quiso lastimarla, y a mí, por efecto rebote. "No imagine que dejaban entrar a la gentuza a estos lugares". Ella respondió con la gracia de una dama. "Lo mismo estaba pensando. Con permiso". Con una simple reverencia y una sonrisa educada nos retiramos. Antes de ver a esa mujer a los ojos, me lanzó una advertencia que esclarecía ciertos eventos con José.

"Si crees que el papá de tu noviecito te va a proteger, te equivocas. Si pudo acabar con todo lo que tu padre hizo, tú no estás a salvo".

Intenté ignorar el comentario de una persona tan interesada y embustera. ¿Por qué advertirme sobre el señor Valencia? ¿Qué tipo de artimañas se involucró la señora para que el padre de José la tuviera cautiva? No tenía sentido lo que me dijo con lo que me pasaba en ese momento.

Esperamos hasta ver las siluetas de mi antigua familia. Mamá me preguntó por qué decidí ofrecer mis respetos a mi padre. Le contesté que jamás me desamparó. Comprendí que estaba pensando en huir y llevarme con él en cuanto tuviera control de ciertas cosas. Después de dos años pude comprender que mi padre quiso tomar las riendas de su vida y abandonar todo lo que se le fue impuesto. La abracé y le dije que podemos ser felices de ahora en adelante.

Dos semanas más tarde, en la revisión de los últimos detalles para el festival, la junta de cierre de la asociación fue emotiva por decir lo menos. Mora y Abejo se despidieron de nosotros, agradecieron el entusiasmo, la creatividad y la fraternidad que habíamos armados durante estos años. Se hizo el tan esperado anuncio de quiénes estarían a cargo de la asociación. Nadia fungiría como presidenta y yo como vicepresidente. No hubo quejas ni comentarios. Fue una aprobación unánime de los presentes. Prometimos que iríamos a *Johnny Rockets* al iniciar las vacaciones de verano.

Agradecí la confianza de darme un mapa y seguir adelante. Esa gratitud se esfumó al pensar si es que José seguía resguardado en su casa. Confíe que fuera así.

Mayo

Tuve paz después de ver mi promedio final. Con un nueve tres, me concentré en estar todo el día en la feria medieval. Me vestí de arlequín porque pensé que sería divertido hacer reír a la gente. Eso me ayudó a no pensar en la desaparición de José. Todo fue de maravilla. Conducía a los pasantes a entrar a la gran carpa para que disfrutaran del banquete, escucharan música de los flautines y arpas, y vieran cómo Mora, el Abejo y yo hacíamos el ridículo contando chistes bobos y de humor blanco y los preparábamos para los torneos de espadas y arquería. Nadia se vistió de princesa y fungió como la presentadora oficial para entregar premios a los participantes de los pequeños concursos.

Di una vuelta por todos los puestos para que todo estuviera en orden. La gente entraba y salía de los "stands" de comida, de la tienda de lectura de cartas y permaneció atenta a la obra de marionetas que los de grados más bajos decidieron poner. Entre los pasillos, vi a Pablo. Me pareció ver que estaba aspirando algo, pero no me detuve a averiguar. Tal vez sintió mi mirada sobre de él. Me escabullí entre la gente para evitar que me encontrara y reviviera la pelea que tuvimos meses atrás. Regresé para acondicionar los últimos detalles e iniciar con el duelo de espadas. Cuates de todos los semestres se inscribieron al torneo. Hubo una de último minuto, pero el nombre no me resultó familiar hasta que lo vi.

Pablo, en su entrada como gallo de pelea, me retó. Tenía semanas de no saber de José y él era mi única pista. Claro estaba que podía ir a su casa y preguntar por él, pero sus padres no estarían tan gustosos de verme después de cómo terminaron las cosas. Nadia trató de suavizar la situación y le explicó a Pablo que los organizadores no podían entrar al torneo, que sólo los nobles (o sea, todo el cuerpo del campus) eran dignos de participar. Su comentario de que yo era demasiado marica como para enfrentarlo me hicieron que aceptara el reto. Le dije que me diría donde estaba José si es que le ganaba. Aceptó después de hacerme una mueca burlona. Nos dieron espadas y esperamos a que Abejo alzara el banderín para iniciar la pelea. Al ver su mirada fija, el brazo izquierdo relajado, el derecho con la espada lista para combatir, la pierna derecha doblada y sus talones en sincronía, pensé en que debí insistir más a papá para que me inscribiera a esa liga infantil de esgrima que tanto me obsesionaba. Conté los segundos antes de iniciar e intenté limpiarme el sudor de las manos y calmar el temblor de mis piernas. Tras levantar la bandera roja, el duelo comenzó.

Me defendí tan bien como pude, pero no contaba con la ligereza de movimientos de mi rival. Me esquivaba como si él estuviera hecho de agua. Me frustraba que nada de lo que hacía resultaba. Si daba un golpe hacia arriba, él daba paso atrás. Si quería defenderme, se mantenía en posición sin perder el agarre de su espada para contraatacar. Marchó en varias ocasiones para desconcentrarme. Temí al golpe de su espada. Daba ataque de fondo para tocarme, aunque no era para acumular puntos. Pablo era un halcón dispuesto a cazar a su presa sin importarle el precio.

Se me resbaló la espada en un descuido. Pablo no dejó de darme golpes. Me enrosqué para contener su furia. Mi espalda, brazos y vientre recibieron los arañazos de esa espada de juguete. Intenté levantarme, pero el tarado me hizo tropezar para que me mantuviera postrado. "Ese es tu lugar, putito. No lo olvides", dijo entre jadeos. Nadia se metió entre los dos y detuvo el combate. Alegó que había una clara desventaja entre contrincantes. Mora y Abejo se acercaron para ayudarme a levantar. Se dirigieron a Pablo para pedirle que se retirara. Me enteré de los detalles más tarde. Nadia me contó que Mora vio de cerca los ojos dilatados de Pablo. Esa fue la razón para que uno de los profesores se lo llevara a las oficinas.

Tuve miedo después de terminar el festival, pero no de mí. Si Pablo estaba intoxicado al borde del descontrol en nuestro encuentro, ¿cómo podría estar José? No obtuve la respuesta inmediata, pero presencié su caída dos semanas más tarde.

Él me envió su ubicación de la nada. Me preocupé porque puso en su mensaje "Gracias por todo, mi lindo Van". ¿Qué quiso decirme ese Cupido sin alas? ¿Por qué me envió un mensaje a las 11 de la noche? Me cansé de esperar. Le llamé a Nadia para pedirle ayuda. Ella me dijo que no era una buena idea que fuera solo. Después de revisar en Instagram algún indicio de dónde podría estar, ya sea por alguna historia o video en vivo, partimos desde mi casa hasta su paradero. Me aseguró que donde se encontraba José era conocido por ser un ambiente lleno de excesos. Pensé que exageraba: no fue así.

El departamento estaba en la calle de Pomona 22. Era un edificio de departamentos, que parecía ser de alguien de clase media: bastante gris y sin algún distintivo en la fachada de la entrada. No necesariamente era peligroso, pero por ser de noche me dio el aire de ser un lugar donde la gente le gustaba inhalar cocaína, inyectarse PCP o fumar cristal. Temí que el policía de la entrada no nos dejara pasar por no ser residentes. El guardia en turno nos pidió nuestras credenciales y que nos anotáramos en la liberta de entrada. Nos indicó que fuéramos al departamento 606. Pulsamos el botón del elevador, se cerraron las puertas, mi palpitación iba galopando a mil por hora y, justo cuando sonó el timbre de llegada, corroboré mi peor miedo. La puerta del departamento estaba abierta. Tuve pánico de entrar y descubrir algo que no estaba dispuesto a soportar. Nadia me sostuvo de los hombros y entramos.

El calor humano me hizo sentir que una ballena nos había tragado. Tuve que aguantar la respiración de los hedores de sudor acumulado. La duela de madera bañada de refrescos tirados nos empujaba como lengua al interior de las vísceras del departamento. Las cortinas figuraban ser costillas por el ligero contraste de la poca luz del exterior y el intenso reflector rojo de las lámparas. En esos instantes de visibilidad, vimos el degenere de la fiesta. Hombres y mujeres en posición donde no se distinguía donde empezaban o terminaban extremidades, jeringas con heroína e hileras de cocaína, botellas de ron, whisky y tequila rodaban el piso y cientos y cientos de cenizas y colillas de cigarros abundaban. Casi perdí el equilibrio por pisar la saliva hecha de cenizas y alcohol. Al tocar uno de los sillones para apoyarme, sentí la viscosidad de la tela. Fue tocar el corazón de un cerdo y sentir la sangre resbalar entre los dedos. Me aterró corroborar qué tipo de fluido era. Temí acercarme a cualquiera por temor a quemarme con el ácido de esa lujuria desenfrenada. El grito en una de las habitaciones nos hizo reaccionar. Una chica gritaba por ver a un chico convulsionarse y expulsar espuma sin control. Mis ojos se fragmentaban al ver a un Prometeo ser devorado por el águila de una inyección de heroína. José se convulsionaba en la cama mientras el imbécil de Pablo reía sin parar al ver la desgracia.

Nadia se le acercó e intentó mantenerlo despierto. Yo me quedé ahí. Observaba todo desde la distancia como una sombra que no tenía lugar en la luz. Quise mover las piernas, pero se me entumieron de la impresión de ver a la primera persona de la cual me enamoré retorcerse como un trozo de carne por el aceite de una sartén. Mi amiga me obligó a volver cuando gritó que le ayudara a cargar a José. Lo sostuvimos como pudimos, pero Pablo tuvo un pequeño momento de lucidez en cuanto cruzamos miradas. Antes de que pudiera pronunciar palabra alguna, le susurré al oído "Esto se acabó". Quedó paralizado mientras recuperábamos a José de lo que parecía una escena sacada de uno de los círculos del Infierno de Dante. Nadia manejó tan rápido como pudo. Fueron los cinco minutos más angustiantes de mi vida. Entre parpadeos de José, ella gritaba desde el asiento del conductor que me viera a los ojos y que nos contara cómo es que había llegado a la fiesta. Lo acomodé en mi regazo sin la posibilidad de hablar. Nuestras miradas se volvieron a cruzar como esa primera vez que lo vi. Intenté como en las películas gritarle que se mantuviera conmigo, que todo estaría bien, que no se durmiera, que se quedara conmigo, que no lo iba a abandonar, pero mi lengua se enroscó al verlo fuera de sí. No tuve idea de cuántas veces lo pensé mientras Nadia hizo todo el trabajo pesado.

 Llegamos al Hospital Obregón y yo me bajé para que atendieran a José de emergencia. Se lo llevaron en la camilla y me hice cargo de dar todos los datos mientras Nadia estacionaba el coche. Al preguntarme cuál era mi relación con el paciente, enfrenté la verdad que había repetido por meses, pero se volvió real. "Soy... un amigo", le dije a la enfermera que nos atendió. Le pasé el celular de Don Edmundo para que se contactara con él a la brevedad posible. Respiré hondo en esa pequeña sala de espera. La idea de que el padre de José me culpara por el estado de salud de su hijo hizo que la serpiente de la ansiedad se enrollara en mi tráquea. José se encontró encadenado entre los eslabones de plástico de catéteres, respiradores y un monitor deslumbrando sus signos vitales.

 Vi a Nadia de reojo y preguntando en recepción por el paciente que dejé. Eso me hizo pensar en lo increíble que era. Rectifiqué esa conversación que tuvimos en febrero. Su amor por mí y el mío por José eran de igual de sinceros. Ella actuó sin dudar, por entender lo que José significaba para mí. Y yo, como tantas veces en el pasado, estuve de inútil en una situación de crisis. Creí haber crecido por todo lo que he enfrentado en el pasado. Me faltaba tanto por aprender sobre mis límites. En cuanto Nadia me vio y me preguntó cómo estaba, le dije que nos fuéramos.

¿Cómo pudo pasar esto en tan sólo cuatro horas? ¿Cómo dejo que mis lágrimas dejen de manchar la tinta de este diario? ¿Qué carajos hago ahora?

Verano
26 de julio

¿Cómo podría empezar a escribir? Hubo noches donde no supe si José estaría con vida. También tuve la tentación de desfogarme aquí por cada día que pasaba, pero pensé que si lo hacía la Gran Serpiente me tendría inmovilizado sin poder ser útil. Lo único que me rescató de todo esto fue mi mamá. Ella no me quiso dejar solo en mi último año. Dijo que optaría por hacer sesiones en línea con sus pacientes mientras armaba clientela en la Ciudad de México. Esto lo decidió durante los últimos días antes de que yo me regresara. Pasamos a Puebla para que fuera por algunas de sus cosas y tuviera ropa por un mes antes de irnos por carretera. "Tal vez necesite regresar cada fin de mes por cosas de la casa y ver mi situación con la renta del local donde trabajo", me dijo mientras llenaba su maleta con blusas, pantalones, zapatos y artículos de higiene personal. No quise arrebatarle la buena intención de cuidarme después de tanto tiempo de estar separados. La convivencia y llamadas constantes han fortalecido nuestra relación.

Fue recomendación suya que documentara todo lo que pasó en este verano una vez que haya regresado a la calma. Me insistió que esto me llevaría a una catarsis emocional. Tal vez no pueda dar todos los detalles de estos dos meses y medio, pero dejaría plasmado ese polvo de sueño para que duerma dentro de estas páginas.

Después de lo que pasó en el hospital, hablé sin rodeos con Mora y Abejo sobre la situación de salud de José. Quizás haya sido un error que lo dijera en la última comida grupal de la asociación, pero no pude más. Con la música de fondo de éxitos de Elvis Presley, no dejé de pensar en la situación de ese Cupido sin alas. No los culpé cuando me dijeron que no me preocupara, pero hice hincapié que debieron estar más al pendiente de su amigo.

Para aligerar la tensión, ambos se disculparon por hacernos pasar un momento tan incómodo y difícil de manejar, pero que ahora no sería prudente hablar de algo así. Mora y Abejo dijeron que hablarían con nosotros a solas para dejar todo cerrado y que la transición fuera serena. No abrimos la boca hasta que pedimos una malteada para compartir. Soltamos todo lo de José: desde el incidente con la carta y la canción hasta el mensaje de despedida. Abejo quería levantarse de la mesa y buscar a Pablo para romperle la cara. Sabía de lo inestable de Pablo, pero nunca imaginaron que él llevaría a su amigo al extremo. Mora lo sujetó y afirmó que eso no afectaba. "Pero está estable y eso nos debe importar más", remató el ex presidente. Les comenté que no podía ver a su padre. Mora comentó que su familia y la de José eran cercanos y si algo más ocurriera con él nos informaría de inmediato.

Hasta donde supe unos días después, sus padres iban a dejar que se quedara en ese hospital para evitar calumnias de la prensa. Mora y Abejo fueron a su habitación un sábado. Aseguraron que se veía mejor, con un poco más de fuerza, pero con esa mirada perdida. Nos contaron que ni siquiera reaccionó cuando su padre le gritó y le dijo algo que me hizo caer al suelo. "¿Quieres acabar colgado como el imbécil de tu amigo?" No tuve el valor de preguntar en ese momento a cuál amigo se referían. Ambos quedaron en mantenernos al tanto si es que sabían algo.

Una hora más tarde hablé con Mora y corroboré los hechos: Pablo se suicidó. Encontraron un video que hizo con su celular antes de morir. Sus últimas palabras fueron que, si alguien decidió raptar a José, entonces, él los seguiría hasta el final del paraíso. Colocó una silla para subirse, se ató una soga al cuello, la aventó y se mató. Me costó creer en que alguien como Pablo podría hacer algo así. No tenía sentido ver cómo ese cuate pasó de ser un águila en la esgrima a un gorrión en un instante. No pude sentir tristeza por él, pero ni siquiera él merecía terminar así. Me negué a admitirlo, pero lo admiraba. Siempre supo quién era y jamás le importó la opinión de los demás. Hubiera preferido que no despertara de nuestra pelea en el baño que verlo balancearse en un péndulo infinito.

Le llamé a mamá después de enterarme del incidente. Me respondió con algo que sigo hasta hoy sin procesar: "Es lamentable que este chico haya terminado su vida de esa forma. Espero consuelo para su familia. A pesar de lo que hayas vivido con él, recuerda que esto no es culpa tuya".

Ese evento resultó complicado; Junio no fue fácil de sobrellevar.

Mora y Abejo me avisaron sobre el alta de José. Tuve la oportunidad de estar a solas con él antes de que eso pasara. No supe qué decirle. Debía de ser sincero con la sombra de ese Cupido sobre la muerte de Pablo, mi ineptitud por dejar que mi amiga hiciera toda la labor, y por estar inmóvil en su estado en la fiesta. Me crecieron raíces en los pies al imaginar la respuesta de José ante los hechos. ¡Cómo pude ser tan cobarde! No estuve mucho tiempo en su habitación. Lo vi mirando hacia la ventana. Era como Apolo en la espera de Céfiro y que su ventisca lo calmara. Después de entrar en su cuarto y en cuanto cruzamos miradas supe que algo cambió entre nosotros. ¿En verdad rescaté a José de las garras de Hades? Apenas y pude notar el resplandor de sus ojos verdes. Eran más un par de malaquitas por la oscuridad de sus sombras. No supe cómo iniciar una conversación. Decidí llevar el diario de dragón que le robé hace más de un año como una excusa de hablar. Para mi sorpresa fue él quien rompió el silencio.

"Me iré a una granja de Alcohólicos Anónimos desde mañana".

Todo me lo dijo sin voltearme a ver. No había temblor en su voz o duda en su mente. Noté como él respiraba hondo, como si lo que fuera a decir después fuera de importancia. Sería un insulto destruir las palabras que me dijo. Así que intentaré transcribir su discurso para que este cuaderno sea testigo de su determinación.

«Usé a Pablo como salvavidas sin darme cuenta de que me hundía junto con él. No entiendo por qué se mató. Al final, él tomó la decisión y estuve a punto de acompañarlo. Sigo sin creer que me dejé atrapar por miedo de perderlo todo. Pero lo cierto es que ya lo había perdido.»

Alcancé a ver un par de lágrimas deslizarse por sus mejillas. Seguía sin verme a la cara. Tal vez fue por la vergüenza de reconocer cómo Nadia y yo lo encontramos. La razón daba lo mismo. Tensé mi cara para evitar preocuparlo. Me tocaba escuchar lo que tenía que decir. Se limpió las lágrimas, respiró hondo y continuó.

«Tuve miedo, Esteban. Me aterraba quedar atrapado y que tú no supieras si vivía o no. Sigo sin poder enfrentar a mi padre, y la única persona con la que quería hablar era contigo. Patético, ¿cierto? Me arrepiento de tantas cosas. Te juro que voy a cuidarme esta vez. Quiero estar mejor».

Me abalancé a sus pies y lloré. Derramé todas las lágrimas que contuve después de tanto. Me guardé el secreto de la muerte de Pablo. Repetí una y otra vez mientras hundía mi cara entre las delgadas sábanas de hospital. "Me tocaba ayudarte, Pepe. Ya no estás solo. Vas a estar bien".

Antes de que sus padres se percataran de mi presencia, le entregué su diario y apunté mi dirección en las hojas del final. Lo más seguro era que no tendría internet o teléfono para estar en contacto. Sería una desintoxicación total. Confié en que me escribiría o llamaría por teléfono en cuanto tuviera la oportunidad. No supe si me perdonaría por tomar algo suyo sin permiso, pero sólo podía guardarlo.

Inició el tiempo de no saber de él al salir de la habitación.

Antes de irme, me llegó un paquete a mi casa. Había una nota con una letra cursiva de alguien a quien yo conocía bien.

Para que siempre me recuerdes. Espérame unos meses
y celebraremos nuestros cumpleaños juntos.

José

Abrí la caja y dentro había una chamarra roja y unos pantalones entubados. Tuve sentimientos encontrados con su regalo. Por un lado, me dio un poco de fuerza de saber que conservaba el mismo humor de siempre; por otro, me dejaba confundido si en verdad José comprendía que no podríamos volver.

Le pedí consejo a mamá sobre la última conversación que tuve y del paquete recibido. Su única observación fue que ahora José estaba en un proceso de sanación y que yo debía de aprovechar el momento para reflexionar sobre lo ocurrido.

Tuve tiempo de escribir mejoras para la novela. La inspiración me atacó y fue que le di mayor forma al encuentro entre Psique y Eros en el Inframundo. Pensé que eso me ayudaría a olvidar la ausencia de José.

La princesa Psique se dispuso a rescatar al dios del amor de la prisión de Hades. Una mortal salvaría el amor del mundo. Usó su diadema para que Caronte la llevara de ida y vuelta al mundo de los vivos. "¿Dónde podría estar el príncipe mensajero de los amantes?", pensó Psique después de arribar al Erebo. Encaminó hacia el juez Minos para recibir guía de dónde pudiera estar el cometa del afecto entre las sombras de la muerte.

El ir y venir entre las palabras de la novela y la preocupación por José parecían una y la misma. Necesité un respiro para desconectar mi realidad y ver cómo sería de ayuda. Tal vez fue esa gran fuerza la que invocó la respuesta que necesitaba. Mora me envió un mensaje una de esas noches de desvelo. Me dijo que José estaba en un centro de rehabilitación en Acapulco, que pretendía estar lo más alejado de todo lo conocido y que quería estar lo más cerca del mar. Según Mora, José le contó que la brisa del mar y el recuerdo de sus errores podían limpiarse con la sal. Me mandó la dirección, pero me advirtió que debí esperar quince días para verlo.

No fue suficiente su advertencia. El sábado siguiente fui a su departamento donde Abejo me recibió con gusto mientras Mora estaba terminando de doblar la ropa. Me senté en la sala para conversar de lo que debía de hacer. No dejaba de temblar por los cambios a enfrentar. Con la ya acostumbrada cerveza para aligerar la cosa, me salpicaba el pantalón por el movimiento de las piernas. Abejo me aseguró que lo que estaba a punto de ocurrir era un proceso y que no debía de enfrentarlo solo. Mora, por su parte, después de incorporarse a la sala, dijo que tomara esto como excusa para ir al departamento de papá y relajarme con la familia. Me dijo que dejara a José continuar con su proceso y que yo estaba en el mío. Insistió en que cambiara de aires, terminara la novela o lo que necesitara hacer para tener energías el siguiente semestre.

Ambos me confortaron con decir que siempre era bienvenido en su casa y que podía venir si es que tenía un problema con la asociación o algo más. Salí con mayor ímpetu para seguir en la senda de cambios. Contaba con el apoyo de los ex miembros si algo me pasaba. Confié en que podría estar más cerca de José. No estuve dispuesto a que esa polilla negra se mantuviera de ese color. Este suspiro de mariposas encontraría el camino para volar hacia la eternidad. Si podía expiar mi falta de acción, recé a quien me escuchara para permitirme estar ahí para José.

Convencí a mi familia de que nos fuéramos a Acapulco. Pensé que la brisa del mar me inspiraría a continuar con mi proyecto mientras esperaba el día de la visita. Ver los azulejos del edificio de departamentos, nadar en la alberca con mis primos, ver la puesta de sol en la terraza, ir a Punta Diamante y ver la inmensidad de la playa me tranquilizó al punto de dormir, aunque el sueño que tuve hizo lo contrario.

Volví a estar dentro de la ballena donde Nadia me ayudó a rescatar a José. Me asfixiaba el pútrido aroma de humo de cigarro, sudor, y vómito. Vi a mi amiga arrancar enredaderas con espinas en forma de rosa. Hice el esfuerzo por llegar hasta ella, pero el piso me succionaba. Caminando entre personas que se hundían, esquivando torres de informes financieros y agitando los brazos para abrirme paso por jeringas del tamaño de un árbol, llegué hasta la orilla. Nadia gritaba que debía de hacer algo para sacar a José de ahí. Me aguanté el punzar de las espinas en la piel sin importarme cuántas veces me cortara. Jalé la primera, pero se regeneraba. Continué con otra y pasó lo mismo. Estiré una y otra vez sin importarme cuál cansado estaba. Mi amiga pareció no darse cuenta de que ella también se envolvía en ese capullo espinado. Quise rescatarla, pero algo gigantesco emergió de las profundidades del abismo. Un rey envuelto en sombra con el rostro de Don Edmundo se burlaba de mi intento de salvar a las dos personas más importantes de mi vida. "Eres todo un desperdicio al igual que el inútil de mi hijo", resonó en estruendo la voz del padre de José mientras acercaba su puño en contra mía para aniquilar mi existencia.

Desperté porque uno de mis primos me salpicó en la cara. Las gotas de agua y el sudor resultaron indistinguibles. Ese mal sueño me hizo pensar en el sufrimiento de José con su recuperación. Él ha vivido el infierno de las expectativas. Aún con su madre amorosa, José no contaba con nadie para salir. Él se encontraba sepultado en lo más profundo de un barranco donde ni Mora, Abejo, o yo, podíamos alcanzarlo.

El mes de julio llegó y no me dejaron ver a José. La recepcionista que me atendió dijo que era demasiado pronto para que él pudiera recibir visitas. Le di el nombre completo del recién ingresado. Me hizo esperar unos minutos hasta que llegó uno de los supervisores. Me entregó una carta escrita de su puño y letra. El encargado me comentó que volviera en diez días y que podría verlo.

Tuve miedo de abrir ese sobre. Me quedé observando el atardecer desde que llegué al departamento. Me distraje con un partido de ping pong con mis primos antes de que mamá y mis tíos nos llevaran a cenar. Cuando regresamos, me quedé un rato más en la sala. Leí la carta de José.

Mi lindo Esteban:
Tengo un mes entero sin saber del mundo. Todo en estos cuartos es reducido. Mi litera, el baño, las regaderas y la sala comunal donde comparto con otros veinte cuates se volvieron una cárcel. Me arrebataron la privacidad. Me siento vigilado peor que cuando vivía con mis padres; en especial cuando mi padre estaba en casa. El único instante de libertad es en mi cabeza donde puedo gritar, llorar e incluso pensarte.

Alguna vez me dijiste que yo parecía un héroe de los que están en tus libros de mitología. Creo que te equivocas. Tú eres mi héroe, Esteban. De no haber sido por ti, hubiera acompañado a Pablo en su delirio de morir juntos. Dejé de darle importancia a lo que pasaba a mi alrededor. Me quería desconectar por completo. Tu luz me abrumó porque yo sólo la atrapaba. Te pido perdón por todo lo que te hice, Esteban. No soy alguien que te merezca. Quisiera repetir ese primer instante que nos miramos y decirte que incendiaste algo que jamás pensé sentir por nadie.

Ya basta de hablar de mí. ¿Cómo estás? ¿Hablaste con Isabel? ¿Has escrito algo más de tu novela? Quisiera saber todo lo que me he perdido por culpa de mi egoísmo. No quiero poseerte, Esteban. Quiero que vuelvas a mi vida si me lo permites. Es un sueño sentirte entre mis brazos, besarte y poder vaciarme de verdad en ti. Quiero que conozcas más de mí. Ya sin ataduras y sin estímulos. Deseo que seamos tú y yo.

Ansío ver tu cara una vez más para comprobar que no fue mentira lo que percibí cuando recogí mi lápiz hace tres años.

Abriendo mi corazón, anhelo saber de ti.

José.

PD: Gracias por cuidar de mi cuaderno. Si siguiera conmigo, de seguro lo hubiera tirado. Hablando de escribir, ¿podrías llevar un pedazo de tu escrito cuando vengas a visitarme? Quiero compartir tu talento con todos aquí y lo que significas para mí.

Me tranquilizó imaginar cómo José punzó cada letra dentro del papel para vaciar sus sentimientos, pero me transmitió como si él siguiera en pausa en lo que alguna vez tuvimos.

Regresé al albergue diez días más tarde. Busqué entre la gente si podía distinguir a José. Lo vi con una cola de caballo que le llegaba a media espalda. Se veía más repuesto de la última vez que lo vi en el hospital. Lo saludé de forma casual y con una sonrisa por el gusto de volverlo a ver, pero él corrió hacia mí. Se lanzó a mis brazos con el deseo de inmortalizar el momento. En lugar de ser como el Eros y Psique de Rodin, pareció que recreábamos a Loki siendo encadenado por Odín. Ambos quedamos de rodillas entre sollozos insonoros por distintos motivos. No supe si fueron cinco minutos o una hora. La eternidad de un abrazo me recordó cuánto me importaba, pero lo mucho que deseaba no ser prisionero de nadie.

Le conté todo: Sobre el reencuentro con mi mamá, de volver a tener la familia que se me negó, el progreso de mi novela, la indiferencia que sentí cuando vi a mi antigua familia, mi pelea con Nadia y nuestra reconciliación. Le entregué el borrador de todo lo que llevaba. Le dije que eso quería que lo leyera en privado y esperaría sus comentarios al respecto.

Me esforcé por distraerlo de cualquier cosa que no le recordara su estancia. Hablé sobre los proyectos que hicimos durante nuestra separación sin dar muchos detalles del último donde Pablo estuvo presente. No me atreví a sacar el tema de su recién fallecido…novio. Apuntó la mirada hacia la pared de ladrillo, pero en realidad estaba perdida. Sin rodeos, me contó sus sospechas.

"Creo que mi padre se encargó de… quitar a Pablo de mi vida."

Le pregunté por qué lo decía. Contestó que, entre la lucidez y el sueño después de mi visita, la voz de Don Edmundo rebotaba afuera de su cuarto mientras hablaba por teléfono. "Borra todo registro de las cámaras. Dale lo que pida a la guardia de la entrada. Asegúrate de que nadie te ligue a ese lugar ni que te hayan seguido.", escuchó José decir a su padre. Le pregunté si recordaba algo más. Sólo pudo asegurarme esto: "Si pudo amenazarme cuando tú y yo salíamos, es capaz de lo que sea por proteger su legado".

Le dije a José cómo aseguraba eso. Con lo primero, me reveló que, cuando hice la sugerencia de estudiar dos carreras, Don Edmundo le advirtió que hiciera lo posible para que yo desistiera. Con lo segundo, dudó por un instante de revelar lo que escuchó, pero, hizo un esfuerzo para que su voz temblorosa pronunciara lo acontecido después en esa llamada.

"¡No olvides tu posición, chato! Si no quieres que tu patrón se entere de cómo un par de tetas te distrajeron de cuidar a su hijo, harás lo que te ordene. Juan Luis es mi amigo y tú, su gato. Grábatelo. Asegúrate de limpiar mis huellas del cuarto antes de que le reportes", escuchó José decir a su padre antes de colgar.

No sabía a quién se refería al principio, pero, cuando mi ex dijo que pensara en un Espinosa dentro de la política, todo cobró sentido. Pablo era hijo de Juan Luis Espinosa, senador de la Ciudad de México para el partido en el poder. Por fin pude entenderlo. Su constante lucha de quedarse con José fue un método de enfrentar la historia de homofobia familiar y la impunidad, una herramienta para conseguirlo.

Me di el tiempo de digerir la cruda y sangrienta verdad. Don Edmundo no conocía los límites. Si a mí, que intenté llevarlo a la estabilidad, me dijo que era un desperdicio, no imagino lo que pudo haberle dicho a Pablo cuando lo encaminó hacia la destrucción.

No asimilaba la idea de ver a ese tiburón blanco cazar a una orca. ¿Cuál era la explicación de darle un zarpazo a un hombre con mayor poder? Y, lo que me revolvía el estómago, fue en pensar que puso a su único hijo en medio de una batalla que no le correspondía. El cruce de esos pensamientos se detuvo al ver que José apretaba la quijada en su intento de guardarse el llanto. Sólo pudo articular palabras cargadas de agonía.

"No pude advertirle, Van. Pero, ¿a quién le importaría el cadáver de otro gay drogadicto? Me compadecí de él por verlo solo y eso hace esto mucho peor", dijo José.

Le pregunté qué pensaba hacer al respecto. Respondió que no tenía caso actuar porque acabaría sepultado como Pablo. Lo tomé del brazo y le contesté que lo que su padre hizo no era su culpa. Fue una simple oración que forzó a ese chico de ojos verdes recargar la espalda en la silla mientras el desconsuelo brotaba en gotas de silencio.

El encargado en turno dio el aviso que me quedaban veinte minutos antes de partir. Saqué mi celular y le dije a José que escogiera una canción. Puso "Stay with Me" para que la escucháramos. Entre los acordes del piano y la voz de Sam Smith cantando los coros, sin pensarlo dos veces, me besó. Prensó sus labios contra los míos como si él intentara sellar una promesa de que estaríamos juntos. Su beso sabor arena me recordó que ya estábamos en dos puntos diferentes en nuestras vidas. Él construía su castillo mientras que yo armaba un galeón para ir más allá del horizonte.

Necesitaba procesar todo lo ocurrido con José esa tarde. Ya no estaba solo y eso me dio fuerzas para compartir con mis tíos y primos sobre el tipo de relación que tengo con él. Expliqué mi estado sentimental y todo lo que he vivido durante estos tres años. Mi tía reafirmó, sin ninguna represalia, que era bueno que tuviera la sensatez de ayudar a alguien que lo necesitaba, que, a pesar de las adversidades, uno sale triunfante con la actitud correcta y que, si él era para mí, verá lo buen chico que soy. Mis primos sólo me hicieron burla de que tendrían otro primo más en la familia. Mamá, a pesar de su actitud contraria por acercarme a alguien que, de acuerdo con lo que me dijo, "se encontraba en un proceso de sanación", sonrió ante los buenos deseos de mis tíos y primos. Tal vez las palabras no alcanzaron a cubrir toda mi evolución con José, pero resultó bueno saber que existía la confianza en mi familia para darles a conocer un poco más de mí.

En la última semana antes de regresar, mis primos rogaron a sus papás que nos dejaran ir a un antro por lo menos una noche. Nos dieron permiso hasta las dos de la mañana.

Ellos obraron de buena fe cuando salimos a un canta bar a pasar la noche. Todo estuvo bien después de escuchar un par de canciones de José José, Chayanne, Flans y una que otra ranchera. Uno de ellos se le ocurrió la brillante idea de poner el nuevo éxito de Cristian Nodal y dedicármela. No estaban sobrios cuando la pidieron. En la primera estrofa de "Probablemente", se escapó mi angustia en un caudal de lágrimas. Mis primos desaparecieron e imaginé a José en el micrófono cantar su anhelo de que yo caiga en la cuenta lo mucho que me amaba. Me harté de que el universo me enviara señales de algo que yo ya había reconocido. Me paré de golpe de la mesa, fui hacia la puerta y, por el aire, me mareé y quedé sentado en la acera llorando por lo que fue y lo que pudo haber sido.

Mis primos me cargaron como costal hasta que llegamos al departamento. Sentí una tela del algodón suave sobre mis mejillas con un discreto perfume de violeta mientras me encaminaba hasta llegar a la cama. Podría asegurar que fue mi mamá quien me acompañó, me quitó los tenis y me arropó. Al sentir sus dedos peinándome, todavía recordaba que me repetía la misma cosa una y otra vez antes de quedarme dormido. "Sólo es un amigo. Ya no puede ser algo más".

Tal vez fue eso que la impuso a tomar la decisión de rehacer su vida conmigo. Sentí un deber con ella después de que fuera testigo de ese desfogue de dolor. No debería de ser problema que viviéramos juntos y pasáramos tiempo de calidad. Decidí pasar todas mis cosas al estudio para darle un espacio y que tuviera independencia.

No sabría cómo afrontar un nuevo semestre después de este episodio de mi vida. No sólo era José: terminar mi tesis, ser responsable del grupo estudiantil y saber que Mora y Abejo ya no estaban me hicieron sentir más aislado de lo que yo pudiera soportar. Pero no estoy solo. Tengo la certeza de que con el apoyo de mamá y con la oferta de mis superiores todo resultará como tiene que ser.

Séptimo Semestre
Agosto

Un año más y seré un sociólogo. ¡Es increíble que ya estoy en la recta final de mi carrera! Mi horario está libre para dedicarme a terminar la tesis: sólo tengo tres clases optativas y voy a usar materias relacionadas con literatura contemporánea. Dos más son seminarios de filosofía actual y el último es para terminar el servicio social que he postergado por todo lo que ha pasado. La armonía reina por fin. Bueno, tal vez exagero al decir que existe paz en esta etapa de mi vida. La llegada de mamá trajo cambios que me hicieron replantear todo lo sucedido en el pasado. Es verdad el dicho que sólo conoces a alguien de verdad al vivir juntos. He aprendido cosas que sólo se comprenden cuando tienen un trato diario con una persona.

En primer lugar, nunca me di cuenta de que mamá era perfeccionista y meticulosa en todos los aspectos. Al llegar a casa, ella me recibía y me exigía que me quitara los zapatos antes de entrar, que los dejara en el cesto que tenía en la entrada para quitarles la tierra y que usara pantuflas para no ensuciar. Aspiraba los sillones de la sala por lo menos una vez a la semana. Me sorprendió cuánta suciedad acumulada había en esos cojines cuando recién se mudó. En seguida, tallaba el piso para eliminar la mugre. Después de unas semanas de repetir el proceso, se podía ver el reflejo en el piso de la cocina y de la sala. Los anuncios de productos de limpieza se quedaban cortos ante mi experiencia en casa. El olor a lavanda y esencia de rosa era agradable, pero me quitó la libertad de poner los pies sobre el sofá.

En segundo lugar, tuve que purgar mi guardarropa. Ciertas cosas se irían a la caridad como algunas camisas que fueron de Darío. Los regalos de José permanecieron en el fondo: los pantalones, chamarras y botas quedarían ahí hasta que pudiera encontrarles un uso sin que el recuerdo de él me invadiera. No fue un problema el deshacerme de cosas para que mamá y yo tuviéramos el hogar que ambos merecíamos. El problema estuvo que ella me externó su opinión sobre cómo doblar, planchar, acomodar y reorganizar mi nuevo cuarto. "Es para que aproveches todo al máximo", me dijo una vez que me vio con la ropa recién lavada y planchada. No se quedó ahí. Cuando estaba a punto de salir para la universidad, decía su opinión sobre qué se me vería mejor. Que una camisa va mejor con un pantalón formal; que no usara mis botas si iba a la reunión con la asociación; que diera una buena impresión con un saco y corbata cuando fuera con mi profesor y llevara el currículum. Sentí que volvía a ser un adolescente incapaz de decidir por mi cuenta. Antes de salir, me veía al espejo y odiaba reconocer su buen ojo con sus observaciones. Pude ser independiente por tres años. Quise conservar algo de mí aún con sus sugerencias. Cuando no se daba cuenta, si llevaba un atuendo aprobado por mamá, me llevaba algo en la mochila (ya sea una playera más colorida o mis botas en la mochila para ponérmelas después).

En tercer lugar, estuvo la situación de la comida. Después de lo que pasó en Angelópolis al comer mi hamburguesa con papas y cátsup, pude agarrar un cuchillo y ayudar a picar jitomates y cebollas cuando mamá hacía de comer. El reto constante de rebanar y pelar verduras y cortar carne hizo que la sensación de ver todo freír sobre la sartén o dentro de una cacerola se desvaneciera como algodón de azúcar sobre la lengua. Fue la espera de que algo delicioso saldría al final. Me daba ánimos cuando el jugo de la carne me dejaba atónito. "Estos cambios se dan despacio, Van. No te angusties si te paralizas. Recuerda que ya no eres el mismo de antes", decía después de tomar el pedazo para cocer. Había mejorado gracias a esos pequeños cuidados. Poco a poco, el rojo en los alimentos no me provocaba pánico. Supe que... mi mamá consideró mi progreso y por eso me hacía participar en la cocina. Los bocados que daba en cada platillo preparado por los dos evocaban mi fortaleza interior.

Aun cuando me asfixiaban sus cuidados, esto fue algo que jamás experimenté en mi vida en Puebla. Hortensia nunca le importó mi bienestar. Recordaba el aroma a moho de las paredes que me hicieron sentir como un criado más que como un miembro de la familia. En cambio, la fragancia a flores del piso, el olor de un estofado caliente emanando desde la cocina y la sonrisa destellante de una mujer al entrar por la puerta, me acobijaba en el cariño maternal que me faltó recibir. Ya no tenía que enfrentarme solo al mundo. Tenía un hogar al cual siempre regresar.

Nos empezábamos a ajustar al vivir solos en las primeras semanas hasta que llegó el último viernes del mes. Cayó una tormenta mientras me intentaba concentrar en la rúbrica de evaluación de la tesis. Ni todas las lecturas de Foucault me daban la justificación necesaria para probar mi trabajo. ¿Cómo podía esperar a que el amor llegara en la vida de todo hombre en el misterio de su necesidad racional? ¿Acaso la relación entre mis personajes reflejaba el significado de buscar el amor verdadero en las personas? Cuando el timbre sonó, fue la excusa para pararme a abrir y postergar mi entrega final.

Fui por un paraguas y vi a una figura desconocida parada en el pórtico. Pregunté quién era. No obtuve respuesta. Abrí la puerta para verlo de cerca. Saqué mi celular, alumbré al espectro, y, en cuanto vi sus ojos verdes, no me quedó duda. José estaba empapándose bajo la lluvia con una mochila bajo el brazo.

"Perdona que te moleste, Van, pero no tengo a dónde ir.", dijo para romper el silencio.

No supe cómo reaccionar. Cerré la puerta por impulso. Podría haber ido con Mora o Abejo y acabó viniendo aquí. Le dije que me esperara. Me detuve antes de volver a girar la llave de la reja. Si era por un rato, no debería de haber problemas, o eso pensé. Lo hice pasar y le dije que esperara en la entrada para que no fuera a ensuciar nada. Subí y bajé con una toalla limpia. Fue en ese momento que mamá salió de la cocina para avisarme que la cena estaba lista. Se percató de la existencia de la sombra que cambió el aire de tranquilidad dentro de la casa.

Le rogué que dejara a José darse un baño. Accedió y los dos discutimos sobre qué tendría que pasar con él una vez que esté recuperado. José bajó a la sala. Ya no se deslizaba como gacela o retumbaba sus pasos. Con una playera, pants y unas pantuflas abandonadas por Darío, José descendió del rectángulo de escalera como cualquier chico de veintiún años. No era que hubiese perdido su belleza física. Presencié a una escultura viviente de Apolo, pero erosionada por el tiempo. Me atreví a preguntarle una vez que se sentó a un lado mío algo que me invadía la cabeza "¿Qué te pasó durante esos meses?"

José expuso la verdad de su estadía. Las granjas sí hicieron el trabajo de ponerle los pies en la tierra. Con la mirada baja, destripado de todo orgullo y de todo ese aire de majestad, José contó sobre cómo lo obligaron a bañarse en una pileta comunal con el resto de sus compañeros. También de cómo le asignaron a estar en una panadería para hacer galletas. "El trabajo duro fue para mantener la cabeza ocupada en otra cosa que no fuera la dosis o la sensación de la droga", respondió. Noté cómo le temblaban las manos cuando narraba lo que le pasó. Fue extraño, pero pareció estar conforme con las labores, sus sesiones y el apoyo de los encargados. "Es lo mínimo que merezco por comportarme como idiota", se repetía. Detesté verlo así. Fue como si uno de los jueces del Inframundo lo hubiese sentenciado y el castigo fue arrebatarle el destello que lo hacía inmortal ante mis ojos. No quise interrumpir su historia y dejé que terminara hasta el final. Durante esos meses, su madre lo visitó un par de ocasiones. Dijo que ella llegaba con el cabello en chongo y usando una blusa, leggins y tenis discretos en lugar de las bolsas Fendi, zapatos Jimmy Chu y sacos de Michael Kors, que usualmente portaba. Sus estancias eran cortas. José aseguró que la señora Cecilia lo intentó convencer de regresar a la capital, pero él insistía en seguir en las granjas para respetar el periodo de abstinencia.

La tranquilidad le duró poco tiempo. José contó que dos días después llegó una camioneta blindada a la granja y, sin preguntarlo dos veces, los guardaespaldas de su padre fueron hasta su habitación, sacaron sus cosas y cargaron a José como costal. Don Edmundo llegó sin avisar para internar a su hijo en una "verdadera clínica antidrogas" para mantenerlo vigilado. La reacción de ese instante hizo que José se retorciera en su asiento y tuviera la mirada perdida. Dijo que se quedó tres semanas más en la clínica de desintoxicación para millonarios. Nos contó que permaneció como florero olvidado durante esos veintiún días: hizo las meditaciones, ejercicios y atendió a las sesiones grupales, pero sin participar por completo. Su silencio se debía a que planeaba su escape una vez pasadas las tres semanas.

Gracias al apoyo de su madre, José se metió en la camioneta donde lo llevaría a casa, o eso pareció. Ella pidió a uno de los escoltas que acompañara al señor Valencia mientras hacía todo el proceso de pago. En ese periodo de distracción, José abrió la puerta de la camioneta, tomó su mochila, agarró algo de dinero del bolso de su madre y salió. Dijo que no tuvo idea de cuánto corrió. Sólo supo que tardó como dos horas en llegar al metro Mixcoac, se subió y fue en dirección a Polanco. De ahí, pidió un taxi, pagó doscientos pesos para que lo dejara cerca de mi casa y el resto del trayecto volvió a caminar hasta que la lluvia lo agarró. Nos aseguró que nadie lo pudo haber seguido porque apagó el celular desde que salió de la clínica. Mi mamá estuvo seria y atenta a todo lo que José dijo. Hizo la pregunta ocasional si había comido algo antes de llegar o que si repetía algunos pedazos de la historia para no olvidar detalles. Sin rodeos ni lamentaciones, ella expuso su preocupación.

Alegó que no era sano que una persona en recuperación viniera a casa de un viejo amante cuando apenas él podía entablar relaciones con los demás. "Sigues muy vulnerable, José. No quiero que te involucres con Esteban por el momento". Esas frases parecieron sellar su despedida, pero hizo una propuesta. Sugirió que José se quedara en el cuarto de servicio. Era el único espacio independiente de la casa donde él se podría instalar, aunque había un precio por su estancia. Debía de ir a sesiones semanales con un terapeuta para evaluar el progreso y evitar recaídas. "Si tienes miedo de ir solo por lo de tu padre, yo te llevo sin problemas, pero sólo la primera semana.", dijo mamá al final. Sin dudarlo, José aceptó. Este mes me recordó lo complicado que era la fragilidad del alma y de todas las cicatrices que cargamos para atenuar el dolor.

Por fortuna, los tres nos podremos adaptar a esta nueva rutina.

Septiembre
Durante todo un mes, me mantuve enfocado en dos cosas: terminar mi tesis y planear el festival para este semestre.

Con lo primero, no he definido a los autores que me sirvan para sustentar mi argumento. Foucault no podía ser la única opción. Aproveché que las evaluaciones eran al final del semestre para perderme entre las montañas de libros de referencias desde las diez de la mañana hasta las dos de la tarde de todos los días. Oraciones de Rousseau de que el amor estaba en las voces de las almas, sentencias de Kierkegaard sobre que la repetición nos daba la felicidad y panfletos de Hegel de hacer que la dicha se volviera el centro de todas las cosas, me dejaron más confundido de cómo podría justificar que la unión del amor y la razón conllevaban al estado sublime de la sociedad.

Con lo segundo, era mi obligación dar el ejemplo de hacer algo épico. Viendo el cambio de estaciones, el paso de mi estancia en la universidad, los amigos que había hecho a lo largo del camino, me dieron ganas de hacerles una ofrenda. Tomé el ejemplo del ex presidente Mora y ponerlo en la minuta del día como sugerencia. Subestimé mi influencia en el grupo. Los miembros de mi año alegaron que debía de escuchar nuevas propuestas en lugar de imponer mis ideas. Los de grado más bajo que llegaron por invitación se la pasaron hablando entre ellos. Nadia, como la presidenta, calmó a todos y dijo que mi intención era de inspirarlos para trabajar esa idea como base. Emiliano sugirió que podríamos comenzar con un pequeño corto animado para darle un giro a todo lo que hemos presentado. Ninguno se puso de acuerdo en qué hacer. La primera semana de septiembre resultó en un torbellino de quejas, indiferencia y la imposibilidad de tomar el control sobre el encargo que Mora y Abejo nos dieron.

Para complicar las cosas, la historia en casa era igual de caótica.

Como se acordó, mamá llevó a José durante una semana a un centro de apoyo para su terapia, lo esperaba y regresaban. El sábado fueron a la sesión grupal. Esos primeros siete días José parecía radiar al verme. Fue como si supiera que todo estaría bien y que él y yo estábamos en el lugar correcto. El siguiente lunes que fue solo a su cita regresó frunciendo el ceño. No me dirigía la mirada en cuanto entró a la casa. Desde entonces, entraba por la puerta del cuarto de servicio como si fuera un inquilino más. Permanecía encerrado y evitaba a toda costa estar cerca de nosotros cuando cenábamos. Me daba cuenta de su llegada por el crujido de la puerta y el azotón al cerrarla. Ignoraba la verdadera razón, pero quizás esa haya sido la forma que encontró de guardar distancia.

Durante la cena, se escuchaba el choque de platos con cubiertos provenientes de la habitación de José. La serpiente de Midgard no se hizo presente en esos instantes. Recordar el estoico semblante de José hizo el mismo efecto. Tenía ganas de levantarme de la mesa, ir con él y averiguar lo que había dentro de su cabeza. Pero, recordé lo especial que fueron mis sesiones que no le contaba a nadie al respecto. Era mi santuario. Tal vez no tuve la certeza de lo que pasaba a puertas cerradas, pero comprendí que José tendría que librar esa pelea solo. El tiempo era la clave para sanar una herida tan profunda como una adicción o la ansiedad. Vivimos enjaulados sin saber uno del otro. Verlo desde la ventana de mi cuarto era igual que presenciar a una polilla revolotear buscando la calidez de una luz, sin imaginar que bailaba hacia a una antorcha.

Lo que ocurría con José era un reflejo de lo que yo lidiaba. Dudaba sobre mi capacidad de equilibrar el hecho de presentar algo al grupo cultural, terminar la novela, justificarla con la tesis y permanecer alejado de la persona a quien más quería. Me enfoqué en resolver un problema a la vez.

Visité mi caballeriza favorita de la biblioteca. Era la más alejada de todo el ruido de las salas de estudio y en contra esquina con la escalera principal del segundo piso. Di un último recorrido en la sección de Historia y Filosofía, para ver si algún autor me hablaba para justificar mis avances. Un libro de Martha Nussbaum llamó mi atención. El tema sobre las emociones políticas podría contener la respuesta. Hojeé las primeras páginas y por la mitad encontré la prueba. "El amor incluye un reconocimiento sobre el otro como un ser valioso y especial. Este fenómeno ayuda a establecer puntos en común para crear consciencia en la sociedad". Esa frase resumió lo que debía de hacer con mis preocupaciones. Todas las experiencias de la gente son preciadas y cada una necesita una voz para transformar el entorno en la armonía que buscamos.

Ese martes me reuní con Nadia y Emiliano para hablar sobre lo ocurrido en las últimas sesiones. Dije que la sugerencia de hacer un corto era buena, pero debíamos escuchar a los de los primeros semestres para que lo sintieran como algo propio. Llegamos temprano y vimos a un chico dibujar unos bocetos sobre Ra y su viaje por el Inframundo. Empezamos la reunión y les pedí una disculpa a todos por creer que mis propuestas eran las únicas que valían la pena. Le di la palabra al chico dibujante y que nos compartiera en lo que trabajaba. Dijo que le parecía interesante hacer un recorrido de esos pasos como una señal de que la luz siempre existía aún en las tinieblas. El grupo empezó a ver la manera de manejar y adecuar la historia de Ra para un festival. Nadia puso el orden y revisó los materiales y presupuesto disponible para llevarlo a cabo. Acordamos que empezaría el video en el auditorio y llevaríamos a todos por los pasillos hasta llegar el obelisco de la plaza principal y terminar con bailes y canciones. Le dije a Emiliano si podría tener todo listo antes de noviembre. Alzó la ceja y contestó.

"Tienes buen ojo, Trujillo. No tan bueno como el mío, pero puedo trabajar sin broncas", dijo dándome una palmada en la espalda.

Mi amiga me felicitó por mi buen trabajo. Le contesté que nada de lo que había hecho hasta ahora lo hice solo. "Fue porque cada uno de ustedes me enseñó lo importante que es el apoyo y seguir adelante", dije al final. Tal vez esa fue mi ofrenda: quise que el grupo se sintiera unido y pertenecido como yo me sentí al entrar.

Tuve un problema menos del cual preocuparme. En casa, la circunstancia tuvo un giro inesperado del cual no me sentí orgulloso.

Preparé lasaña esa noche como una forma de recordar lo mucho que las personas en esa casa significaban para mí. Dejé el platillo en el horno, puse la mesa y fui arriba para llamar a la cena. Fue ahí que alcancé a escuchar la voz de mi mamá hablando por teléfono. Intuí que era mi tío por su voz gruesa y rasposa. Titubeé al tocar. Mi puño se detuvo a pocos centímetros sobre la puerta. Supe que estaba mal quedarme a escuchar, pero necesitaba saber si es que ella creía que José iba por el buen camino. Apenas distinguí entre balbuceos lo que decía, pero hubo una frase que me dejó helado.

"Entiendo que esto es lo correcto y José se está esforzando, pero no sé por cuánto tiempo más pueda seguir así. Esteban es mi prioridad y no deseo que él caiga otra vez en un amor imposible".

Bajé de inmediato y esperé a que ella estuviera en la planta baja para avisarle de la cena. Salió José de su cuarto. Estuvo a punto de regresar después de poner un pedazo de lasaña sobre su plato, pero le pedí que se quedara. Estuvo a punto de irse, pero Isabel asentó con una sonrisa como en señal de aprobación y nos sentamos a comer. Entre bocados, rompí el silencio de escucharlos masticar para decirles que podríamos ir a Puebla para alejarnos de todo y, si era posible, decirle a la señora Quirón que nos acompañara. Sonrieron y aceptaron mi sugerencia. Me retorcí de la vergüenza por traicionar la confianza de ambos y dejarme llevar por mi inseguridad. Esa fue mi forma de enmendar mi error.

Hice todo en lo que estuvo en mi alcance para que en esa salida José olvidara sus problemas. Su mamá nos vio en la tarde. Se pudo escapar de la vigilancia de su marido cuando alegó que visitaría a unos familiares. Los cuatro pasamos una tarde con mis tíos y primos en su casa y comimos un rico mole poblano. Mi rol era de ayudar a la gente que me importaba y no preocuparlos. Necesitaban eso de mí.

Vivía la ilusión de tener a José en mi casa, mas no eso ~~no duraría~~ (no deseaba que durara) para siempre. Ya pensaré en qué hago después de que se recupere.

Octubre
Todo ese mes también me alejé lo suficiente de José y mamá para que pudieran tener la privacidad que merecían. Confié en que el tratamiento sería fructífero. Me concentré en sacar las actividades de la escuela para tranquilizarme.

Le pedí al profesor de prácticas profesionales con la carta motivo de realizar este evento en la asociación como horas de trabajo comunitario. Las bitácoras, la planeación presupuestal y, por sugerencia de mi maestro, la invitación de un grupo de secundaria de una escuela pública fueron suficientes argumentos para armar el expediente y liberar mis horas. El festival iba tomando forma. Emiliano se la pasó casi todas las tardes viendo con los chicos de primer semestre fotogramas y bocetos para el video de inauguración. Nadia asistía a juntas con diferentes profesores para invitarlos a la celebración a finales de noviembre. Decidimos que se llamaría "Un viaje hacia la luz". Tal como Ra viajó por la oscuridad, quisimos representar como en esos momentos de penumbra existía la promesa de un nuevo día.

Mientras ayudaba a los demás en preparar el recorrido con antorchas, armar estatuas de dioses egipcios y dibujar jeroglíficos en los pliegos de cartulina, recordé mis primeros semestres en el grupo de apreciación cultural. Estuve casi cuatro años en ese sótano, donde Mora, Abejo y Nadia me dieron la bienvenida, me integraron a su equipo de trabajo y me brindaron algo más que hacer con mi tiempo. Tuve un deseo más grande que yo y me daba gusto que podría terminarlo en alto. Supe el propósito de los viejos miembros en dejar a Nadia y a mí a cargo. Era darnos cuenta de que esto se debía de pasar de persona en persona y confiar en la pasión de la gente. Sería vicepresidente de la asociación cultural por un solo semestre. Dedicaría mi tiempo en mejorar, desprenderme de la responsabilidad y entregarles a los chicos de recién ingreso la oportunidad de encontrar su camino como yo lo hice en estos años.

Esa sensación de paz se transmitió en casa. Desde la ventana, vi como José entraba a su habitación con una mujer cubriendo su cabello con una mascada negra y usaba lentes oscuros. No resultó difícil de imaginar que la señora Cecilia visitaba a su hijo y veía su progreso. Esos eran sus momentos y me daba gusto que él tuviera el apoyo que merecía. Mamá pareció estar más en calma con esos encuentros. En un par de ocasiones la vi despedirse de la madre de José y parecía sonreír después de que cerraba la puerta. Anhelaba que esos instantes de felicidad se conservaran y que esa polilla saliera de su jaula para volar hasta perderse entre las nubes del cielo.

Fue relativamente sencillo mis clases en comparación con mi vida personal. Seguí los cursos que me aportaban al proyecto final: las sociologías del arte, cine, cultura y tiempo reflejaban en perfecta armonía el romance entre el amor y el alma. Los vestigios de las tradiciones, las pinturas y sus recreaciones y el paso de los años eran el espejo del ser humano. Mi novela reflejaba mi relación con José y también lo que la sociedad pensaba sobre el tema: un ideal imposible, inalcanzable, pero grato por la promesa de dicha en el corazón. Esa coordinación entre escuela, tesis y José me aligeraba la carga de pensar de más.

La emoción de plenitud la pude reflejar en la última versión de mi trabajo.

Mariposas negras bailaban alrededor de un capullo de rosa. La princesa de Anatolia se acercó para apreciar el movimiento de los insectos que intentaban succionar el néctar. El aroma de amanecer de la rosa languidecía ante el moho emergente y el azufre. Psique abrazó a la rosa, le rogó que despertara y enunció que jamás se iría de su lado.

La ventisca de los aleteos aumentaba hasta envolver a ambos en una nebulosa: una manta con bordes de vacío. La doncella temía arrancar la flor del suelo. Se preguntaba qué pasaría si lo llevaba a la superficie. ¿Podría sobrevivir? ¿Apretándola emergerá de su letargo? Entre los bordes de los pétalos, Psique vio a un bello hombre con piel tersa envuelto en sí mismo, buscando consuelo. Una lágrima lubricó la abertura. Ella deseaba volver a ver esas esmeraldas tintinear. Con un beso al telar de la rosa, la princesa lanzó una plegaria al Olimpo.

"Amados Dioses, apiádense del Amor. Por mi despecho, es prisionero de la soledad e indiferencia. Hypnos, regente del mundo de los sueños; Thanatos, soberano legítimo del Hades, escuchen mi ofrenda. Entrego mi ilimitada fuente de ser y mi cuerpo finito para levantar a Eros. Nadie debe pagar el precio de la carencia del amor más que yo. Háganle entender que mi sacrificio es para salvar al hombre de sufrir por lo que yo sí pude obtener."

La flor emergió en la primavera del deseo de Psique. El suspiro de ambas mariposas se selló con la promesa de los labios. El entramado del Amor con la Pureza de la Razón alcanzó la eternidad.

Noviembre

Los acercamientos de la señora Cecilia se volvieron más frecuentes y los ojos de su hijo comenzaron a recuperar el resplandor que reconocí cuando lo vi por primera vez. Aún con el encierro, él parecía estar más cerca de su liberación. O eso podría asegurar de no haber sido por la noticia matutina del primer jueves.

El senador Juan Luis Espinosa estuvo rodeado de periodistas en el Panteón Español. Desde el mausoleo familiar, él hizo una declaración que me dejó incapaz de levantarme del sillón de la sala.

"A mi hijo lo mataron. Voy a encontrar al hijo de la chingada que lo hizo y pienso hacerlo pagar por todo lo que ha hecho."

¿Y si iba tras José? ¿Y si lo encontraban culpable sin evidencias y volviera a ese mundo del que aún intentaba salir? No pude decir lo que pensaba cuando mamá me vio petrificado por el conjuro de esa Medusa. Apagó la tele, se acercó a mí y me dijo que no podíamos hacer nada al respecto por ahora. Intentó tranquilizarme con decir que todo se acomodaría para todos en su debido tiempo. Apenas pude mover los dedos en señal de respuesta. Le contesté que confiaba en ella y que esperaría el resultado de todo esto.

Puse a mi frustración trabajar en lo único controlable: el festival en honor a Ra.

Los chicos de tercero de secundaria llegaron al auditorio sin muchos ánimos de estar ahí. Algunos profesores, alumnos de todos los semestres y los miembros de la asociación cultural se sentaron mientras Nadia explicó el motivo por el cual comenzaríamos desde ese punto. Agradeció la presencia del cuerpo estudiantil y de nuestros invitados a esta ceremonia. Sin dar más rodeos, la sala se oscureció y el proyector emitió la primera imagen.

Ra salió desde el interior de las montañas en su barca. En el trayecto, la mirada del dios del sol se apagaba por ver a los hombres desde la lejanía. En sus recuerdos se vio a la diosa Sekhmet devorar a la humanidad. La luz roja de la pantalla sorprendió a los espectadores. Ra observaba todo mientras que sus sacerdotes pedían clemencia por faltarle al respeto. Al alejarse, la diosa que creó para la destrucción dejó las calles de la ciudad en un silencio que ni los grillos lograron romper. Horus logró traer a su padre de vuelta del pasado para que él volviera a ver a los humanos. Las risas de los niños, plegarias de los fieles y el trabajo de construir templos en su honor consiguieron hacerlo sonreír. Antes de que la barca llegara al límite de las montañas del oeste, Ra se acostó en su trono, tomó a su hijo Horus del rostro y, con lágrimas en los ojos, dio su último respiro y entraron a los reinos de la noche.

La película había terminado y Nadia dio la instrucción a todos de guiar a las almas (nuestros invitados) por los pasillos para que recorrieran el viaje del sol por el Inframundo. Vestidos de túnicas moradas de pies a cabeza, nos disfrazamos de las deidades de la noche que cuidaban a Ra en su trayecto. El perfume de incienso y lavanda relajaba a los pasantes de las imágenes de serpientes y sombras que decoraban las paredes. Al llegar al sexto reino, entregamos a los visitantes unas antorchas en forma de escarabajo simbolizando a Kephri. La labor de los cuidadores de las noches era asegurarse que no se apagara la luz hasta que llegáramos a nuestro destino. Cuando los del grupo de secundaria vieron a Apofis, algunas niñas gritaron al ver las fauces de una víbora gigante hecha de papel maché. Los movimientos de la serpiente fueron la clave para que el holograma de una boa de luz le hiciera frente. Pasando por el último tramo, Emiliano, con el disfraz de Anubis, nos ayudó a pasar por las puertas de tela y llegar a la explanada principal. La presidenta les pidió a todos que dejaran sus antorchas alrededor del obelisco. Las bocinas emitieron sonidos de flautines y arpas para dar inicio a la celebración de un nuevo día.

El discurso de clausura fue emotivo si puedo decirlo. Nadia y yo agradecimos a todos los presentes y los miembros de la asociación en hacer esto una realidad. El festival fue la manera de regresarle a la universidad por todo lo hecho a lo largo del camino. Aun cuando me quedara un semestre, ésta sería la última presentación que el grupo tendría con la administración actual. Tomé la decisión de que el próximo periodo fuera uno de transición para que los miembros de abajo vieran todo lo que logramos como equipo y así cerrar el ciclo. Quise regar esos jardines colgantes para que el próximo jardinero supiera qué hacer.

Diciembre

Terminé con 9.2 de promedio final. El avance final de la novela fue alabado por su elocuencia y poesía. El trabajo de justificación obtuvo una buena recepción, pero los sinodales dijeron que debía explorar más la idea de la creación de la conciencia en la sociedad. No estuve de acuerdo. ¿Acaso no era obvio que el amor era el estado sublime del ser humano y la razón era el complemento para alcanzarlo? Volvería a revisar mis fuentes en enero.

Podría resumir lo que ocurrió en esas fechas con una imagen: la escarcha envolvió a la rosa en su capullo.

Mamá hizo comentarios que había visto un buen progreso por parte de José por las visitas con la señora Quirón y que eso estrechó más su lazo de madre e hijo. Noté cómo el hollín que cubría a esa mariposa se desvaneció para revelar el espectro de colores que noté la primera vez que lo vi. Juraría que se veía feliz de compartir un momento en familia cada vez que yo lo observaba con su mamá. Mientras almorzaba con ella, interrumpió su restricción de hablarme para pedirme algunos libros. Al saber que estudiaba y quería superar su estado actual, sentía mi alma alzar el vuelo. Fue en esos instantes que yo alcanzaba la eternidad.

El sentimiento duró hasta el veinticinco de este mes.

Si pudiera juntar todos los especiales de diciembre de las películas animadas, los romances de la temporada y esos programas con la temática navideña me quedaría corto para recrear el cariño y buenos deseos por parte de todos. La cena fue un cuerno de la abundancia: el vapor del pavo, ensalada, el glaseado de los pasteles y el humo del chocolate caliente perfumaron el pequeño comedor de la casa. Me encantó el detalle de la señora Quirón de traer Nochebuenas y, sin que se diera cuenta, había un par de crisálidas descansando en una de las hojas de la planta. Me dio el presentimiento que algo hermoso emergería de ambos capullos. José y yo estábamos en un buen momento de nuestras vidas. Todo estaba en orden y a nuestro favor. La señora Cecilia alzó la copa con vino espumoso para hacer un pequeño brindis. Anunció que se divorciaría de don Edmundo y que se llevaría a su hijo a Guadalajara para rehacer sus vidas lejos de un millonario manipulador. Me sentí como en esos momentos que la chimenea lanza chispas en el ajuste de la llama. Por un lado, me enorgullecía que José podría tener una mejor vida lejos de todo lo que le hizo daño por años. Por el otro, no quise separarme de él y dejarlo encerrado como crisálida para que jamás fuera mariposa.

Después de cenar, intercambiamos regalos. Yo recibí de José esa cruz plateada que siempre llevaba a todos lados. "Te hace más falta que a mí", me dijo con una sonrisa. Me dio su amuleto de protección para que yo lo usara en su lugar. Yo fui un poco más cursi. Le obsequié una copia de la novela que estaba trabajando junto con una rosa de plástico con mi loción y dos mariposas del mismo material. Le dije que quería que tuviera un recuerdo de mí en caso de que no estuviéramos cerca el uno del otro.

"Gracias por nunca dejar de creer en mí, Van.", me dijo después de recibir su regalo. Enfrente de nuestras madres, me besó. No fue un beso como esa primera vez que estuvimos en mi casa. Fue un ligero toque de labios que apenas se prensaron. Le regresé el gesto con un abrazo fraternal y de buena voluntad. Era mi amigo después de todo. Resultó curioso que fue en ese momento donde se transmitió el verdadero mensaje de estas fechas. Fue todo lo contrario a lo vivido en la casa de la señora Hortensia, donde ostentaba de ser católica, pero jamás tuvo un gramo de compasión por nadie salvo sus propios intereses.

Tal vez pensé muy pronto en estar a salvo de todos los contratiempos. Cuando tocaron la puerta en la madrugada de ese veinticinco de diciembre, don Edmundo entró con varios escoltas, ellos agarraron a su aún esposa y su hijo y salieron de la puerta como el huracán que entra a destruir todo a su paso. Cuando intenté interponerme, el señor Valencia me abofeteó y del golpe acabé al pie de la escalera. Sus palabras seguían retumbando en mi cabeza: "No escuchaste mi advertencia, muchacho. Ahora, prepárate a afrontar las consecuencias".

Ni los seis días después de la tormenta me dejaron descansar de las atrocidades que el señor Valencia le pudiera hacer a José. Le dije a mamá que no podía celebrar el Año Nuevo con el conocimiento del abuso por parte de un hombre hacia su familia. Ella me aseguró que tendríamos que ser inteligentes para enfrentar lo que se avecinaría.

Octavo Semestre
2017
Enero

¿Cuánto tiempo más tendré que soportar amenazas? ¡Maldita sea! Mi vida se vuelve a repetir. Nada ha cambiado desde el pasado. Nadie me cree y no hice nada. No. Tengo que empezar desde el principio.

A inicios de año, comenzaron a circular noticias que aseguraban ser la verdad acerca de la muerte de Pablo Espinosa. Cada vez que entraba a Facebook, se leían los mismos encabezados: "Hijo del senador muerto por culpa de un psicópata", "Pablo Espinosa fue víctima de un mal de amores", "Esteban Trujillo: otro niño rico inalcanzable para la ley". No debí de leer los comentarios. "Tan tranquilo que se ve en la foto, ya no se sabe en quien confiar, métanlo al bote a ese puto ricachón". Me hartó ser testigo de los engaños. Respondí en un post general para aclarar la situación. Escribí lo sucedido esa noche cuando encontré a José convulsionándose, sobre cómo su amigo se quedó riendo por el efecto de las drogas y de las veces que me golpeó y amenazó por estar cerca de su presencia. Fue un error. Esos desconocidos expusieron sus opiniones diciendo que era un collón, que me hacía la víctima y que no era capaz de dar la cara por el crimen cometido. ¡PENDEJOS! ¿POR QUÉ CHINGADOS NO QUERÍAN VER LA VERDAD? Sin importar cuanto replicara e insistiera, la gente enlistó un sinfín de posibles explicaciones del porqué me ponía a la defensiva: que si era por tener padres ricos, que si era por una esquizofrenia no tratada, que si era por ser gay, entre otras más.

A la gente no le interesaba la verdad. Sólo querían sus cinco minutos de atención, ponerse la medalla de asistencia social y continuar con sus vidas como si nada. ¡ESTABA SIENDO ATACADO, CON UNA CHINGADA! Hice lo correcto al desafiarlos, pero no fue suficiente. La primera semana permanecí encerrado en el cuarto mientras que mi mamá hacía frente a la oleada de reporteros que dieron con la casa. Mañana, tarde y noche, los mosquitos con cámaras esperaron ansiosos en el pórtico para ver si yo hacía alguna declaración al respecto.

Las paredes construidas con mi novela ya no me protegían de las flechas venenosa en forma de mensajes de texto. De la misma forma que José recibió ataques cuando se enfrentó a la señora Hortensia, se hizo un grupo para difamarme. "Todos unidos por Pablo" fue una página en Facebook para dar testimonio de cómo él se envolvió en el mundo de las drogas porque yo lo induje al mal camino. Tipos de otros semestres, quienes no me conocían, comentaban que habían visto mis altercados con el difunto y aseguraban que fui yo quien lo provocaba. Resultó inútil volver a contestar. Ya sabía las respuestas que darían. Simplemente, me tragué el coraje para contener el rencor. Cada vez que veía las fotos de perfil de mis atacantes, me daban ganas de aventar mi celular, gritarles que chingaran a la madre que los parió y que me dejaran en paz. La gente cerca de casa no me trataba. Pensé que no sería malo ir por algo a la tienda para cambiar de aire, pero me aterraba salir a la luz y encontrarme con los corresponsales. Fui un vampiro que le temía a los relámpagos de las cámaras y me dieran la última estocada o que me convirtieran en cenizas sin que yo pudiese volver a mi guarida.

Recibí mensajes de mis contactos cercanos. Primero fue Nadia quien me aseguraba que no estaba solo. Luego, Emiliano decía que nos veríamos pronto para platicar. Al final, Mora y Abejo enviaban memes para intentar sacarme una sonrisa. Los dejaba en visto. No soportaba la idea de que ellos acabaran involucrados y fuesen fulminados por el rayo del dios de los cielos. Fue obra del señor Valencia. Cumplió con su promesa de desatar su furia. ¿Quién más sabría de mi estancia en el psiquiátrico o de mi enemistad con Pablo? Pasé noches en vela por el temor de ver a las sombras de mis acosadores recalcándome su muerte aun cuando yo sabía que no estuve involucrado. Esos susurros sacudían mi sueño sin que yo supiera si realmente dormía. Saltaba de la cama sudado del pánico. Mamá hizo todo en su poder para mantenerme a salvo. Cuando me escuchaba gritar desde la habitación, me abrazaba, sacudía mi cabeza y me repetía que todo estaría bien. ¿Cómo podía estar tan segura de ello? ¿Y si la atacaban por ser mi escudo?

No pude más con tanto estruendo del exterior.

Por no contestar, mi grupo me marcaba en diferentes puntos del día. No quise atenderlos. Dejaba que el teléfono sonara cada vez que una notificación aparecía en la pantalla. Sus atenciones no contrarrestarían el bombardeo de falsedades. Eso no se comparaba con las burlas que recibí en la escuela. ¿Qué podían decirme para sellar el ruido y cancelar los ataques? Si yo me encontré en medio de una tormenta, de seguro José nadaba contra corriente para evitar que su padre lo castigara. La preocupación y la impotencia de permanecer arrinconado se reflejó en mi apetito en más de un sentido.

Mamá me traía mis platillos favoritos para incitarme a comer: huevos rancheros con un vaso de jugo de naranja y una dona de chocolate en el desayuno, fetuchini alfredo con ensalada en la comida y un sándwich de jamón con tocino, queso y jitomate para cenar. Al darle una mordida a cada alimento se volvía arena. Ni siquiera el aroma de la salsa picante, el queso derretido o el picor de la mostaza me provocaban hambre. Al no tener éxito con lo primero, mamá me dejaba libros de fantasía para distraerme. Jamás les quite el plástico protector. Fueron estalagmitas de papel que rodeaban mi sarcófago. Me arropé entre las cobijas de la cama en un intento de contener la tempestad. Dejé que las llamadas, los mensajes de mis amigos y enemigos, los constantes golpes a la puerta de metal de la entrada de mi casa se descargaran. Todo se fue apagando: mis ganas de comer y leer, mi sueño, mi ánimo de salir de la casa.

Fue mi decisión eclipsarme del exterior. No podía hallar la salida, aunque agradecí a la gente que me apoyaba de no rendirse y sacarme de mi estado.

Eran las tres o cuatro de la mañana. No tuve forma de saberlo con certeza desde que dejé morir mi celular. De hecho, no supe en dónde lo había dejado. Mamá se despertó por el golpeteo de la puerta. Aún en bata, ella bajó para ahuyentar a los reporteros. Vi como estuvo dispuesta a gritarle y llamar a la policía si es que seguían con su hostigamiento. Para mi sorpresa, dejó pasar a las cuatro sombras que entraron en sigilo. Ella permaneció en la planta baja mientras los espectros subían a mi habitación.

Intenté gritar, pero la falta de energía no me dejó pronunciar sonido alguno. Prendieron la luz y los reconocí. Mis amigos, vestidos de negro de pies a cabeza se mostraron preocupados al ver el desastre que había en el interior de mi cuarto. Platos de comida a medio terminar, el cesto de basura lleno de servilletas, los libros sin abrir apilados y ropa sucia esparcida como hojas muertas por el piso. Los viejos miembros de la asociación buscaron en mi armario una maleta y comenzaron a llenarla de cosas. Mi amiga intentó hablar para hacerme reaccionar. Intentaron jalarme, pero la inercia fue más fuerte y me volvía a acomodar para dormir. Me quise quedar ahí. Por lo menos, así podía soportar el descontento de la gente bajo mis términos. Emiliano me tomó del hombro y ambos me cargaron para bajar. Escuché sus balbuceos mientras llegábamos a la reja. "Tenemos todo, nos vamos. Tengan cuidado con él. No lo sacudan tanto". Vi el marco de la puerta y me frené en seco. Como pude, les dije que no podía dejar a mi mamá enfrentar este problema sola. Ella me agarró, me abrazó como la primera vez de nuestro reencuentro y me dijo que siempre estaríamos juntos.

Me aferré a oler su perfume de rosas mientras me soltaba para entregarme a las sombras. Puse resistencia a que mis amigos me sacaran a la calle. Ellos no entendían lo mucho que he luchado por tener una familia. No quería separarme de la verdadera madre que el destino me negó. Les dije que esperaran, que debía de haber otra forma de aguantar, que no quería depender de su fuerza para salir de este problema. Me mentía a mí mismo, porque no quise reconocer mi cobardía y debilidad ante la situación.

Mamá se metió a la casa y bajó a la entrada en la velocidad de un rayo. Los chicos me jalaban a la salida. Entre parpadeos, vi a hablar a Nadia con mi mamá mientras le entregaba algunas cosas. Después de darme un beso en la frente, cerró la puerta y todo se cubrió de oscuridad. Su imagen en el pórtico fue la de Hestia custodiando las puertas de un hogar. Emanaba una luz que sólo la diosa del fuego casero sería capaz de radiar.

Emiliano me tapó la boca para que no hiciera ruido y que los reporteros no se percataran de mi escape. Él y Nadia me metieron al coche de Mora y Abejo mientras que éstos subían la maleta en la cajuela. Sentí una eternidad pasar mientras el auto se movía para llegar a mi nuevo escondite. Los cuatro me sentaron en la sala del departamento de la única pareja del grupo para hablar y decirme la razón de mi huida. En realidad, fue bastante simple: Ya no era seguro estar ahí.

Me angustiaba estar encerrado. No quise preocuparlos. Les dije lo primero que se me ocurrió. Les pregunté qué pasaría con la asociación y el cambio de mando que teníamos planeada. Me vino a la mente mi situación en la universidad. Me ausenté por tres semanas… de seguro tendré que repetir el periodo completo. Los cuatro me dijeron que hablaron con el encargado del departamento de Sociología y le explicaron mi situación. Como excepción, sólo tendría que enviar los avances de la tesis y podía tomar las optativas en línea para que me genere los créditos necesarios para graduarme.

Tuve miedo de enfrentar mi sospecha, pero lo dije de igual forma. Expuse mi preocupación de que el padre de José orquestó todo por lo ocurrido en Navidad. Abejo estuvo a punto de irse para hablar con sus papás, dado que eran conocidos del señor Valencia, y exigirles que lo hicieran entrar en razón. Mora y Emiliano lo detuvieron diciendo lo absurdo de sacar el tema. El ex presi dijo que probablemente don Edmundo debía sospechar de su involucramiento conmigo y que si no había hecho algo al respecto era porque planeaba hacer algo más. Nadia intentó calmar el ambiente diciendo que lo mejor sería centrarnos en cómo permanecer en bajo perfil.

No pude más. Grité sin importar hacer un escándalo. Les dije que no tenían que llegar a tales extremos para cuidarme, que me aterraba saber lo que ese hombre sería capaz de hacerles y que lo mejor para todos sería regresar a casa con mi mamá. Los cuatro me rodearon y uno a uno expusieron sus motivos.

"Te lo dije alguna vez, Esteban. Te amo y no voy a permitir que te lastimes por culpa de alguien", dijo mi mejor amiga.

"Todos merecemos una segunda oportunidad, Trujillo. Ya no estás solo en esto. Recuérdalo", dijo Emiliano.

"Vamos a hacer rondas para que nadie sospeche de que estás aquí. Descuida, chaparro. Nos toca cuidarte", dijo Mora.

"Ya veremos qué hacer para que regreses pronto. Verás que todo se soluciona. Recuerda que siempre eres bienvenido aquí", dijo Abejo después de sobarme la cabeza.

Dejaron que me instalara en el pequeño cuarto de huéspedes que no usaban. Dejaron la maleta y me quedé sentado al borde de la cama hasta quedarme dormido. No recordé en qué momento Nadia y Emiliano se fueron a casa. Lo último que escuché desde la puerta fue a Mora y Abejo decir que podía llamarlos en caso de necesitar cualquier cosa.

En la mañana, me levanté desubicado por no reconocer el cuarto. Estuve a punto de salir cuando noté mi diario y celular en el buró. Había una nota con letra cursiva en la primera hoja del cuaderno.

Tu mamá me pidió que te lo entregara junto con este recado. "Recuerda lo que te escribí en mi carta, Van. No dejes que nadie se atreva a alterar tu vida". Eres fuerte, amigo. Vas a superarlo.

Te quiero mucho,

Nadia.

Las mujeres más importantes de mi vida velaban por mi bienestar. No pensaba defraudarlas ni tampoco a mí mismo. El diario tembló entre mis manos. Dudé en utilizarlo, pero, la esperanza de que me ayudaría a tolerar el diluvio y mantenerme cuerdo, me animó a hacerlo. Necesitaba desahogarme entre esas hojas para evitar que el veneno me adormeciera una vez más.

...

Aún me duele la mano por pasar más de una hora recreando lo que viví. Sólo quiero dormir y olvidar el martirio de este mes. Si en verdad esto ha sido una prueba, Dios tiene formas creativas para retar mi temple.

Febrero

Las cosas se pusieron peor. Además de los ataques por la muerte de Pablo, mamá cayó bajo el reflector de las sanguijuelas chupadoras de noticias. Aparte de los encabezados para mí, los de ella escarbaron más en el pasado. "Psicóloga de renombre se aprovechó de millonario para sacarle la fortuna", "Madre de psicópata: Todo se pasa por los genes", "Terapeuta encubre a su hijo con sesiones privadas". Estuve a punto de responderle a la parvada de buitres en búsqueda de indicios para que la dejaran en paz, pero eso les daría más elementos para torcer mis palabras. Me quedé sin voz. No tenía sentido replicarles. Sólo imaginar a esas personas respondiendo mientras hacían gestos de desdén, me dejaba frio. Sentí la urgencia de sacar mi frustración en algo productivo. Me enfoqué en las últimas asignaturas de mi vida escolar. ¿Qué más podía hacer?

Mis mañanas fueron las mismas: Mora me despertaba, Abejo hacía algo rápido de desayunar como quesadillas o molletes, se iban a trabajar y me encerraba en el cuarto para escribir ensayos de psicología social, movimientos sociales y diversidad cultural. Desde las nueve hasta las tres, leía mis trabajos, contaba las palabras escritas y medía mi progreso por medio de tablas en Excel. El constante golpeteo de las teclas ayudaba a opacar el ruido de las voces en esos mensajes. Me torturaba por defender posturas sobre el entendimiento del ser por tomar causa en acciones que se movían por el bien común. Viendo la forma de hilarlos a mi tesis, todo se resumía en esto: no podía haber amor cuando se trataba de destruir a una persona sin dejarla reintegrase a la comunidad. Lo que hacían no era diferente a mandar a un leproso al exilio y esperar a la hora de su muerte para pasar a la siguiente inquisición. Resultó inservible distraerme con mis cosas. En el momento que prendía la tele y buscaba algún documental sobre los griegos o me disponía a jugar Skyrim, apagaba todo y volvía a la computadora a trabajar. En las noches, o esperaba a que mis caseros provisionales regresaran de su trabajo y cenáramos, o me encerraba en el cuarto en la espera de un nuevo día con las repeticiones del anterior.

Me sostuve sobre un pilar resquebrajado en mi afán de enfocarme en tareas básicas. Pensé que lograría liberarme si me anclaba a ese bucle. El abogado de papá tuvo otras ideas en mente para dejarme fuera de balance.

Me envió mensaje para preguntar si podía platicar sobre un tema pendiente. No tenía ánimos de aguantar otro discurso sobre los bienes de mi papá y de cuánto me quedaba del fideicomiso. Le contesté que no había nada que revisar y que lo vería en unos meses de ser necesario. El abogado insistió en que lo viera porque esto me afectaba directamente. Les pregunté a Mora y Abejo si él podía venir para hacer entrega de lo que me fuera a entregar. Acordamos en que me darían el espacio mientras ellos salían por algo de comer. Le mandé la dirección. Al hacerlo pasar, sentarnos en el antecomedor, separados por una silla, dio lectura a una petición de Don Edmundo. El hombre de traje dijo todo sin titubeos. "Hay una retención de utilidades por cuestiones administrativas. El señor Valencia desea que hables con él para hacer algunas negociaciones. Piensa vender las empresas de tu padre y necesita de tu visto bueno dado que eres accionista".

¿Ese fue su plan después de todo? ¿Hacerme renunciar a lo único que papá me dejó para que él siga con sus redes de control? No tuvo caso decirle eso al abogado. Él estaba haciendo su trabajo de enviarme el mensaje. Contuve los puños al punto de dejarme marcadas las uñas en las palmas, para responderle que agradecía el tiempo que se tomó para darme el aviso, pero no podía tomar una decisión apresurada. El abogado suspiró, guardó los documentos en su maletín, se encaminó a la puerta y se dirigió a mí antes de salir.

"No debería decirte qué hacer, Esteban, pero esto sería lo mejor para que pases la página y sigas con tu vida".

No entendí sus palabras. Tal vez él sabía del involucramiento de Don Edmundo en las difamaciones en contra mía y de mamá. ¿Por qué diría algo así si no supiera algo? Mora y Abejo llegaron poco después con tacos para cenar. Me preguntaron si todo salió bien. No tuve las fuerzas de contenerme. Expuse la verdad de la visita. Después de lo que se platicó en enero, resultaba imposible hacerle frente al asunto. Me aconsejaron que pensara bien las cosas antes de cerrar el trato.

Podía detener todo y recuperar mi libertad si es que decía ante la presión de un hombre a quien no le gustaba perder. Para fregar más las cosas, José averiguó dónde me quedaba.

Fue el sábado antes de San Valentín. Estaba con Abejo viendo una serie de animé que lo tenía obsesionado. Ser testigo de un grupo de jóvenes brujas en una escuela de magia mientras intentaban hacer que su fuerza vital renaciera en el mundo me distrajo de los conjuros de la gente en internet. Mora llegó poco tiempo después con las pizzas para que almorzáramos. Fui a lavarme las manos. Ellos pusieron la mesa. Me estaba secando cuando el timbre sonó. Escuché desde la puerta del baño a Mora discutir desde el interfón. Abrió la puerta del departamento para bajar a atender. Abejo me pidió que me no saliera en caso de tratarse de algún reportero persiguiendo mi rastro. Pasaron algunos minutos y no subían. Temí lo peor. Corrí hasta donde mis caseros estaban y vi a José. Suplicaba desde la reja de la entrada si le podía decir cómo me encontraba, que necesitaba saber si seguía en mi casa o si me había regresado a Puebla. Mis amigos le bloquearon el paso, le reclamaron la falta de tacto por lo que yo había pasado y que él era el responsable de mi desgracia. Interrumpí el frenesí de insultos y gritos para pedirles que lo dejaran pasar. Vi frente a frente a José. Sus ojos verdes volvían a resplandecer. Me daba gusto que ya se encontrara más estable. Le dije a mis viejos compañeros de grupo que subiéramos al departamento para no hacer una escena en público.

Reinó el silencio entre los cuatro. Mora y Abejo no dejaban de observar a su amigo mientras él ni siquiera les dirigía la mirada. Les pedí a ambos que nos dejaran a solas para hablar. Les prometí que le avisaría si necesitaba de su ayuda. Frunciendo el ceño, se retiraron a su cuarto en la espera de cualquier aspaviento. Me levanté para servirle algo de refresco. El burbujeó de la soda era lo único que rompía la incomodidad de la sala.

Cuando le iba a entregar la bebida, irrumpió en llanto. Dejé el vaso para poner la mano sobre su hombro.

"Lo lamento mucho, Van. No pude protegerte. ¿Por qué Edmundo no te deja en paz?", dijo con la voz entrecortada.

Me enterneció ser testigo de su dolor. Resultaba absurdo reclamarle por una situación de la cual él también era víctima. También lloré, aunque no por los mismos motivos. Le dije gracias por preocuparse. ¿Qué más podía decir? Su compasión ya no era suficiente. Esa parte de nosotros quedó en el pasado. Se marchó después de limpiarse las lágrimas. Me tomó de las manos y me aseguró que haría lo que fuese para cuidarme y alejar al señor Valencia de nuestras vidas.

Me pasé de idiota por pensar que su declaración fue su forma de velar por mi bienestar. Mamá tenía razón. Debía de alejarme de ese amor imposible, pero fue inevitable estremecerme al punto que llevé mis manos al pecho para conservar el calor de su afecto e impregnarlo en la piel.

Las cosas se calmaron un poco después de la visita de José. Temí que Don Edmundo me encontrara o que diera a la prensa la localización de mi guarida. Para evitar cualquier sospecha, Mora y Abejo me hicieron empacar mis cosas a la mitad de la noche para llevarme al departamento de Emiliano. Vivía a quince minutos de diferencia entre un edificio y otro. Mi… nuevo "roomie" tenía una habitación extra, aunque más pequeña de donde me quedé en primer lugar. A diferencia de mis primeros caseros, Emiliano me hizo ser más partícipe en otras actividades. Cuando él estaba haciendo un diseño de personajes para un cortometraje, me pedía que leyera su guion. "Tres ojos ven mejor que uno", me decía después de carcajear. Tal vez fue su manera de darme energía y que no me encerrara en mi burbuja. Me ayudó a no pensar en mis problemas por un tiempo. Ver las películas que a él le gustaba, aprender más sobre composición y esquema de colores y entender sobre semiótica en las artes visuales me hicieron sentir cómodo. Fue su forma de decir que seguía siendo yo a pesar de los problemas que enfrentaba. En realidad, no hablamos mucho. Intenté actuar con naturalidad. Le preguntaba sobre la asociación y si tenía alguna idea para un festival. Me respondía, aunque percibía zumbidos emanar de su boca. Al final, remataba contestando lo mismo.

"Hoy te toca atenderte, Trujillo. Lo demás viene sobrando".

No debía de forzar las cosas. Todo se tendría que acomodar en su debido tiempo.

Nadia se enteró de la visita de José. Sin pensarlo, llegó conmigo y me abrazó. Le insistí que todo estaba en orden y que él lo hizo por el impulso del momento. Alegó que no dejaría que nada malo me pasara. Por una semana completa, me marcó después de las juntas del grupo estudiantil para ver si me sentía bien, si no había visto algo en el celular, si estaba comiendo a mis horas. Parecía ser más mi madre que mi amiga en ese punto, pero le agradecí el gesto de cuidarme.

Para la última semana, mi mamá hizo la declaración de su vida.
Tenía tiempo de no meterme a Instagram o Facebook por el pánico de ver más noticias. De hecho, quise marcarle a mamá para preguntarle si estaba en casa o si se había regresado a Puebla con mis tíos. Me sorprendió ver el título de un video que salió como recomendados. "Isabel Bianqui rompe el silencio". Sin pensarlo, lo reproduje. Sin vacilar, sin pestañear, sin ningún gesto que denotara furia o desesperación, ella lució radiante como la profesionista que conocí hace cuatro años. Dijo a la prensa que lamentaba mucho que las cosas se salieran de control y que la vida de un joven se vio afectada por sus errores en el pasado. Remató con una sola frase en los últimos veinte segundos.

"Mi hijo ha cometido errores, pero el asesinato no está entre ellos. Sé que la gente que lo ha tratado reconoce el valor que él tiene como persona. Sobre lo que dicen de mí solo diré esto: como madre, todo lo que soy y todo lo que he hecho fue por pensar en el bienestar de mi hijo. Muchas gracias."

Su aura hizo que el monitor de mi celular se quemara por todo su ímpetu de enfrentarse a las calumnias. Ella fue Cibeles conduciendo su carruaje de leones sin dejar que los demonios la tocaran.

Necesitaba saber sus intenciones. Le marqué en cuanto terminé de ver el video. Me saludó del mismo modo dulce y maternal como de costumbre. Fui directo al grano. Le reclamé el porqué de sus palabras, que no tenía sentido luchar contra corriente con alguien como el señor Valencia, que no valía la pena pelear por mí y que era mejor esperar a que las cosas se olvidaran para seguir tranquilos. Tomó aire y me contestó que pasó años con la cabeza baja después de entregarme con la señora Hortensia, pero, después de volvernos a ver, no estaba dispuesta a quedarse en el rincón y ver cómo acribillaban a su único hijo por algo que no cometió. Me fascinó lo último que me dijo.

"Aun cuando pasen diez años de guerra, jamás hay que rendirse, Van. Si es que arde Troya, sé el último soldado en pie".

Me vibraba la voz después de escucharla. Intenté articular mi agradecimiento, pero mis sollozos hicieron el mismo trabajo. Al final, me dijo que me amaba con todo el corazón y que estaba segura que no caeríamos ante esta nueva invasión. Colgué y dejé que su ternura me envolviera. Ella es mi ejemplo, mi fuerza. Si ella tuvo la valentía de exponerse ante el mundo, no pensaba dejarla cargar con el peso del juicio.

El invierno estaba a punto de terminar. Me dispuse a tomar a la primavera con mis propias manos.

Marzo

Tuve miedo de regresar a la universidad. Imaginé que podía pasar más tiempo encerrado con Emiliano, disfrutar de la comodidad de hacer entregas en línea y esperar a abril para entrar al salón de profesores, hacer mi disertación de la tesis y dar por terminada mi relación escolar, pero recibí un correo de servicios internos para recordarme sobre la fecha de la firma del título. Fue una pesadilla contar los días para la llegada, pero recordé el video de mi mamá defendiéndome de los chismes y nuestra charla. Jamás vaciló en sus declaraciones. Estuvo erguida ante cualquiera que intentara contradecirla. Actuó como una guerrera dispuesta a lo que fuera por proteger lo que era suyo.

No sólo fue mamá. Todas mis personas más cercanas hicieron lo que estuvo a su alcance para darme el valor de volver. No dejaría que sus esfuerzos fueran en vano. El evento de firmas llegó y le pedí a Emiliano si es que tenía un traje que me pudiera quedar. Me prestó uno que ya le quedaba chico, una corbata y una camisa para combinarlas. Me acompañó hasta las escaleras donde mamá me esperaba. Se veía como Atenea: su cabello se entrelazó para formar en la base un capullo de rosa; se puso un maquillaje discreto, pero los labios los tiñó de perla; se colgó unos aretes de plata con una gargantilla que le hacía juego y llevó un vestido negro que le llegaba a la rodilla junto con un par de tacones que la hicieron ver más alta que yo. Radiaba con tal majestad que apenas y noté su esbelta figura. Me le acerqué y entrelacé una de mis manos con las suyas para enfrentar este problema juntos.

Estar de regreso al auditorio fue como si viera las fauces del leviatán emerger desde las profundidades de la tierra para devorarme por completo. Los padres de familia y los futuros graduados se perdían en la oscuridad para convertirse en demonios con tridentes en mano listos para castigar a los pecadores. Los cuchicheos crujían con mayor fuerza a medida que llegábamos a nuestro lugar asignado. "Tiene el descaro de presentarse después de lo que pasó, lo que es tener dinero para comprarte la libertad, par de hipócritas". ¿Por qué la gente era tan obstinada con este tema? El tímpano me estuvo a punto de reventar después de que nos sentamos. ¡Me tenían hasta el huevo! Quise levantarme de mi asiento, tirar la silla, alzar la voz para callarlos y gritar "¡Si van a hablar de mí o de mi familia, háganlo más fuerte porque no los escucho!" Mamá me sostuvo de la mano antes de que yo replicara. Permaneció sin pestañear ante el bullicio. Me apretó con tal fuerza que me obligó a verla a los ojos.

"Este es tu momento, Van. No el de ellos", dijo con esa voz tierna, pero firme.

Respiré profundo para bloquear el exterior. Las voces pasaron de alaridos a siseos. Eso me ayudó a contemplar mejor las palabras de mamá. Como siempre, tuvo razón. Nada más importaba. Después de firmar el título, que nos tomaran la foto conmemorativa, y salir del evento, miré hacia atrás para darme cuenta de lo que ese auditorio significaba para mí. Fue testigo de obras de teatro, proyecciones de películas, el punto de encuentro de cada uno de los eventos cruciales en mi estancia en la escuela. No iba a permitir que se corrompiera por las sombras. Representaba un trofeo de los logros que tuve con la gente que creyó en mí hasta el final.

Recordé lo que puse en mis primeras entradas. Quise ser más atrevido, alivianado y dejar algo en el mundo. Con el trabajo y apoyo de mis amigos y familia, lo conseguí. Era el momento de liberarme como Andrómeda y no esperaría a Perseo.

Cité al abogado en un restaurante cerca de la universidad. Revisé cada uno de los documentos a firmar para proceder con la venta de acciones para Edmundo. En el proceso de punzar la pluma contra el papel, no dejaba de pensar en la preocupación de papá por heredarme algo para que no estuviera solo. Sin planearlo, él me había obsequiado el mejor regalo de todos: tener de vuelta a mi mamá. Si perdía ese dinero, ya no me importaba. Dejé que la tinta se deslizara sobre la línea punteada para dar por terminada mi relación con el hombre que intentó arrebatármelo todo. Antes de irse, el abogado me preguntó por mi repentino cambio de opinión. Contesté antes de irme que Edmundo jamás conocería lo que es sentirse parte de algo más y me daba lástima que lo hiciera a través de su fortuna.

Le pedí que depositara el dinero de la venta a la cuenta de mi mamá. Ella sabría qué hacer y cómo destinarlo en algo bueno para los dos.

Recibí dos mensajes de José por esas noches. El primero fue para preguntarme si era verdad lo de la transacción y que si estaba seguro de entregarle todo a ese hombre; el segundo, para decir que Edmundo lo iba a nombrar subgerente en el área de finanzas y sobre su hartazgo ante el control que ejercía. Le respondí que no iba a permitir a nadie que escribieran mi vida y que él podía hacer lo mismo.

No podía imaginarme el calvario que estaba viviendo en casa. Confié que mi mensaje le ayudaría a darle fuerzas como mis amigos y mamá hicieron conmigo.

Abril

Llegó la hora de la verdad. La presentación de mi tesis fue como tuvo que ser. Tal vez me exalté de más al esperar un resultado diferente a lo que he recibido durante estos cuatro años. Los profesores no harían elogios vacíos para motivar a los estudiantes a presentar algo que no fuera de calidad. El único problema era el trabajo que siempre estuvo en revisiones constantes. Di mi mayor esfuerzo para cumplir con los requisitos.

La sala privada en la planta alta del edificio "José Clemente Orozco" fue mi lugar de evaluación. Sólo había estado una vez por la ponencia de Enrique de la Garza Toledo sobre la situación laboral en el país. Ver los pasillos infinitos decorados de columnas dóricas me recordaron a los viajeros que iban al oráculo de Delfos para ver su destino, aunque eso no me relajó. Cruzaba los brazos y piernas de un lado a otro y me volvía a acomodar sin éxito. Los chocolates belgas se me deshacían por el constante sudor de las manos. Tal vez no debí usar las bolsas de celofán y sacarlos de las cajas, pero no quise meterlos en la mochila por temor de que la laptop los aplastara. Jamás entendí ese protocolo de obsequiar a los responsables de mi evaluación algo para que yo pudiese ejercer mi carrera. Detrás de esa puerta de madera, me esperaba la última prueba como universitario. Sentí el vibrar de mi celular. Fue un mensaje de Nadia. Con la imagen de Mary Jane diciendo "Go get'em, tiger", me tranquilizó saber que contaba con su apoyo. Tras escuchar mi nombre, pasé al salón.

Mis sinodales eran Lourdes Pineda, la de literatura y arte, Joaquín Cabrera, el de expresión oral, y Victorino Alcázar, el decano de Sociología. Los primeros los tenía asegurados. Lulú me hizo revisar cada frase de la novela hasta el punto que veía hormigas negras bailar por las páginas en lugar de letras. J.C. me dio consejos de cómo explicar y enunciar correctamente. Pero el maldito pelón de Alcázar me había regresado los avances de la tesis durante los últimos dos años. Nada lo satisfacía. Salía de su oficina con la única frase resonar en la cabeza. "Si quieres ser sociólogo, debes esforzarte más". Rechinaba los dientes con pensar que el miembro jurado principal pudiera batear mi esfuerzo con un simple no aprobado.

Los tres tenían una copia de mi novela y el trabajo de tesis. El hojear de las páginas, las toces ocasionales, el constante punzar de las plumas sobre cuadernos para anotar no lograron romper la tensión generada al yo estar de pie explicando la presentación esperando preguntas específicas. Todo marchaba bien hasta que Alcázar me preguntó si es que el amor podía ser la respuesta para llegar al estado último del ser humano. Cité la frase de Martha Nussbaum sobre el reconocimiento del otro como un ser valioso para crear consciencia en la sociedad. Me interrumpió de golpe al decir que no replicara el esfuerzo de otro colega para defender mi postura. Empecé a sudar frio. Las manos me temblaban. Cualquier rastro de saliva sobre la lengua desapareció. Permanecí en silencio en el infinito lapso de quince segundos. Estuve tentado a responder que no sabía y tener que repetir el año entero para librarme del malestar. Esa palabra llegó a mí como rayo. Ése fue el objetivo de escribir. Me tomé unos segundos más para articular mi respuesta. Dejé que el aire entrara a mis pulmones y lo solté poco a poco. Contesté con base en lo que había aprendido dentro y fuera de clases.

"El amor es reconocer en uno mismo y en otros la libertad, para compartirla y volar juntos, o tomarla y crecer en soledad.", dije convencido.

Sin dar más explicaciones, me dieron las gracias y me hicieron esperar en el pasillo para comenzar la evaluación. Una hora bastó para que volviera a entrar. Lulú elogió la fluidez del texto y recalcó el esfuerzo de agregar valor literario a la lectura. J.C. mencionó algunos fallos con mi presentación, el nerviosismo y el tartamudeo durante la sesión de preguntas, pero que al final el mensaje se emitió. Alcázar alegó que los puntos mencionados tanto en la tesis como en el libro habían encontrado un equilibrio. Concluyó con esa frase:

"Por fin, reconoces tu papel dentro de la sociedad a través del análisis. ¡Enhorabuena, Esteban!"

Con una calificación final de ocho punto cinco, mis esfuerzos habían valido la pena.

Salí corriendo para encontrarme con Nadia y Emiliano, quienes me esperaban en la cafetería. Sólo pude llorar y asentir con la cabeza cuando me preguntaron si pasé. Los dos me abrazaron y dijeron que estaban orgullosos de todo mi esfuerzo. Ambos me aseguraron que festejaríamos después de que dejara a mamá consentirme.
La alcancé en el estacionamiento para ir por el coche. Borré su existencia durante la presentación. Me pareció absurdo darle la buena noticia cuando estuvo ahí. Se burló de mis nervios y me aseguró que lo celebraríamos en grande. Fuimos al Morton's. Fue hasta que bajamos del coche que me di cuenta de que ella vestía un traje azul marino hecho a la medida y traía un peinado de salón de belleza.

"Te ves guapísima, mamá", dije apenado.
"Quise prepararme para la ocasión", dijo después de agarrarme la mejilla, "Confié en que pasarías".

Fue tan distinto estar con ella en un restaurante así, que en ocasiones similares. Las dichosas comidas con los hijos de Hortensia se resumieron a yo estar callado sin interrumpir sus supuestos logros mientras jugaba con las verduras en el plato. Pero, ver de frente a mamá, con una sonrisa que no alcanzaba a llenar las copas de vino tinto, los cortes de ribeye emanando especias y los tazones con espinacas a la crema que se deshacían en la boca, me recordó que todo eso quedó en el pasado. Me llenó los ojos de lágrimas verla tan feliz. Extendí mi mano sobre la mesa para que la tomara y le agradecí por todo. Ella respondió que nada podría separarnos otra vez.

Llegamos como a las siete a la casa y, al abrir el portón, mis amigos nos esperaban con una pancarta de "Felicidades, Esteban". Trajeron chelas y tacos para cerrar la noche. Todo este festín fue igual que degustar un banquete en el Valhala. Me convertí en el héroe de mi propia historia y lo celebraba con las personas que me ayudaron a cambiar.

Lo demás resultó muchísimo más simple. Aun cuando todavía escuchaba las pláticas de mí cuando entré a cada uno de los exámenes finales, ya nada me pudo detener. Lo peor había pasado. De eso estaba seguro.

La mayor sorpresa vino por parte de José.

Me relajaba en el departamento de Mora y Abejo junto con Nadia y Emiliano a brindar por el buen trabajo de terminar la escuela. Bueno, Emiliano se quedaría unos semestres más por la cuestión de haber entrado tarde a la carrera, pero lo importante fue que festejamos mi titulación y la de mi mejor amiga. La vibración de mi celular me desubicó al ver una notificación de mensaje por parte de José: "Felicidades por graduarte, Van. Ahora, me toca a mí". Al desbloquear la pantalla e ir a los mensajes recibidos, vi un cambio rotundo en lo que fue alguna vez mi novio. Se había cortado el cabello, llevaba puesta una playera naranja con rojo y encima su característica chamarra negra. Sonreía al hacer el símbolo de la paz. Detrás de él, se veían las oficinas de Grupo Herón, que ahora le pertenecían a su padre. Quise pensar que era un sarcasmo, pero su expresión era genuina.

Nadia notó mi sorpresa y, para no perder la costumbre, me arrebató el teléfono. Me preguntó qué significaba esto. Respondí diciendo que quizás encontró su lugar.

Mayo/Junio

Me pude relajar en las últimas semanas de mayo. No hubo algo interesante que reportar, salvo decir que pasé mis últimas materias, mamá estuvo ocupada con pacientes y los reporteros ya no hacían guardia. Con lo último, ya se había relajado desde el mes pasado desde que regresamos a casa. Después de la declaración de mi mamá, ya no existieron razones para indagar en un pasado revelado. Había personas que siguieron hablando a mis espaldas al no creer en mi inocencia ante los hechos, pero decidí no cargar con lo que pudieran opinar de mí. La gente cercana conocía la verdad y era lo único que me importaba.

Fue un reto volver a la asociación antes de terminar con las clases. Nadia me insistió que no tenía que ir para explicarles a la gente sobre mi pasado. Tenía razón, aunque no me sentía tranquilo al saber que ellos pudieran tener una opinión errónea de mí después de haber trabajado con ellos por años. Me hizo esperar afuera antes de que comenzara la última reunión para determinar a la siguiente mesa directiva. Al escuchar mi nombre desde el otro extremo de la puerta, hice mi entrada a la sala. Me dirigí a todos con la única intención de limpiar mi nombre y decir la versión de los hechos. Les pedí una disculpa por mi desaparición, por no haber ayudado en el momento de cambios del grupo y que me recordaran por lo que hice y no por las palabras de fuentes sin sustento. Uno de los encargados de presupuesto me interrumpió y dijo que lo importante era nuestro trabajo como equipo.

Me di cuenta de que no hicieron caso a los rumores y todo siguió normal. Agradecí su atención y me retiré para que siguieran planeando más eventos.

Este empujón para terminar mi vida universidad me trajo sorpresas. La primera la recibí el día de la graduación. Estuve atento para gritarle a mi mejor amiga cuando anunciaran su nombre. Me dio gusto que reconocía a Nadia por su rol en la asociación. Me sorprendió ser reconocido también.

Después de sonreír a los profesores, dejar que me tomaran la foto del recuerdo y hacerme entrega de ambos documentos, volteé hacia las gradas y ver si mi mamá estaba a la vista. Me resultó imposible reconocerla desde las múltiples cabezas sobresalientes de los asientos. Estar parado para darle fin a esos cuatro años fue igual que mi primera presentación por el desfile de los fantasmas. Mi sonrisa fue de agradecimiento y felicidad; mis lágrimas, de nostalgia por no tener a papá cerca. Decidí creer que él estaría orgulloso de mí.

Regresé a mi lugar sin prestarle atención a los demás. Pude ser alguien diferente gracias al amor de mis amigos, a su confianza, a su paciencia y, sobre todo, a su entrega de que pudiésemos influenciarnos para mejorar.

La segunda sorpresa la viví después de salir de la graduación. Fui directo a abrazar a mi mamá en cuanto la reconocí. No hubo necesidad de intercambiar palabras. Ese silencio de dicha me transmitió lo orgullosa que estaba de mí y de lo mucho que me había superado. Emiliano nos esperó junto con Mora y Abejo quienes nos veían desde la distancia. Nadia y yo fuimos con ellos para celebrar el éxito en el Diamante Negro. Nos dirigimos para allá con la inesperada visita de José en la entrada de la escuela.

La estatua de Apolo viviente pasó por su periodo de restauración. Ya no era la encarnación de una deidad. No podía llamarlo modelo. Era un cuate más. Nadia estuvo tensa al verlo. Mora y Abejo permanecieron atentos si aparecía alguno de sus escoltas para llevárselo. Intervine preguntando qué había pasado. Contestó que tenía que contarnos muchas cosas. Buscamos el lugar más alejado en el bar para no tener testigos. Me sentí como si fuéramos el jurado mientras que José esperaba su veredicto. Sin decir más, sacó su celular para mostrarnos un video con el siguiente encabezado. "José Edmundo Valencia es arrestado." No recordaba haber visto la noticia en redes o en la televisión. Fue ahí que se explicó todo lo ocurrido en estos meses.

José afirmó que no toleraba quedarse de brazos cruzados después de que firmé los trámites para la venta de acciones. Contrató un auditor para revisar los diferentes contratos de su padre y verificar los números. Encontró las compras de propiedades ilegales, las transacciones fraudulentas y el soborno a funcionarios públicos y escolares.

"Yo lo delaté ante el consejo", dijo con orgullo, "Ellos hicieron el resto".

Cuando le preguntamos qué pasaría con él después de todo esto, respondió diciendo que pensaba irse con su mamá a Guadalajara e intentar rehacer su vida. El grupo lo felicitó por tomar acción, que lo iban a extrañar y que le deseaban lo mejor. Hice lo mismo. Era momento de dejarlo ir.

Llegué a casa y me sorprendió ver a mis tíos y primos para felicitarme. El olor a risotto impregnó la sala. Fue agradable compartir otro momento más en familia, pero no me pude quitar de la cabeza la idea de que ya no vería más a José. No sería un adiós. Siempre le podía mandar mensaje o llamarlo para ver cómo estaba. Me dio la impresión de que quería cortar con todo para ir hacia delante, como si incendiara su castillo para navegar en su propio barco.

Después de que mi familia se despidió de nosotros, mi mamá fue al cuarto para entregarme un sobre. Me dijo que era mi regalo de graduación. Al abrirlo, noté que eran dos boletos de avión a Atenas con mi nombre y... el de José. No entendí el significado. ¿Nos daba la oportunidad de volverlo a intentar? Quizás ahora, lejos de todos los problemas, podríamos salir triunfantes. Tardé en darme cuenta de que usó parte del dinero de las acciones para regalarme ese viaje; mi obsesión por la mitología griega hizo evidente para ella que ese era mi sueño. Cuando le pregunté su cambio de opinión acerca del tema de José, sólo me contestó:

"Quiero que tengas el cierre que necesitas, Van. Disfruta de este instante y vívelo al máximo".

¡Por fin conoceré Grecia! Ya tengo lista la maleta. No puedo creer que lo haré junto a él. Muero por enseñarle el Partenón, la estatua de Zeus y el Odeón de Herodes Ático. Faltan algunas semanas para que me vaya. Cuento los días para ~~tener mi final feliz~~ iniciar nuestro nuevo capítulo.

Verano
31 de julio

Esta entrada es para cerrar el ciclo. Hoy me despedí de José. No sé si volveremos a encontrarnos. Llegué a la casa como a las seis, pero quise dormir un poco. La cabeza me sigue dando vueltas, pero voy a enloquecer si no plasmo mi percepción de pasar todo un verano con él.

Llegamos temprano ese viernes al aeropuerto. Por un instante, imaginé que vestiría su uniforme de chico malo y tendría prendas similares para el viaje. Al verlo llegar con unos tenis blancos, unos pants negros, playera plateada con bordes dorados y una gorra, no lo reconocí de inmediato. Fue hasta que me dijo Van y alineando sus dientes en un arco de felicidad que supe que era él. Me resultó inevitable no revolotear hacia José. Estaríamos encerrados en una jaula que nos liberaría de todo el pasado que venimos arrastrando. No tuve idea de cómo nos entretuvimos durante doce horas. Vimos una o dos películas, luego yo estuve escuchando música de la estación del avión y José, música de su Ipad.

En la mitad del vuelo, se quedó dormido. Lo vi de cerca. Su gesto era diferente a cualquiera de las otras veces. Sus ojos no se movían dentro de sus párpados, señal de que no estaba soñando. Su respiración era pausada, constante, tranquila. Ese cambio de imagen lo despojó de la rudeza para volverlo un niño. Me dio tanto gusto no verlo estremecerse. En verdad, había cambiado.

Despertó poco antes de que nos dieran la cena y hablamos de lo que nos gustaría hacer llegando. En realidad, no quise hacer un trayecto completo por toda Grecia. Con ir a Atenas y surcar el Mar Egeo me daba por bien servido.

"Mientras pase tiempo contigo, mi viaje habrá valido la pena", me dijo después de darme un beso en la frente y sacó de su mochila de mano un adaptador para audífonos.

Puso la película de "Pasajeros" que salió el año pasado y trataba sobre dos personas viajando en un vuelo espacial para llegar un destino desconocido. Sonreí por la aventura que viviríamos en ese recorrido juntos.

Después de cruzar Barcelona, esperar en una sala para hacer el transbordo por dos horas y arribar a Atenas cuatro más tarde, llegamos al hotel sin hacerle caso a la decoración y a los muebles. A la mañana siguiente, nos levantamos temprano, nos duchamos y vestimos rápido para bajar a almorzar. Fue hasta que salimos del elevador que vimos la belleza de un lugar que nos adentraba a una residencia de época: La entrada principal era angosta, una alfombra de terciopelo negro cubría partes del piso de mármol y el techo del vestíbulo era decorado por un gran candelabro de siluetas curvas que se desbordaba de su centro como una planta colgante en maceta.

Subimos las escaleras de caracol del lobby y pasamos por un corredor tapizado con réplicas de cuadros renacentistas sobre mitos griegos como El rapto de Ganímedes, de Correggio; Leda y el cisne, de Da Vinci; Baco y Ariadna, de Tiziano; entre otras más. La luz al final de ese túnel de arte nos atrajo a las dos puertas de vidrio protegidas por un marco de madera que daban acceso a la terraza, donde se encontraba el desayunador.

Las mesas redondas de madera con las sillas acolchadas invitaban a los huéspedes a permanecer cómodos. La fragancia de los gladiolos provenientes de los jarrones de centro envolvía a los pasantes en una relajación profunda. Mas la vista del Partenón enfrente de mí encapsulaba la victoria de haber llegado a mi lugar añorado. Apenas y presté atención a José cuando dijo que él iría por nuestros desayunos. Me hipnotizó la muralla de piedras talladas, las columnas jónicas y las siluetas de las cariátides y atlas erosionadas por el tiempo. Me sentí cobijado por la vista del pasado que protegió el mío. Tras escuchar el tamborazo hecho por el plato frente a mí, me obligó a ver a mi acompañante con una sonrisa en el rostro diciendo que era momento de comer.

Mientras me tomaba una buena taza de café, un vaso de juego de naranja y unos huevos revueltos con jamón, José ordenó unos "hotcakes" acompañados por dos salchichas fritas y un vaso de leche fría. Fue un error dejar que él tuviera el paisaje de mis sueños a sus espaldas. Seguía cautivado por la vista mientras él balbuceaba sobre lo increíble que estaba el hotel, que fue un bonito detalle de nuestras madres y que podríamos caminar entre las calles para ver si encontrábamos algo interesante. Era evidente lo que yo quería hacer. Terminamos el desayuno, fuimos al cuarto para lavarnos los dientes, alistamos las cosas y bajamos a la recepción para preguntar sobre los horarios de visita a la Acrópolis. La chica que nos atendió dijo que había muchos guías de turistas antes de entrar y sólo teníamos que pagar lo que consideráramos apropiado al terminar.

El trayecto desde el hotel hasta la base de lo que alguna vez fue la ciudad donde nació una cultura resultó una eternidad entre dos parpadeos. No hubo palabras para describir mi entusiasmo. Podría compararlo cuando me visitaba La Gran Serpiente antes de entrar en pánico, pero no era igual. A pesar de que mi corazón palpitaba a velocidad de cabalgata, mis ojos daban realidad a los dibujos de mitología que veía en mi vieja habitación en Puebla. Encontramos a unos turistas que estaban a punto de iniciar el recorrido. Escalar el Partenón resultó tal cual como lo imaginé. Cada piedra donde habían pasado centenas de personas a diario desde la antigüedad para rezarle a los dioses, intercambiar ideas y mercancías rebotaba en la suela de mis zapatos. Hubo instantes en donde parpadeaba antes de llegar al templo de Atenea y me veía con sandalias. Volteaba hacia algún jarrón para verme con un quitón y envuelto con un himatión. Tras el segundo parpadeo, regresaba a ver a José tomándose fotos entre las piedras. Parecía un canario saltando entre las ramas.

Nos separamos por un rato del grupo para ir al templo de Afrodita. Estando en la entrada, no lo dudé ni un segundo. Me hinqué entre las rocas de lo que alguna vez fue punto de encuentro para la diosa del amor. Agradecí a esa divinidad por José, aunque con la gratitud llegaron también las dudas y, por ende, las ganas de llorar. ¿Qué agradecía realmente? ¿Mi encuentro con él o la oportunidad de quedarme a su lado? Él me imitó copiando mis movimientos. Sin avisar, me comió los labios entre los suspiros del silencio y la neblina de mis ojos por el llanto contenido. Me pidió que lo siguiera. Entramos al templo y en un rincón se bajó el pantalón invitándome a besar su miembro. Le noté la cara enrojecida mientras que su pene crecía en mi boca. Me agarró por el cabello y empujó mi cabeza para apresurar la salida de su miel blanca. No hicimos gemidos para evitar que nos escucharan. Imaginé que dejarme llevar por la excitación sería una buena ofrenda a la diosa que nos unió, pero la sensación no fue la misma. Fue casi insoportable sentir su elixir en mi garganta. Apenas pude dibujar una sonrisa cuando él, sin subirse la cremallera, sugirió que nos tomáramos una foto justo en donde estaba el altar.

El resto de la tarde nos la pasamos recreando las poses de algunas estatuas griegas dentro y fuera de los templos. Imitó a Afrodita con el Nacimiento de Venus, recreó la pose de la estatua de Zeus (¿o Poseidón?) y pidió a un extraño que nos tomara una foto mientras yo me hacía el sorprendido, con la mano en el pecho, mientras José me besaba la mejilla. Su impulsividad no era inusual, sin embargo, ésta sólo aparecía cuando personificaba a alguien, como cuando armó su disfraz en ese primer Halloween y sentí el poder de su encanto. Al verlo arremedar los gestos de las figuras de mármol en su ropa común, me trajo la imagen de un chico simple haciendo el ridículo y riendo despreocupado; me contagió su gozo, pero desintegró el misterio.

Decidimos cenar en un pequeño restaurante algo de comida típica. Ordenamos musaka y lo acompañamos con malotira. Fue extraño que pude partir la carne y ver cómo el jugo escurría entre los huecos del tenedor. Hubo un momento en donde El Uróboro presionó mi cráneo y las imágenes de mi pasado volvieron a mí. No permití que la ansiedad arruinara mi velada. Recordé cómo respirar mientras los rostros de la señora Hortensia, sus hijos y el padre de José se desvanecían al masticar cada bocado. No iba a ser prisionero de mi vida anterior.

Esa noche, José me enredó entre sus brazos y piernas. En lugar de sentir la chispa de sus labios contra los míos, me sentí sofocado. La presión de nuestras bocas al compás del giro de cabezas no me provocó una erección, aun cuando nuestros centros se frotaban. Me despellejaba cada vez que sus dedos acariciaban mi espalda. El frenesí de su cetro punzaba al punto de que mis entrañas, glúteos y piernas se contrajeron para soportar el dolor del vaivén. Al terminar el acto, se quedó dormido en mi hombro.

Me removí por la culpa ante la fragilidad de su expresión. ¿Por qué mi cuerpo, ya acostumbrado y antes deseoso de hacer el amor con él, se resistía? Culpé al cansancio de las caminatas, no estar repuesto del "jetlag" y a los nervios de las expectativas del viaje, que interpretaba como un nuevo inicio. Decidí tomar eso como motivación para reconectarme con él.

La siguiente semana fue pausada y sin prisas. Probablemente, aumenté algunos kilos por comer gyros en la calle. Hubo unos momentos en donde el ambiente de fiesta se extrañaba, pero nos apartamos de todo el ruido de la noche. Asistimos a algunos eventos al aire libre como obras de teatro o cenar en algunos restaurantes de la zona. Regresábamos exhaustos a nuestra habitación después de las diez de la noche sin la posibilidad de hacer algo más. Supuse que tendríamos más oportunidades de volver a unir nuestros cuerpos en los días posteriores.

A la mañana siguiente, después del ya acostumbrado desayuno, curioseé entre los panfletos de excursiones y noté el anuncio de un crucero por una semana completa. Sin decirle a José, pregunté en recepción cuándo sería la siguiente fecha. No supe si mi cara delató ánimo o delirio. Cualquiera que viera la escena desde afuera diría que un chico con los ojos exaltados, hablando un inglés casi inentendible por la rapidez y presionando los panfletos con fuerza estaba extasiado o nervioso. La señorita me confirmó que zarparía el día de mañana y tendría un costo extra por ser repentina. Le dije que no importaba y que pagaría lo necesario. Entre tecleos y punzadas del mouse, la recepcionista me entregó el itinerario del barco. José no tuvo las agallas de contradecirme. Me sonrió, me besó y dijo que le encantaba la idea de hacer una aventura como esta.

Sentí culpa por dejar que nuestras madres pagaran el viaje. Llamé a la mía para explicarle el cambio de planes y que ya había comprado los boletos para el crucero. Tuvimos que restar cinco mil pesos de nuestro presupuesto designado para nivelarnos. No la escuché molesta. Sólo me dijo que me cuidara y que disfrutara del paisaje. No quisimos salir por las calles ese día. Nos quedamos en la alberca del hotel, disfrutamos de las tres comidas con la vista hacia la Acrópolis y nos dormimos después de las nueve de la noche.

Un autobús nos llevó al puerto del Pireo a las seis de la mañana. Ver hacia la orilla del mar me recordó las veces que este embarcadero sufrió daños desde tiempos ancestrales. Seguía sin creer que ese muelle vivió incontables batallas. El estallido del metal de las espadas, el silbido de las flechas en el aire y el grito de agonía de los caídos volvían al presente al compás de la espuma chocando contra las rocas. Regresé de mi ensoñación cuando José me llamó para registrarnos y después de esperar un par de horas subimos al barco.

Era más pequeño que todos esos cruceros que viajan en el Caribe o en el Mar del Norte, aunque tenía sus comodidades: un lounge gigante, área de bar, una piscina que era del tamaño de barco, casino y... los cuartos. Nos tocó uno en la parte más baja, donde se podía sentir el choque de las olas y el movimiento de la marea. Antes de zarpar, José me aventó en la cama, me agarró las muñecas, me miró a los ojos y descendió a mi cara para saborear mi lengua enroscándose con la suya. Resultó imposible hacer otra cosa más. Poco antes de las once del día cuando el crucero zarpó, la oscilación me provocaba náuseas y decidimos subir a cubierta viendo hacia el horizonte y disfrutando de la brisa del verano griego. En los siguientes días, tendría la ocasión de gozarlo por completo.

Nuestra primera parada fue en Santorini. La imagen que me vino a la mente al llegar ahí fue de contrastes. Las casas, callejones e iglesias fueron una combinación de colores que me hicieron vibrar. Los cerúleos y blancos revolotearon en mis pupilas al punto de dejarme deslumbrado. José y yo recorrimos las calles, la colina y el puerto en búsqueda de algo interesante. Decidimos descansar en una cafetería con el paisaje de la playa justo enfrente de nosotros. Yo quedé maravillado por los diamantes de sal que hacían las olas del mar al contacto con el sol acompañado de un café griego. De la nada, empezamos a platicar sobre la historia de la fundación de la isla. Cuando yo explicaba sobre el motivo de Cadmo de colonizar la isla para que su hermana Europa tuviera un lugar al cual regresar, él comentó de cómo Zeus la llevó en su lomo como toro blanco y nadó hasta Creta para hacerla la primera reina del lugar. Me agradó volver a conectar como lo hicimos en nuestros primeros encuentros en la biblioteca de la universidad. ¿Por qué lo dejamos de hacer? Tenía tiempo de no escucharlo hablar de algo que no tuviera que ver con fiestas, drogas o de nuestros problemas familiares. Si el tema acababa, sólo cogíamos. La vergüenza se apoderó de mí después de volverme a perder entre el sonido de las gaviotas y el bullicio de la gente al pasar. Al caminar entre las capillas más antiguas y notar los contrastes de los vitrales, comprar artesanías con decorados de grecas y piedras, veía todo con una lente gris. Quizás fue por la insolación que no pude disfrutar más. Regresamos al camarote, me acosté en la cama y lo dejé que me hiciera piojito sin que pudiéramos tocarnos más allá.

Cuando llegamos a Creta, hizo que me recordara ese gran amor por las historias del viejo mundo. Todo lo que permaneció en esa isla eran escombros de misterio. Ni siquiera en mi bosque de libros sobre la civilización minoica pude descifrar de dónde provinieron y quiénes fueron. Lo más destacable fue recorrer lo que alguna vez fue el laberinto del Minotauro. José pidió a uno de los guías que tomara una foto de nosotros. Yo me le acerqué y le sugerí que nos grabara. Él corrió en cuatro patas hacia el centro del lugar en su intento de recrear a la bestia. Al poner las palmas sobre la cabeza, quiso hacerla de toro, pero no pude evitar imaginármelo como un alce. Me pidió que agarrara una de las varas cercanas como una espada. Después de que el guía nos entregó el celular, vimos nuestro intento de traer a la vida la pelea entre Teseo y el minotauro: José era un perro a la espera de que su amo le entregara la vara para jugar a las atrapadas. Nos reímos a carcajadas por lo absurdo de la situación. , Me desconcertó verlo tan relajado, intentando intimidarme como una criatura mitológica y yo hacerle frente, divertirme con sus bromas e irreverencia. Esa sensación era parecida cuando platicaba con Nadia, me reía de los chistes blancos de Mora y Abejo o con las burlas de Emiliano al mencionar su parche. José… era mi amigo. Siempre fue alguien especial aún después de cortar. Entonces, ¿qué había cambiado? Recorrer las ruinas del palacio de Knossos, inclinar la espalda para el otro saltara en un intento de emular la tauromaquia y capturar cada escenario en ángulos no convencionales me dejó tan entumidas las piernas que, tras regresar del paseo, sólo pude ir al jacuzzi de la zona de la alberca para descansar.

La parada en Rodas me hizo volver a mi infancia cuando me cubrí con la fantasía. Me cautivaron las luces de la piedra de los muros y el contraste de la sombra de los arcos, los patios y cada rincón de las fortalezas medievales. Tan solo imaginar que alguna vez una de las siete maravillas del mundo antiguo estuvo en ese lugar, me plantó la idea de mudarme ahí y desaparecer del resto de la gente. Viajamos en carroza por capricho mío. Quise sentirme como un príncipe o duque de visita en este Edén en el Egeo. Quizá así imaginaban los escritores del continente al plasmar historias de caballería. Todo por influencia de una isla en medio del mar. José estuvo igual de estupefacto que yo. Durante todo el día, al recorrer las iglesias, los palacios, los callejones de piedra, no hablamos para nada. Esa mirada perdida donde uno se deja llevar por su imaginación me recordaba todas las veces que yo estuve con mi novela. Esto era un paraíso del que no quería migrar. Al abordar el barco tras concluir nuestra visita, no hubo algo que me llevara a hacerle el amor esa noche. De hecho, nos la pasamos hablando tanto sobre nuestras impresiones de la ciudad, que el deseo de acariciar nuestras pieles recién bronceadas se desvanecía como el Sol ocultándose entre las líneas del mar.

Al desembarcar en Mikonos, me sentí como la primera vez que me recibieron en la asociación cultural de la universidad. El prisma rompiendo colores estaba presente en cada esquina del muelle. La isla tenía un encanto por la vista, pero lo que en verdad me sorprendió fue ver la naturalidad de la gente del colectivo expresarse con libertad. Tal vez lo más extraordinario de esa estancia fue ver a un anciano en un bañador revelador y con una pañoleta posando para unas fotografías. Cuando José y yo nos acercamos para ver bien, noté un resplandor en sus ojos que jamás había notado. Se acercó al hombre mayor y, entre susurros, le entregó la bufanda de seda. Mi compañero de viaje se quitó la gorra que llevaba puesta, se enredó la mascada sobre el cuello y dejó que el viento bailara alrededor suyo mientras se dejaba tomar fotografías. La expresión en su rostro fue algo que jamás experimenté. Reencarnó a Noto con el oleaje de la brisa rosando su cabello, mejillas y ese pañuelo. Los suspiros de la gente al verlo reafirmaron esa admiración que sentí al conocerlo la primera vez en ese salón de clases. De hecho, la luz del atardecer, el viento y los cruces de miradas de las personas retrataron ese instante que vivía en mis recuerdos desde hace cuatro años.

Ya de regreso en el barco, mientras caminábamos hacia el camarote, me le quedé viendo a José. Habíamos superado los obstáculos, éramos libres de la opresión, decidimos ser nosotros mismos y nos acercamos más por eso. En esa última semana de nuestra estancia en este inmenso lago de eternidades encontradas, me volví a dar la oportunidad de recordar nuestra relación. Ambos merecíamos nuestro final feliz.

Al llegar a nuestro cuarto, me entregué. Dejé que cada centímetro de nuestras pieles estallara en la lava de pasión salada. Ignoré el meneo del barco, el dolor de mis extremidades por los días agitados y el bochorno del verano para que ese sudor se hundiera en las sábanas con la esperanza de que naciera la dicha y la plenitud. El blanco proveniente de nuestros cuerpos fertilizó esa nueva tierra hecha de telas. La alegría de estar juntos abrigó la habitación y duró unas horas más después de acabar.

Llegó la noche y no pude conciliar el sueño. Miré hacia la ventana de nuestro camarote. La oscuridad me impidió ver el oleaje. Sólo escuché las piruetas de sal del mar chocar en contra de la quilla del barco a la par de mis pensamientos. Asimilé mi historia con José por enésima vez en un intento desesperado de encontrar una respuesta. ¿Por qué el tacto de su piel ya no me erizaba? El efecto de entrelazar mi hombría contra la suya para bañarnos en el estanque de ambrosía se desvaneció. ¿Me gustaba más la idea de hombre rudo que la del chico sensible que era? Me complacía más adular su cáscara vacía de modelo de Instagram que mostrarle el beneficio de ser quién era. No pude quitarme esa idea de la cabeza. Sentí como cada costilla me presionaba hacia dentro, perforando mis órganos.

¿Por qué no me detuve? Le seguí la corriente porque pensé que eso era lo que él quería de mí. Sin darme cuenta, lo lastimé con nuestros juegos. Yo no estaba en la mejor disposición para ayudarlo. Después de los últimos dos años aprendí a querer mis cicatrices, mis huellas, mis matices.

A medida que nuestro viaje llegaba a su inevitable final, me di cuenta de cosas que no aprecié de José. Uno, su conocimiento de las cosas; dos, su sentido del humor; tres, su capacidad de soñar y cuatro, su necesidad de expresarse con libertad. Su sonrisa y cara en ensoñación estuvieron presentes sin ponerse una máscara durante nuestra estadía. Me reusé a creer que mi resurgida amistad jugó en contra de mis ansías de intimar con él. ¿En verdad había cambiado tanto? Tal fue eso lo que me abrumó. O quizás fue el hecho de que yo también me convertí en alguien diferente. Escapé en cada encuentro íntimo con José por una sencilla razón: tuve miedo. Me aterraba descubrir que él era una versión alterna de mí. Si me revelaba que era tan endeble como yo, tal vez no hubiera tenido la capacidad de alejarme. No tenía que ser una mariposa perfecta repleta de colores. Podía ser una blanca con manchas y eso no lo hacía menos admirable. Respiré profundo y percibí como el velo de mis ojos se cayó para notar que enseñarle eso no era mi responsabilidad.

Sin importar las turbulencias, el apoyo y cariño brindado por parte de los dos, no pude escapar de las pruebas: este viaje fue para concluir con el único cabo suelto en mi vida. Recordé la frase de mamá al entregarme los boletos. "Ten el cierre que necesitas". Terminar mi trato con él era necesario para que ambos pudiéramos avanzar. Sí nos merecíamos, pero no quise vivirlo con él. Tendría que decirle la verdad cuando despertara y eso ocurrió unos momentos después. Percibí sus manos grandes sobre mi cuerpo al abrazarme cuando me rogó que regresara a la cama con él. Apreté mis párpados en un intento de soportar el calor del momento cuando lo confesé.

"Esto tiene que terminar, José."

Una ola retumbó contra nosotros al punto de casi salpicarnos con sus gotas. Él no comprendió mis palabras. Me dijo si se trataba de nuestras noches de sexo o alguna otra cosa. Suspiré una vez más y le dije que no debía ser su vehículo de felicidad, que ya encontró su camino y no iba a ser el responsable de que se restringiera. Ese chico de ojos verdes siguió con decir que ya estaba bien y que él podía enfrentar lo que fuera conmigo. Le insistí que ese era el problema porque no podía ser la única causa de su libertad.

Me partió verlo anclarse a mí mientras lloraba sin consuelo. No pude evitar hacer lo mismo. Los dos hincados parecíamos como dos amantes que querían proponerse matrimonio. La diferencia fue que esta era una promesa de no volverse a ver.

Acordamos que pasaríamos un buen momento juntos hasta que llegáramos a la Ciudad de México. Los torneos de la alberca, la salida a los espectáculos en el anfiteatro y las comidas las disfrutamos como los cuates que éramos y que se conocieron mejor durante esas pláticas en la biblioteca de la escuela.

Podría resumir ese trayecto de regreso al continente como el salto de una promesa al inevitable rompimiento de la realidad. Nuestras madres pasaron por nosotros y en su presencia, nos dimos el último beso apasionado que podríamos recibir. Le dije a mamá que camináramos rápido hacia el estacionamiento sin mirar atrás. Le repetí que no quería que él me viera así, que no tendría las fuerzas y no soportaría si me escuchara sollozar. Al final, dejé caer la cabeza en sus hombros maternales para ahogar el desmembramiento de mi alma.

Eso ha sido todo. No estoy seguro de que vuelva a tocar este diario. Quiero que lo que pasó con José se quede tal y como está. Si regreso a escribir, voy a encontrar un rompecabezas que intentaré resolver. No ~~quiero~~ debo hacer eso otra vez. Al igual que él, pienso buscar la felicidad y experimentar la vida. Mantengo la esperanza de que, con el apoyo de mi mamá y amigos, hallaré mi lugar en el mundo.

2022

Han pasado cinco años desde la última vez que visité estas páginas. Me da pena ajena volverme a leer. ¡Benditas obsesiones mías! Entre hablar de mitos o de José, no sé cuál fue más fuerte. Qué bueno que dejé al tiempo pasar y a la vida tomar su curso.

¿Por dónde empiezo? Supongo que por lo más sencillo. Con respecto al trabajo que usé para mi tesis, participé en un concurso de novela juvenil. Aunque sólo obtuve una mención honorífica, me dio gusto de haberlo intentado. Tal vez no me convierta en un escritor reconocido o que pueda vivir de lo que hace, pero esto me acerca cada vez más a lo que busco. Mamá me ha empujado a seguir mi pasión por crear fantasías. ¿Cuándo me iba a imaginar entrar al Claustro para estudiar una segunda carrera? Las letras estuvieron en mi viaje en la universidad. Éstas me encontraron con ella, me impulsaron a ser honesto sobre mis miedos y, en especial, crearon el puente que me conecta con mis personas allegadas.

¿Qué más puedo decir? Acabo de regresar de la boda de Emiliano. Para no perder la costumbre, usó un traje de pirata durante la ceremonia para combinarlo con su parche. Me dio gusto verlo realizado junto a su esposo, aunque me tragué la envidia de lo guapo que era y lo enamorado que estaba. ¡Y qué decir de Nadia! Llevó al chico con el que ha estado saliendo por unos años. Es feo, pero la vi feliz. Mora y Abejo me hicieron compañía por un rato antes de que la pista los arrastrara. Fue una fortuna no llevar acompañante: los cuatro tipos con los que intercambié sonrisas me lo comprobaron. Es increíble cómo se abren las posibilidades cuando uno no tiene prisa por encontrar a alguien.

Todo comenzó con un cruce de miradas a mis dieciocho. Doy gracias a que eso resultó como debía. Ahora entiendo la razón por la que mamá me dio este diario. Fue el aliento que me motivó a perseguir mis metas. Aun cuando yo migre a otras tierras buscando calor, batiré las alas para encontrar la dicha y regresar a mi santuario.

En cuanto a José, jamás me arrepentí de dejarlo. Ahora sé que fuimos mariposas. Entre él y yo, sólo quedó un suspiro.

Made in the USA
Columbia, SC
12 October 2023